T^le STMG

ÉCONOMIE

Livre du professeur

A. Atchikiti Daré
Professeure d'économie-gestion
Lycée Jean-Mermoz, Montpellier (34)

A. Bertucchi
Professeure d'économie-gestion
Lycée Henri-Bergson, Paris (75)

S. Breuillet-Guyon
Professeure d'économie-gestion
Lycée François-Couperin, Fontainebleau (77)

C. Delonglée
Professeure d'économie-gestion
Lycée Henri-Bergson, Paris (75)

P. Guéniot
Professeur d'économie-gestion
Lycée Henri-Bergson, Paris (75)

M. Kœnig
Professeure d'économie-gestion
Lycée Jules-Siegfried, Paris (75)

DELAGRAVE

Maquette intérieure et mise en page : Hervé Soulard

5, allée de la 2e D.B. - 75015 Paris
ISBN : 978-2-206-30706-0
www.editions-delagrave.fr

Sommaire

Thème 6 Comment l'État peut-il intervenir dans l'économie ?

Thème 7 Quelle est l'influence de l'État sur l'évolution de l'emploi et du chômage ?

Thème 8 Comment organiser le commerce international dans un contexte d'ouverture des échanges ?

VERS L'ÉPREUVE

CHAPITRE 1

L'intervention de l'État

THÈME 6

Comment l'État peut-il intervenir dans l'économie ?

NOTIONS ABORDÉES

- L'État gendarme et l'État-providence
- L'État et les entreprises publiques, semi-publiques et privées
- L'interventionnisme et le libéralisme
- Les dépenses publiques
- Le déficit public et la dette publique

CONTEXTE ET FINALITÉS

- Les fonctions de l'État ont progressivement évolué d'un État exerçant une intervention minimale (ordre public, protection du pays, prélèvement des impôts) à un État-Providence combinant des fonctions de régulation et de stabilisation, d'allocation des ressources et de redistribution, ces fonctions étant le plus souvent concomitantes.
- La place de l'État peut être appréciée notamment à travers l'importance relative des prélèvements obligatoires dans l'économie (prélèvements obligatoires/PIB), à travers l'identification des domaines et des modalités d'intervention de l'État (par exemple, la protection sociale), et à travers le volume de ses dépenses. Le degré d'intervention de l'État dépend des choix de société réalisés (interventionnisme ou libéralisme).
- L'essentiel des ressources des administrations publiques provient des prélèvements obligatoires. Il y a déficit public lorsque les prélèvements obligatoires sont insuffisants pour couvrir les dépenses publiques. Ce déficit nourrit la dette publique.
- L'État est également un employeur et gère des monopoles publics (SNCF et RATP par exemple). Il est soumis à des choix de règlementation ou de dérégulation. Certains monopoles publics ont connu une ouverture à la concurrence : c'est notamment le cas des télécommunications après la vente des réseaux hertziens.

1 Expliquez le lien entre ces photographies et les domaines d'intervention de l'État.

Les photographies montrent des militaires, du personnel hospitalier et une ligne de métro parisien. L'État intervient dans ces trois domaines d'activités, soit comme employeur, soit comme apporteur de capitaux.

2 Citez d'autres domaines dans lesquels l'État intervient.

On peut citer par exemple : l'enseignement, la justice, la police... ou encore des entreprises semi-publiques ou publiques : la SNCF, Thalès, Airbus...
Les élèves peuvent aussi faire référence à la crise du Covid-19 qui aura certainement un impact sur le rôle de l'Etat pour sauver des entreprises comme Air France.

VIDÉO **Budget : l'État lâche du lest et les économies attendront**
lienmini.fr/e30705avt1

1 Indiquez quel est le budget prévisionnel de l'État pour 2020 et commentez son évolution depuis 2017.

Les dépenses publiques passent de 252,8 milliards d'euros en 2017 à 267,5 milliards d'euros prévus en 2020, soit une augmentation de près de 6 %.

2 Citez les domaines d'intervention de l'État concernés par une augmentation de budget en 2020.

Les ministères concernés par une augmentation de budget en 2020 sont : la Défense (+ 1,7 milliard d'euros), l'Intérieur (+ 740 millions d'euros) et l'Écologie (+ 640 millions d'euros). Ceux de l'Éducation nationale, la Justice et la Santé sont également concernés mais sans précision concernant les budgets.

3 Présentez les solutions qui avaient été envisagées pour que l'État fasse des économies.

Deux solutions avaient été envisagées pour que l'État fasse des économies :
- l'allongement de la durée de cotisation pour les retraites, mais cette idée a été mise de côté ;
- la suppression de 50 000 postes de fonctionnaires. Ce chiffre a lui aussi été revu à la baisse : la vidéo évoque 15 000 suppressions.

La vidéo date du mois de juillet 2019, c'est-à-dire avant le projet de réforme des retraites. Entre-temps, la crise sanitaire du Covid-19 a encore modifié la situation. Il faudra donc indiquer ces éléments aux élèves afin de les remettre dans le contexte du moment.

1 Quel est le rôle de l'État ?

DOCUMENT 1 Qu'est-ce que l'État-providence ?

1 Définissez la notion d'État-Providence.

Il s'agit de l'ensemble des interventions économiques et sociales de l'État.
Le professeur pourra demander des exemples concrets aux élèves : la Sécurité sociale, le service public d'éducation, le service public de santé...

2 Distinguez-la de la notion d'État gendarme.

La notion d'État-gendarme réduit l'action de l'État à son minimum, c'est-à-dire : protéger le territoire national d'agressions extérieures (Défense nationale), maintenir la sécurité à l'intérieur du pays (police), rendre la justice.

DOCUMENT 2 Les fonctions économiques de l'État

❶ Citez les trois fonctions prises en charge par l'État et présentez-les.

Il s'agit de :
- la fonction de régulation, dont l'objectif est de favoriser la stabilité de l'économie ;
- la fonction d'allocation des ressources, dont l'objectif est de prendre en charge ce que le marché ne peut pas prendre en charge mais aussi d'améliorer le bien-être du pays ;
- la fonction de redistribution, dont l'objectif est de réduire les inégalités entre les individus.

❷ Illustrez chacune d'entre elles par un exemple.

Par exemple :
- pour la fonction de régulation : cela peut concerner un aspect juridique comme l'existence du Smic ou des actions de politique économique comme la maîtrise de l'inflation ;
- pour la fonction d'allocation des ressources : les infrastructures routières, le ramassage des déchets, le financement des hôpitaux publics ou encore l'engagement dans certaines entreprises comme la SNCF ;
- pour la fonction de redistribution : les allocations vieillesse, chômage, le RSA...

DOCUMENT 3 Le libéralisme économique face à l'interventionnisme

❶ Présentez pour chaque texte la place que tient l'État dans l'économie.

Dans le premier texte, l'action de l'État est réduite au minimum. C'est le marché qui permet de concourir, seul et sans intervention, à l'intérêt général.
Dans le second texte, l'action de l'État est centrale (intervention concernant les chômeurs, les politiques sociales, le pouvoir d'achat).
Il est intéressant ici de situer historiquement le discours de Roosevelt.

❷ Justifiez l'intervention de l'État dans l'économie.

Dans le second texte, cette intervention est justifiée par le fait que seul l'État est suffisamment puissant pour inverser une situation économique défaillante. Ici, il s'agit de stimuler la demande qui est en berne en raison d'un pouvoir d'achat faible.
Ne pas hésiter à schématiser pour expliquer qu'en soutenant le pouvoir d'achat, on soutient la demande et ainsi la production qui débouchera sur la création d'emplois...

❸ Expliquez en quoi ces deux conceptions de l'intervention de l'État sont opposées.

Ces deux conceptions sont opposées car, dans le premier texte, on comprend que c'est le marché qui régule l'économie sans acteur extérieur alors que dans le second texte, on comprend que l'intervention de l'État permet de limiter les travers du marché tout en stimulant la demande.

DOCUMENT 4 Quelles entreprises appartiennent à l'État français ?

❶ Présentez les caractéristiques particulières d'une entreprise publique.

La particularité d'une entreprise publique réside dans le fait que l'État en est propriétaire (généralement en partie) et participe donc aux prises de décisions concernant ces entreprises (par l'intermédiaire des administrateurs).

❷ Expliquez ce qui la distingue d'une entreprise privée.

La source de financement des entreprises publiques émane de l'État, c'est donc de l'argent public dont l'origine provient des prélèvements obligatoires. Une entreprise privée se finance par des fonds privés principalement. Par ailleurs, la propriété revient à l'État pour les entreprises publiques (on peut donc en déduire que sa gouvernance doit répondre en partie à des objectifs stratégiques liés aux décisions politiques) alors que les entreprises privées appartiennent à un ou plusieurs individus (ou entités juridiques) privés.

3 Donnez des exemples d'entreprises publiques puis citez d'autres entreprises publiques que vous connaissez.

Par exemple : EDF, ADP, Airbus, Engie, Safran, Thalès, Orange. On peut également citer : La Poste, Nexter, le marché d'intérêt national de Rungis, la RATP...

DOCUMENT 5 Une entreprise publique : pour quoi faire ?

1 Citez les raisons historiques pour lesquelles certaines entreprises ont été nationalisées après la Seconde Guerre mondiale.

L'objectif principal, après la Seconde Guerre mondiale, était d'assurer la reconstruction du pays tout en prenant des parts dans les entreprises ayant pu collaborer avec le régime nazi. Les entreprises ont eu besoin d'un soutien financier important (porté par l'État) afin de relancer leur activité.

2 Expliquez les raisons actuelles de l'existence d'entreprises publiques en France.

L'existence d'entreprises publiques en France permet à l'État de maintenir un service public et d'avoir une influence sur l'activité économique dans des domaines stratégiques tels que les domaines technologiques, militaires...

Préparer sa synthèse

1 Expliquez l'intérêt de l'intervention de l'État dans l'économie.

L'État, en intervenant dans l'économie, répond à trois objectifs :
- un objectif de régulation pour stabiliser les prix et le rythme de la croissance ;
- un objectif d'allocation des ressources en vue d'améliorer le bien-être général de la population ;
- un objectif de redistribution pour réduire les inégalités entre les individus.

2 Montrez en quoi les entreprises publiques ont un rôle à jouer dans l'économie.

Historiquement utiles à la reconstruction du pays suite à la Seconde Guerre mondiale, les entreprises publiques jouent encore un rôle dans l'économie. L'État a avant tout le rôle d'un producteur dans l'économie. Ses interventions se font dans des secteurs stratégiques tels que les domaines technologiques ou industriels. L'État, à travers ces entreprises, donne une orientation servant sa politique stratégique.

2 Quelles sont les ressources et les dépenses de l'État ?

DOCUMENT 6 Les principaux prélèvements obligatoires

1 Citez les principaux prélèvements obligatoires.

Les prélèvements obligatoires regroupent les impôts, les cotisations et les taxes.
Le professeur peut inviter les élèves à décliner les différents types d'impôts (sur le revenu, fonciers...), à rappeler ce qu'est une cotisation et à donner des exemples de taxes (TIPP, TVA...).

2 Expliquez à quoi servent ces prélèvements obligatoires.

Ces prélèvements obligatoires servent à financer les administrations publiques qui ont besoin de ce financement pour remplir leurs missions.

DOCUMENT 7 La part des prélèvements obligatoires dans les dépenses publiques

❶ Rappelez à quoi correspondent les cotisations sociales.

Les cotisations sociales correspondent à l'ensemble des sommes versées soit par les salariés, soit par leur employeur, dans l'objectif de financer des prestations sociales (assurance chômage, assurance maladie...).

❷ Repérez les principales sources de prélèvements obligatoires.

Les trois principales sources de prélèvements obligatoires sont : les cotisations sociales (37 %), la TVA (15,6 %), la CSG et les prélèvements sociaux (11,1 %).

DOCUMENT 8 L'évolution des prélèvements obligatoires

❶ Rédigez une phrase avec le chiffre 44,5 % (situé à droite du graphique).

En 2017, selon les prévisions, les prélèvements obligatoires représenteront 44,5 % du PIB.
En réalité, le taux de prélèvements obligatoires a été de 45,7 % du PIB en 2017 (chiffre actualisé).

❷ Expliquez ce que représente ce chiffre.

Pour expliquer ce chiffre, il est nécessaire de revenir sur le calcul de ce taux : le taux de prélèvements obligatoires est le rapport entre les prélèvements obligatoires et le PIB.

❸ Commentez l'évolution des prélèvements obligatoires sur les 50 dernières années.

La courbe montre une progression constante depuis les 50 dernières années avec cependant des périodes à distinguer :
- une augmentation nette du taux de prélèvements obligatoires suite au premier choc pétrolier en 1973 ;
- une relative stabilité entre 1995 et 2010, même si le taux est bien plus élevé que les décennies précédentes ;
- puis à nouveau une augmentation nette en 2010, faisant passer le taux au-dessus de 44 % du PIB.

De manière générale, ce taux ne fait qu'augmenter depuis 50 ans passant de 30 % en 1960 à plus de 45 % en 2017.

DOCUMENT 9 Qu'est-ce que la dépense publique ?

❶ Rappelez la finalité d'une organisation publique.

Il s'agit de satisfaire l'intérêt général à travers la satisfaction des besoins économiques, sociaux et de sécurité des citoyens.

❷ Repérez les deux grandes catégories de dépenses de l'État.

On distingue :
- les dépenses permettant d'assurer la production non marchande de l'économie (exemple : l'enseignement public) et qui regroupent les dépenses de fonctionnement et d'investissement ;
- les dépenses permettant d'assurer le transfert de ressources entre les acteurs économiques (exemple : RSA).

DOCUMENT 10 Ce que financent les dépenses publiques

❶ Calculez la part relative de chaque grande catégorie de dépenses.

- Part de la catégorie « Protection sociale » : (575/1 000) × 100 = 57, 5%.
- Part de la catégorie « Dépenses sectorielles » : (143/1 000) × 100 = 14,3 %.
- Part de la catégorie « Services publics régaliens » : (60/1 000) × 100 = 6 %.
- Part de la catégorie « Autres dépenses » : (222/1 000) × 100 = 22,2 %.

❷ Commentez ce schéma en utilisant les calculs de la question 1.

L'objectif est de mettre en avant la méthode de commentaire d'un document et éventuellement de faire référence à la notion d'État-gendarme pour les dépenses liées aux services publics régaliens.

Plus de la moitié des dépenses publiques sont liées à un objectif de protection sociale. En effet, cette catégorie représente 57,5 % des dépenses publiques et regroupent les dépenses liées à la retraite, l'assurance maladie ou encore la famille ou le chômage (voir le chapitre 5).

Les dépenses liées aux activités régaliennes de l'État (notion d'État-gendarme) sont les moins importantes et ne représentent que 6 % des dépenses publiques.

On peut noter que la part consacrée à l'éducation et la recherche représente quasiment 12 % des dépenses publiques dans la catégorie « Autres dépenses ».

Enfin, les dépenses sectorielles représentent 22 % des dépenses publiques. Elles prennent en compte le développement et l'entretien des réseaux routiers, les affaires économiques (crédit d'impôt...) ou encore l'environnement (gestion des déchets...).

DOCUMENT 11 Les dépenses publiques en France et en Europe

❶ Commentez l'évolution des dépenses publiques en France entre 1998 et 2018.

Les dépenses publiques ont globalement augmenté en 20 ans en France passant de 53 % du PIB à 56 %. Il faut cependant noter que les dépenses publiques étaient plus importantes en 2008 qu'en 2018. Elles ont donc décru sur les 10 dernières années.

❷ Situez la position de la France par rapport aux pays européens sur la question des dépenses publiques.

Les dépenses publiques en France sont bien plus importantes que dans les autres pays européens : on constate entre 6 à 15 points d'écart (15 points avec le Royaume-Uni, 6 points avec la Suède et 10 points avec la moyenne des pays de l'UE).

C'est ici l'occasion d'échanger avec les élèves sur les différences concrètes existant dans ces pays en abordant par exemple la protection sociale.

DOCUMENT 12 Déficit public et dette publique : quelle différence ?

❶ Rappelez à quoi correspond un emprunt.

Dans le texte, il s'agit d'obtenir de l'argent à titre de prêt.

❷ Distinguez les notions de déficit public et de dette publique.

Le déficit public correspond à une situation caractérisée par des dépenses des administrations publiques supérieures à leurs recettes. Le déficit public est calculé sur une période d'un an. On parlerait d'excédent budgétaire si les recettes étaient supérieures aux dépenses.

La dette publique correspond à la dette contractée par les administrations publiques. Une dette représente les sommes empruntées qui n'ont pas été remboursées. La dette représente l'accumulation des déficits sur plusieurs années.

DOCUMENT 13 Le déficit public

Une erreur s'est glissée dans le tableau : il faut lire – 68,6 (au lieu de – 68,9) en 2013 sur la ligne « Administration publique centrale ».

❶ Analysez la composition du déficit public de la France.

Le déficit public est en grande partie imputable à l'administration publique centrale (à mettre en lien avec les trois types de fonction publique, p. 16 du manuel). On note cependant que ce déficit a tendance à décroître passant de 104 milliards d'euros en 2012 à 59,6 milliards d'euros en 2018. La tendance est la même pour le déficit dû à l'administration publique centrale qui passe de 87,7 milliards d'euros à 72,6 milliards d'euros.

On peut noter une maîtrise du déficit à partir de 2016 pour les collectivités territoriales et de 2017 pour la Sécurité sociale : ces deux fonctions publiques se retrouvant dans une situation non plus de déficit mais d'excédent, ce qui contribue à réduire le déficit public global.

❷ Commentez l'évolution du déficit public en France entre 2000 et 2017.

Concernant l'évolution du déficit public en France, on peut noter trois périodes :
- 2000-2008 : le déficit a tendance à stagner entre 2 et 4 % du PIB ;
- 2008-2010 : le déficit a fortement augmenté atteignant plus de 7 % du PIB (suite à la crise de 2007) ;
- 2011-2017 : le déficit se réduit petit à petit passant de 7 % à moins de 3 % (prévisions).

❸ Indiquez si la France a toujours respecté le pacte de stabilité.

Le pacte de stabilité et de croissance contraint les pays signataires : le déficit public de ces pays doit être maintenu dans la limite de 3 % du PIB. Le graphique montre que la France a respecté cet engagement au début des années 2000, juste avant la crise de 2007, puis à partir de 2017 (2,6 % en 2017, puis 2,5 % en 2018 mais 3,1 % en 2019).
On peut ajouter que le déficit public pour 2020 était prévu autour de 2,2 % mais la crise sanitaire liée au Covid-19 a remis en cause ces prévisions.

DOCUMENT 14 La dette publique

❶ Analysez la composition et l'évolution de la dette publique en France.

La dette publique augmente progressivement depuis 1995 passant de 55 % du PIB à quasiment 100 %. Elle est principalement composée de la dette de l'administration centrale (voir le document 13).
Le professeur peut ajouter que le pacte de stabilité et de croissance impose aux pays signataires une dette publique inférieure à 60 % du PIB.

❷ Situez la France par rapport aux pays européens en ce qui concerne la dette publique.

On distingue trois phases :
- en 1991-2007 : la France a une dette publique moins importante que la moyenne des pays de l'Union européenne. On constate cependant une augmentation progressive pour tous les pays ;
- en 2007- 2015 : la France a une dette publique qui suit la dette publique des autres pays européens. La tendance est à l'augmentation ;
- à partir de 2015 : la France voit sa dette publique continuer à augmenter alors que les pays européens arrivent à la faire diminuer.

Préparer sa synthèse

❶ Expliquez comment sont financées les dépenses publiques en France.

Les dépenses publiques sont financées par les prélèvements obligatoires qui regroupent les impôts, les taxes et les cotisations que les agents économiques, principalement les ménages et les entreprises, payent.

❷ Montrez la diversité des dépenses publiques.

Les dépenses publiques peuvent être classées en trois grandes catégories :
- les dépenses de fonctionnement, qui servent à la bonne marche des services publics (dépenses courantes de personnel et d'entretien, achats de fournitures...) ;
- les dépenses de redistribution : prestations en espèces versées aux ménages (exemple : pensions de retraite, allocations familiales, minima sociaux...), subventions versées aux entreprises et aux ménages ;
- les dépenses d'investissement, qui visent à renouveler ou à accroître le capital productif public (exemple : dépenses de recherche et développement, achats d'armements, constructions de bâtiments et d'infrastructures...).

La protection sociale, appartenant à la catégorie des dépenses de redistribution, représente une part importante des dépenses publiques (plus de 50 %).

3 Distinguez le déficit public et la dette publique.

Le déficit budgétaire est la situation dans laquelle les recettes du budget de l'État sont inférieures aux dépenses. Il s'agit donc d'un solde négatif. Pour financer son déficit, l'État est obligé d'emprunter. La dette de l'État se définit comme l'ensemble des emprunts effectués par l'État, dont l'encours (montant total des emprunts) résulte de l'accumulation des déficits de l'État.
Remarque : le déficit budgétaire est un flux alors que la dette est un stock.

3 L'État acteur

DOCUMENT 15 Les trois fonctions publiques

1 Citez les trois fonctions publiques.

On distingue : la fonction publique d'État, la fonction publique hospitalière et la fonction publique territoriale.

2 Présentez chacune d'entre elles.

- La fonction publique d'État, avec ses services déconcentrés (exemple : les directions régionales de la jeunesse et des sports), assure le relais au niveau local des décisions prises au niveau central ou ministériel.
- La fonction publique hospitalière protège les individus contre les risques sociaux, sanitaires et liés à la maladie.
- La fonction publique territoriale (communes, départements, régions) prend en charge les pouvoirs transférés par l'État au moment de la décentralisation (exemple : les transports, la culture, le territoire et l'environnement).

3 Illustrez chaque fonction publique par un exemple géographiquement proche de vous.

Réponses à adapter en fonction de chaque situation géographique.

DOCUMENT 16 L'effectif dans la fonction publique

1 Présentez les effectifs de la fonction publique.

En France, la fonction publique emploie 5,5 millions d'individus répartis entre les trois fonctions publiques présentées dans le document 15 (dont 1 million de contractuels, donnée non précisée dans le document).

2 Calculez la part relative de chaque fonction publique dans le service public.

- Part relative de la fonction publique d'État : (2,4/5,5) × 100 = 43,6 %.
- Part relative de la fonction publique territoriale : (1,9/5,5) × 100 = 34,5 %.
- Part relative de la fonction publique hospitalière : (1,2/5,5) × 100 = 21,8 %.

DOCUMENT 17 Qu'est-ce qu'un monopole ?

❶ Expliquez à quoi correspond la notion de monopole.

Un monopole est une situation de marché dans laquelle un seul vendeur fait face à une multitude d'acheteurs. On en déduit qu'il n'existe pas de concurrence et que le prix est fixé librement par le producteur.

❷ Donnez un exemple de monopole tiré de vos connaissances.

On peut reprendre l'exemple du texte : la SNCF.
Différentes réponses peuvent être acceptées. Le professeur peut guider les élèves vers des exemples liés à un monopole local (limité géographiquement comme une société de taxi unique dans une petite ville), à un monopole ayant existé (exemples : la Poste ou EDF) ou à un monopole moderne (exemple : les GAFA même si ce n'est pas un monopole au sens strict du terme).

❸ Justifiez l'existence de monopoles publics.

L'État est à l'origine de la création de monopoles publics dans le but de poursuivre des objectifs stratégiques ou d'aménagement du territoire, avec l'idée de garantir un service public.

DOCUMENT 18 La SNCF et l'ouverture à la concurrence

❶ Présentez l'origine du monopole de la SNCF.

Le monopole de la SNCF date de 1937 au moment de la nationalisation des chemins de fer. Ce monopole répondait à la fois à la nécessité d'assurer un service public de transport à toute la population et à un besoin stratégique d'aménagement du territoire : aucune région ne devait être isolée.

❷ Expliquez les raisons de la fin prochaine de ce monopole.

Un monopole peut être considéré comme un frein à la croissance : le jeu de la concurrence n'étant pas présent, les prix baissent peu ou ne baissent pas (ce qui pénalise le consommateur) et la dynamique d'innovation est peu présente.

Préparer sa synthèse

❶ Présentez les trois composantes de la fonction publique proposant des emplois.

Il existe trois fonctions publiques :
- la fonction publique d'État, avec ses services déconcentrés ;
- la fonction publique hospitalière, qui protège les individus contre les risques sociaux, sanitaires et liés à la maladie ;
- la fonction publique territoriale (communes, départements, régions), qui prend en charge les pouvoirs transférés par l'État.

❷ Montrez l'utilité d'un monopole contrôlé par l'État.

L'État est à l'origine de la création de monopoles publics dans le but de poursuivre des objectifs stratégiques ou d'aménagement du territoire, avec l'idée de garantir un service public.

❸ Expliquez les limites qu'un monopole peut induire.

Un monopole peut créer des situations où des acteurs du marché pourraient être pénalisés :
- les concurrents qui ne peuvent pas bénéficier d'une situation leur permettant d'entrer sur le marché ;
- les consommateurs pour lesquels les prix ne seront pas ou peu flexibles et ne seront donc pas appelés à baisser par le jeu de la concurrence.

Cet état de fait conduit à la déréglementation permettant au marché de fonctionner plus librement.

Activités

1 Se tester

Répondez par vrai ou faux aux affirmations suivantes puis justifiez vos réponses.

1. L'État-providence limite le rôle de l'État à des fonctions régaliennes.
Faux. L'État-providence ne limite pas son action à des fonctions de protection du territoire ou de justice. L'État étend son champ d'intervention à des domaines économiques et sociaux.

2. L'État remplit quatre fonctions économiques.
Faux. L'État remplit trois fonctions économiques qui sont les suivantes : régulation, allocation des ressources et redistribution.

3. Les termes « interventionnisme » et « libéralisme » sont synonymes.
Faux. Ce sont des termes opposés. Le libéralisme est une situation où l'État n'intervient quasiment pas car c'est le marché qui joue le rôle de régulateur. À l'inverse, l'interventionnisme est une politique préconisant un rôle actif de l'État dans l'économie.

4. Une entreprise publique joue le même rôle qu'une entreprise privée dans l'économie.
Faux. Les entreprises publiques permettent de jouer un rôle stratégique dans l'économie comme maintenir un tarif adapté à tous dans certains secteurs d'activité.

5. Les prélèvements obligatoires sont constitués d'impôts, de taxes et de cotisations.
Vrai. Les prélèvements obligatoires (constitués des impôts, des taxes et des cotisations) sont les principales ressources publiques.

6. Le taux de prélèvements obligatoires diminue régulièrement en France depuis 1960.
Faux. C'est l'inverse : le taux de prélèvements obligatoires ne fait qu'augmenter depuis 1960 pour atteindre presque 45 % en 2016.

7. Le déficit public et la dette publique sont des notions équivalentes.
Faux. Le déficit public correspond à une situation où les dépenses sont plus nombreuses que les ressources sur une année donnée alors que la dette publique correspond à un emprunt de l'État pour financer la dette (cumulée d'année en année).

8. Les dépenses publiques de la France sont en moyenne plus élevées que celles des pays de la zone euro.
Vrai. Les dépenses publiques de la France sont plus élevées que celles des pays de la zone euro (voir le document 11 p. 13).

9. Les dépenses publiques ne concernent que la protection sociale.
Faux. Les dépenses publiques financent aussi la justice, la sécurité, l'éducation, la recherche…

10. Les employés travaillant pour l'État sont appelés des fonctionnaires.
Vrai. On compte 5,5 millions de fonctionnaires en 2016.

11. La fonction publique est divisée en trois entités.
Vrai. Ces trois entités sont : la fonction publique d'État, la fonction publique hospitalière et la fonction publique territoriale.

12. Un monopole correspond à une situation où il y a un seul acheteur pour plusieurs vendeurs.
Faux. C'est l'inverse : un monopole est une situation où il y a un seul vendeur pour plusieurs acheteurs.

13. Les monopoles publics sont interdits en France.
Faux. Les monopoles publics ont un intérêt économique (objectif stratégique, aménagement du territoire, garantie de service public) et existent donc en France.

2 Construire sa carte mentale

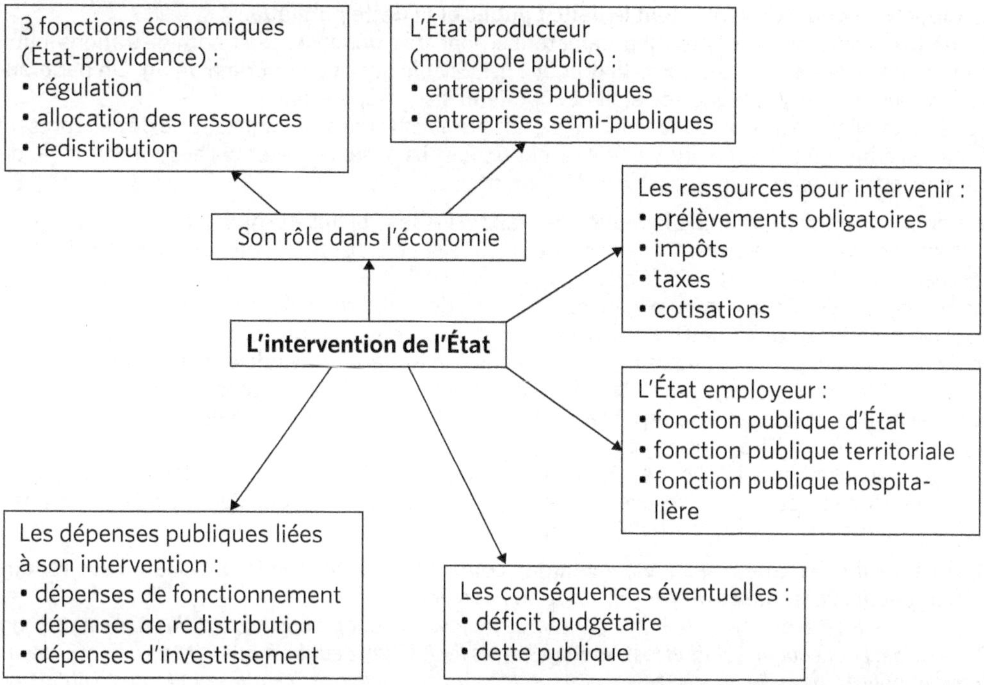

3 S'entraîner au Grand Oral

Il n'y a pas de corrigé type. L'enseignant pourra rappeler aux élèves qu'ils peuvent s'aider des synthèses faites à la fin de la 3e partie du chapitre (p. 17 du manuel) pour trouver les arguments et des exercices vus en classe pour trouver des exemples concrets. On peut également suggérer aux élèves de faire des recherches complémentaires sur Internet en n'oubliant pas de vérifier les sources et l'actualité des documents utilisés.

Un monopole est une situation de marché dans laquelle un seul vendeur fait face à une multitude d'acheteurs. Il n'existe donc pas de concurrence, le prix étant fixé librement par le producteur.

Exemples d'arguments démontrant l'utilité d'un monopole public :

- Poursuivre des objectifs stratégiques pour l'État, c'est-à-dire sur le long terme, par exemple dans le domaine de l'armement (avec Dassault) avec comme objectif de sécuriser ce type de production.
- Poursuivre des objectifs d'aménagement du territoire, par exemple en rendant des territoires reculés plus accessibles, notamment dans l'objectif d'y développer une économie locale.
- Poursuivre des objectifs liés à la garantie d'un service public pour tous les citoyens avec par exemple un accès aux services postaux sur tout le territoire (égalité et continuité du service public). Une entreprise privée ne verrait peut-être pas d'intérêt à continuer à distribuer du courrier dans un endroit très reculé du pays.

Exemples d'arguments démontrant l'intérêt de la déréglementation :

- Ouvrir le marché à la concurrence va stimuler l'amélioration de la production, voire l'innovation.
- La déréglementation peut profiter au consommateur avec une baisse des prix prévisible. On peut citer le secteur de l'énergie avec l'ouverture à la concurrence d'EDF-GDF en 2007.
- Le marché s'ouvre à de nouveaux acteurs et permet d'ouvrir de nouvelles perspectives dont la redynamisation de secteurs parfois « endormis » par des années sans existence de concurrence.

4 Travailler la méthode : analyser un document économique

1. Rappelez à quoi correspondent le déficit public et la dette publique.

Le déficit public est une situation caractérisée par des dépenses des administrations publiques supérieures à leurs recettes. Le déficit public est calculé sur une période d'un an. On parlerait d'excédent budgétaire si les recettes étaient supérieures aux dépenses.

La dette publique est la dette contractée par les administrations publiques. Une dette représente les sommes empruntées qui n'ont pas été remboursées. La dette représente l'accumulation de déficits sur plusieurs années.

2. Commentez la situation de la France par rapport à ses voisins européens.

Le commentaire doit s'appuyer sur le pacte de stabilité et de croissance. Pour rappel, le déficit ne doit pas excéder 3 % du PIB et la dette 60 % du PIB.

La France ne répond pas aux exigences du pacte de stabilité et de croissance en 2016 en ce qui concerne le niveau de la dette et celui du déficit. Elle fait partie des pays présentant une situation moins bonne que certains autres pays européens à la fois en termes de déficit et de dette.

Le Luxembourg, l'Allemagne, les Pays-Bas, le Danemark et l'Irlande présentent une situation plus saine avec une dette publique représentant moins de 80 % du PIB et un déficit public inexistant ou quasi-inexistant (chiffres positifs).

Le Portugal, l'Espagne, l'Italie, l'Autriche, la Belgique et le Royaume-Uni présentent des situations similaires à celle de la France avec l'existence d'un déficit (et non d'un excédent) et une dette publique dépassant les 80 % du PIB.

3. À partir de vos connaissances, expliquez comment une économie nationale peut réduire son déficit public. Présentez différentes solutions possibles.

Il faut inciter les élèves à structurer leur pensée. Le professeur peut proposer un corrigé axé sur deux grandes parties avec pour chaque solution les avantages et les limites. On peut inviter les élèves à se documenter sur Internet pour trouver des exemples concrets et faire un parallèle avec ce qui se fait dans d'autres pays de l'Union européenne ou dans le monde.

Une économie nationale peut notamment réduire son déficit public en diminuant les dépenses publiques et/ou en augmentant les prélèvements obligatoires.

Diminuer les dépenses publiques permettrait mécaniquement (si on part du principe que les prélèvements obligatoires restent au même niveau) de voir le déficit diminuer, voire même se transformer en excédent budgétaire. Mais cette diminution des dépenses publiques induit une nouvelle question : quelles dépenses publiques diminuer ? En effet, selon les choix politiques, cette baisse des dépenses publiques viendraient impacter le fonctionnement, entre autres, du service public à travers notamment la protection sociale (ensemble des mécanismes de prévoyance collective qui permettent aux individus ou aux ménages de faire face financièrement aux conséquences des risques sociaux, c'est-à-dire aux situations pouvant provoquer une baisse des ressources ou une hausse des dépenses : vieillesse, maladie, invalidité, chômage, charges de famille...).

Augmenter les prélèvements obligatoires permettrait mécaniquement (si on part du principe que les dépenses publiques restent constantes, voire même diminuent) de voir le déficit diminuer, voire même de se transformer en excédent budgétaire. Cette augmentation des prélèvements obligatoires présente cependant un certain nombre d'inconvénients d'un point de vue économique. On peut évoquer les points suivants : une incitation au travail réduite, le coût du travail élevé (moins d'embauches, moins de compétitivité)...

Objectif Bac

À partir de vos connaissances et de la documentation fournie dans les annexes 1 à 4 :

❶ Commentez l'évolution des recettes issues des privatisations en fonction des gouvernements.

Depuis 1986, les privatisations ont rapporté plus de 127 milliards d'euros de recettes à l'État. Ces recettes viennent réduire le déficit budgétaire du pays et ont donc un impact concret sur le niveau de la dette publique.

Les gouvernements successifs ont tous privatisé à plus ou moins grande échelle, la période allant de 2002 à 2007 ayant été la période la plus tournée vers les privatisations avec notamment la privatisation des autoroutes, France Telecom, ADP (en partie), la SNCM (en partie).

❷ Rappelez les objectifs stratégiques des entreprises publiques.

L'État, à travers les entreprises publiques, vise à mieux réguler l'activité économique, devenant ainsi un acteur essentiel dans des secteurs jugés stratégiques (banques, industrie de l'armement, nucléaire...). Cela lui permet notamment de contrôler certaines restructurations industrielles et de garantir des services de qualité à des prix identiques pour tous les usagers (électricité, gaz, téléphone...).

❸ Expliquez les motivations actuelles de l'État à privatiser de nombreuses entreprises publiques notamment dans le cadre du Fonds pour l'innovation.

Le rôle des entreprises publiques dans l'économie est souvent contesté. Leur capital étant garanti par l'État-actionnaire, elles n'ont pas toujours le même souci de rentabilité que les entreprises privées. Elles bénéficient parfois d'une position dominante ou même d'une situation de monopole dans leur secteur, ce qui peut fausser la libre-concurrence alors que la concurrence favorise en général une baisse des prix. Par ailleurs, d'un point de vue budgétaire, les privatisations d'entreprise engendrent des ressources exceptionnelles pour l'État et peuvent contribuer à réduire la dette publique.

Par la cession d'actifs d'entreprises publiques (Engie, Renault, EDF et Thales), l'objectif de l'État est de soutenir le Fonds pour l'innovation. Ce dernier pourra :

- contribuer à garantir la souveraineté de la France dans des domaines clés comme la technologie ou la science ;
- favoriser le développement économique du pays ;
- soutenir la croissance (à travers notamment le soutien à des start-up technologiques).

Le but pour les élèves n'est pas de citer l'ensemble de ces points mais de comprendre l'essence de ce fonds pour l'innovation dont l'objectif principal est le soutien aux entreprises innovantes dans des secteurs stratégiques.

❹ Rédigez une argumentation qui vous permette de répondre à la question suivante : Les privatisations d'entreprises publiques ne présentent-elles que des avantages pour l'économie d'un État ?

Depuis les années 1980, les privatisations ponctuent l'action des gouvernements successifs. Depuis trente ans, elles ont permis de produire 127 milliards d'euros de recettes pour l'État français. La tendance générale est donc à la privatisation des entreprises publiques, pour la plupart créées à la fin de la Seconde Guerre mondiale.

D'une manière générale, cette tendance vient appuyer le fait que les privatisations présentent de nombreux avantages, même si des limites à ces privatisations « à tout prix » existent.

Quels avantages à privatiser ?

La privatisation favorise la concurrence et permet ainsi de faire baisser les prix pour les consommateurs et de dynamiser des secteurs d'activités parfois endormis. Les agents économiques y trouvent tous des avantages : acheter moins cher pour les consommateurs, avoir un choix plus varié (ou présen-

tant plus de caractéristiques), permettre à de nouvelles entreprises de voir le jour, stimuler le marché pour vendre plus ; ce qui signifie finalement des recettes en plus pour l'État par le biais des prélèvements obligatoires.
La privatisation apporte également des rentrées d'argent significatives pour l'État. C'est donc un outil budgétaire au service de la réduction du déficit budgétaire et, par conséquence, de l'amélioration de la dette publique.
Enfin, la privatisation peut être un tremplin pour favoriser des politiques stimulant l'innovation et la compétitivité des entreprises françaises. On peut citer l'exemple du fonds pour l'innovation, financé par les recettes générées par les cessions d'actifs d'entreprises publiques, qui a pour objectif de soutenir la croissance, favoriser le développement économique du pays et contribuer à garantir sa souveraineté dans des domaines qualifiés de stratégiques.

Quelles limites à la privatisation?
La privatisation des entreprises publiques présente cependant des limites. L'abandon d'une vision liée à l'intérêt général de la population est l'une des premières. La logique de marché ne répond pas à cette finalité mais à une finalité lucrative qui encourage une gestion des entreprises plus tournée vers la rentabilité.
Ce qui débouche sur la deuxième limite : une moindre protection du consommateur, notamment concernant les variations de prix. Cette variation de prix est souvent considérée comme positive pour le consommateur, en partant du principe que le prix ne peut que baisser avec l'arrivée de la concurrence. Si c'est le cas à court terme, à plus long terme cela peut ne pas se produire. Ainsi, le prix protégé par les entreprises publiques peut évoluer de manière défavorable pour le consommateur. On peut citer comme exemple le prix de l'énergie depuis l'ouverture à la concurrence d'EDF-GDF qui a augmenté de manière significative.
Enfin, le désengagement partiel de l'État dans des domaines stratégiques peut induire un problème de souveraineté : la dépendance à d'autres pays concernant des secteurs « sensibles ».

Synthèse

1. Quel est le rôle de l'État ?

Deux conceptions de l'État s'opposent dans la théorie économique : l'État gendarme, dont les fonctions se limitent aux fonctions régaliennes (justice et protection du territoire), et l'État-providence, qui est une conception de l'État qui étend son champ d'intervention dans les domaines économiques et sociaux.
En France, l'État intervient de différentes manières :
- il remplit trois fonctions économiques distinctes :
  1. la régulation : pour stabiliser les prix et le rythme de la croissance ;
  2. l'allocation des ressources : en vu d'améliorer le bien-être général de la population ;
  3. la redistribution : pour réduire les inégalités entre les individus ;
- il est producteur car il possède des entreprises : les entreprises publiques, ou des parts dans des entreprises : les entreprises semi-publiques.

On parle ici d'interventionnisme par opposition au libéralisme qui n'envisage pas l'intervention de l'État dans l'économie.

2. Quelles sont les ressources et les dépenses de l'État ?

Afin de remplir ses missions, l'État a besoin d'être financé. Ses principales ressources sont les prélèvements obligatoires qui correspondent à l'ensemble des impôts, taxes et cotisations que les administrations publiques perçoivent.
Ces ressources permettent à l'État de financer les dépenses publiques :
- les dépenses de fonctionnement et d'investissement, qui permettent de produire des biens et des services publics ;
- les dépenses de redistribution (ou de transfert), qui permettent de garantir la protection sociale et le bien-être de la population.

Lorsque les dépenses sont plus importantes que les ressources, on parle de déficit budgétaire qui, s'il se renouvelle chaque année, crée une dette publique.

3. L'État acteur

L'État a un également rôle actif dans l'économie :
- l'État crée des emplois. Il est employeur pour la fonction publique d'État, la fonction hospitalière et la fonction territoriale. Il emploie plus de 5,5 millions de personnes en France ;
- l'État est à l'origine de la création de monopoles publics dans le but de poursuivre des objectifs stratégiques ou d'aménagement du territoire, avec l'idée de garantir un service public. Ces monopoles publics ont cependant tendance à disparaître avec la déréglementation de l'économie.

CHAPITRE

2 Défaillances des marchés et défaillances de l'État

THÈME 6

Comment l'État peut-il intervenir dans l'économie ?

1. L'intervention de l'État
2. **Défaillances des marchés et défaillances de l'État**
3. Les politiques économiques de l'État
4. Les politiques économiques au niveau européen
5. Les politiques sociales

NOTIONS ABORDÉES

- Les défaillances des marchés
- Les asymétries d'information
- Les externalités
- Les biens publics et les biens communs
- Les défaillances de l'État

CONTEXTE ET FINALITÉS

- Les interventions économiques de l'État visent à corriger les défaillances et dysfonctionnements des marchés. Usuellement, on dénombre quatre types de défaillances des marchés :
  - les asymétries d'information ;
  - la concurrence imparfaite ;
  - les externalités ;
  - les biens publics et les biens communs.
- Les défaillances des marchés ne permettent pas une allocation efficace des ressources. L'État doit alors intervenir pour corriger ces défaillances de marché. Il peut notamment :
  - améliorer la qualité de l'information sur les marchés (Autorité des Marchés Financiers, labels sur les produits, etc.) ;
  - mettre en place une politique de la concurrence ;
  - encourager les activités à l'origine d'externalités positives et limiter les activités sources d'externalités négatives ;
  - organiser la production de biens publics et éviter la surexploitation des biens communs.
- Cependant, l'économie peut également être confrontée à des dysfonctionnements de l'action publique.

1 Expliquez quelle est la particularité des objets vendus sur un site comme Le bon coin.

Ce sont des objets vendus par des particuliers, même si des professionnels peuvent également déposer des annonces.

2 Présentez l'origine probable de la pollution sur la seconde photographie.

Les usines sont probablement à l'origine de la pollution : une fumée épaisse s'échappe de leurs cheminées.

3 Citez les problèmes éventuels que peuvent rencontrer les acheteurs sur Le bon coin et les voisins de l'usine.

Toute réponse logique pourra être acceptée.

Pour Le bon coin, on peut citer : défaillance de l'objet acheté, objet provenant d'un vol, objet non conforme à la description...

Pour les voisins de l'usine : problèmes de santé (asthme, allergies...), nuisances sonores, nuisances olfactives...

VIDÉO **Voitures d'occasion : attention aux arnaques**
lienmini.fr/e30705avt2

1 Citez les problèmes que peuvent rencontrer les acheteurs de voitures d'occasion.

Les acheteurs de voitures d'occasion peuvent rencontrer trois types de problèmes :
- des défauts techniques cachés (comme des éléments déplacés, cassés ou encore le fait que la voiture a été accidentée) ;
- des voitures de location présentées comme des voitures de particuliers à vendre ;
- des compteurs kilométriques trafiqués.

2 Présentez les différents moyens de préserver les acheteurs de ces problèmes.

Deux moyens sont proposés :
- inciter l'acheteur à observer la voiture vendue et venir vérifier en personne le véhicule ;
- avoir recours à des professionnels pour faire expertiser la voiture avant la vente.

Le contrôle technique est également une solution légale qui peut être citée pour éviter les défauts techniques au moment de la vente.

1 Quelles sont les défaillances du marché ?

DOCUMENT 1 Un poisson pas forcément frais...

1 Présentez la situation en décrivant le rôle de chaque acteur économique.

Ici, nous avons deux acteurs économiques :
- le poissonnier, qui représente donc son entreprise : son rôle est de produire ;
- le client, qui représente donc un ménage : son rôle est de consommer des biens ou des services.

2 Expliquez pourquoi Astérix pourrait hésiter à acheter du poisson à Ordralfabétix.

À travers leurs échanges, on comprend que l'acheteur (Astérix) doute de la fraîcheur du poisson vendu par l'entreprise (représentée par Ordralfabétix). Rien ne lui prouve que ce poisson est aussi frais que celui qui pourrait être pêché bien plus près géographiquement.

3 En vous aidant de la rubrique Définition, déduisez-en le lien avec la notion d'asymétrie d'information.

Cette situation illustre bien la notion d'asymétrie d'information. Astérix, en qualité de client, ne possède pas toutes les informations concernant le produit (d'autant plus qu'Ordralfabétix ne lui apporte aucune garantie vérifiable) : savoir quand le poisson a été pêché est une question centrale pour garantir sa fraîcheur. Astérix possède donc moins d'information que son partenaire.

DOCUMENT 2 Le marché des voitures d'occasion

1 Indiquez quelles informations les vendeurs de véhicules d'occasion peuvent cacher à leurs clients.

Différentes informations peuvent être cachées : le kilométrage réel, des problèmes de fonctionnement, le fait que la voiture ait pu être accidentée, voire volée...

❷ Expliquez pourquoi les acheteurs ne sont pas prêts à acheter des voitures d'occasion chères.

Les acheteurs ne sont pas prêts à acheter des voitures d'occasion chères car ils anticipent le fait que ces voitures ont des vices cachés. Ainsi, ils se prémunissent de cet éventuel problème en achetant des voitures peu chères (ou en proposant un prix bien plus faible que celui attendu par le vendeur), ne souhaitant pas investir beaucoup d'argent dans une voiture dont la qualité n'est pas sûre.

❸ Déduisez-en la réaction probable des vendeurs de voitures de bonne qualité.

Les vendeurs de voitures de bonne qualité font alors le choix de ne pas vendre leur voiture sur le marché des véhicules d'occasion.

DOCUMENT 3 Le duopole Airbus et Boeing

❶ Indiquez à quel type de marché le marché aéronautique appartient.

Le marché aéronautique appartient à un duopole. C'est un marché sur lequel la production ou la vente est contrôlée par seulement deux vendeurs et une multitude d'offreurs. C'est un cas particulier d'oligopole. Ici, les deux offreurs sont Airbus et Boeing.

❷ En vous aidant du rappel, repérez quelle condition de la concurrence pure et parfaite n'est pas respectée.

La condition qui n'est pas respectée est l'atomicité du marché. En effet, cette condition implique une multitude d'offreurs et une multitude de demandeurs. Ici, il y a bien une multitude de demandeurs mais seulement deux offreurs.

❸ Expliquez en quoi cette situation peut être néfaste pour l'environnement concurrentiel.

Cette situation peut être néfaste car les deux offreurs ne seront pas ou peu stimulés pour rendre dynamique leur secteur sans concurrence pour venir les bousculer. Ils pourraient même être un obstacle à l'entrée sur le marché de nouveaux concurrents et ainsi nuire à la libre entrée sur le marché. Ici, la situation de marché est forte et réduit excessivement la concurrence.

DOCUMENT 4 L'entente entre concurrents

❶ Indiquez en quoi les entreprises auraient parfois intérêt à former un cartel ou une entente.

Former un cartel ou une entente peut permettre aux entreprises de se défaire de contraintes comme la fixation du prix en fonction de l'offre et de la demande. Cette situation leur permet de s'entendre sur une augmentation des prix alors que celle-ci ne se justifie pas et ainsi d'augmenter leur rentabilité.

❷ En vous aidant du rappel, repérez quelle condition de la concurrence pure et parfaite n'est pas respectée.

Ici, c'est la condition de la transparence des informations qui n'est pas respectée (concernant le prix).

❸ Expliquez en quoi cette situation peut être néfaste pour l'environnement concurrentiel.

Cette situation conduit à un marché qui va pénaliser le consommateur (par l'augmentation des prix qu'il devra subir, par exemple) et le jeu de la concurrence qui finalement n'existe plus. On peut estimer une augmentation des prix de 20 à 25 % en cas d'entente.

DOCUMENT 5 Externalité positive ou négative ?

❶ Expliquez les avantages que pourraient retirer les habitants de Senlis avec l'arrivée d'Amazon sur leur commune.

Les habitants de Senlis peuvent espérer être embauchés par cette entreprise s'installant dans leur municipalité. En effet, l'arrivée d'une entreprise va de pair avec la création d'emplois. Par ailleurs, cette arrivée peut créer un dynamisme économique permettant de développer les infrastructures publiques ou inciter d'autres entreprises à venir s'installer.

❷ Expliquez le préjudice que pourraient subir les habitants de Rouen suite à l'incendie de l'usine Lubrizol.

Le préjudice que pourraient subir les habitants de Rouen est un préjudice sanitaire et/ou médical : une pollution de l'air et des eaux pourrait impacter la santé des individus fragiles ou dégrader la santé de tous.

❸ À l'aide de la rubrique Définition, associez à chaque texte un type d'externalité. Justifiez votre choix.

Pour le cas d'Amazon, il s'agit d'une externalité positive car l'activité économique de l'entreprise va générer des avantages pour les habitants de Senlis.
Pour Lubrizol, c'est une externalité négative car l'activité économique de cette usine, ayant provoqué l'incendie, va générer une nuisance pour les habitants de Rouen.

DOCUMENT 6 Le coût de la pollution automobile en dépenses de santé

❶ Décrivez le coût que génère la pollution automobile.

La pollution automobile génère des coûts de santé évalués à plus de 60 milliards d'euros par an pour toute l'Europe. Ces coûts sont les frais liés à la prise en charge des maladies imputables à la pollution.

❷ Indiquez en quoi ces coûts sont des coûts sociaux.

On parle ici de coûts sociaux car ce sont des coûts assumés non pas par les pollueurs mais par la collectivité. C'est la société, à travers les dépenses publiques, qui va prendre en charge les frais des maladies dues à la pollution automobile.

❸ Expliquez pourquoi le marché est rendu défaillant en présence d'externalité comme la pollution.

Le marché est rendu défaillant car il échoue à faire payer ceux qui dégradent le bien-être. Ce ne sont pas les agents économiques générant la pollution automobile qui vont payer les frais de santé mais la collectivité qui va supporter ce coût social.

DOCUMENT 7 Les biens communs et les biens collectifs

❶ Citez les quatre types de biens présentés dans ce document.

Il s'agit des biens privés, des biens de club, des biens communs et des biens collectifs.

❷ Distinguez un bien commun d'un bien collectif.

En économie, on peut classer les biens en fonction de deux critères : la notion de rivalité d'usage entre consommateurs - la consommation d'un bien par un consommateur limitant la capacité des autres à consommer le même bien - et la notion d'exclusion - qui renvoie à la capacité de s'accaparer un bien en en payant le prix.
Le bien collectif (ou public) est à la fois un bien non excluable et dont la consommation est non rivale alors que le bien commun est un bien non excluable mais dont la consommation est rivale : deux individus ne peuvent manger le même poisson pêché.

❸ Trouvez d'autres exemples de votre choix pour illustrer la distinction entre bien commun et bien collectif.

Exemples de biens communs : la biodiversité, toutes les ressources naturelles non renouvelables (nappes phréatiques, pâturages...).
Exemples de biens collectifs : la justice, le feu d'artifice du 14 Juillet, un jardin public...

DOCUMENT 8 Le feu d'artifice, un bien collectif

❶ Indiquez pourquoi le feu d'artifice est considéré comme un bien collectif.

Regarder le feu d'artifice n'empêche pas les autres de le regarder également (consommation non rivale) et personne ne peut empêcher un agent économique de le regarder (bien non excluable). Le feu d'artifice répond donc aux critères du bien collectif.

❷ Décrivez la notion de « passager clandestin » à l'aide de la phrase soulignée.

On peut décrire un passager clandestin comme un agent économique qui consomme un bien ou un service sans en payer le prix. En effet, pourquoi payer le prix alors que d'autres le font ? L'agent économique va, par exemple, profiter de l'éclairage public payé par d'autres, sans en être inquiété puisqu'on ne peut lui interdire concrètement d'en profiter.

❸ Expliquez pourquoi une entreprise privée ne peut pas produire et vendre un bien collectif.

Du fait de la non excluabilité, les entreprises ne produisent pas ces biens car elles ne peuvent pas se rémunérer. En effet, la nature de ces biens fait qu'aucun producteur privé n'a intérêt à les produire car il ne serait pas en mesure de faire payer les consommateurs et donc de réaliser un bénéfice.

Préparer sa synthèse

❶ Présentez les notions d'asymétrie d'information, de concurrence imparfaite, d'externalité et de biens communs et collectifs.

- Asymétrie d'information : situation de marché caractérisée par le fait qu'un des acteurs (l'offreur en général) possède plus d'informations sur le produit que les autres (les demandeurs en général).
- Concurrence imparfaite : situation de marché qui ne remplit pas les conditions de la concurrence pure et parfaite. Le duopole ou l'entente entre concurrents peuvent illustrer une situation de concurrence imparfaite.
- Externalité : conséquence de l'activité de production ou de consommation d'un agent économique sur les autres agents économiques, sans que cette conséquence soit l'objet d'une compensation. On distingue des externalités négatives et des externalités positives.
- Bien collectif/public : bien ou service qui peut être consommé simultanément par plusieurs personnes et pour lequel on ne peut exclure des individus en exigeant un paiement.
- Bien commun : bien ou service dont la consommation obéit au principe de rivalité (ce que les uns consomment ne peut être consommé par les autres) et de non excluabilité.

❷ Expliquez en quoi le marché est rendu défaillant en leur présence.

Le marché est rendu défaillant pour différentes raisons :
- soit parce qu'il échoue à faire payer ceux qui dégradent le bien-être (effet externe) ;
- soit parce qu'il ne permet pas d'assurer la production des biens collectifs ;
- soit parce qu'il risque de surexploiter des ressources épuisables (biens communs) ;
- soit parce qu'il court le risque de voir partir certains acteurs du marché du fait de conditions des échanges trop incertaines (asymétrie d'information) ;
- soit parce qu'il possède un pouvoir trop important venant rendre la concurrence inefficace (exemple : duopole).

2 Comment l'État intervient-il pour corriger les défaillances du marché ?

DOCUMENT 9 Le contrôle technique : un moyen de réglementer l'information

1 Décrivez quelles informations délivre un contrôle technique.

Le contrôle technique permet d'avoir des informations sur les défaillances mineures, les défaillances majeures et les défaillances critiques d'une voiture afin d'identifier ce qui serait susceptible de porter atteinte à la sécurité des passagers et du conducteur mais aussi à celle des usagers de la route et à l'environnement.

2 Indiquez qui impose le contrôle technique et en quoi ce document peut être utile lors de l'achat d'un véhicule d'occasion.

C'est l'État qui impose ce contrôle technique, en règle générale tous les deux ans et lors de la cession du véhicule. Ce document peut permettre de rassurer l'acheteur potentiel face à des défauts que le vendeur pourrait lui cacher pour réaliser la vente.

3 Déduisez-en le rôle des pouvoirs publics face à une situation d'asymétrie d'information.

Les pouvoirs publics cherchent à résoudre ce problème d'asymétrie d'information (dans ce cas, lors de la vente d'un véhicule d'occasion) en imposant une procédure de contrôle permettant de révéler l'information à tous les acteurs concernés sur le marché. L'objectif est de rendre les conditions de l'échange plus transparentes.

DOCUMENT 10 L'information des consommateurs

1 Expliquez l'intérêt du label AB.

Le label AB permet d'identifier aisément les produits issus de l'agriculture biologique.

2 Citez d'autres certifications que vous connaissez.

On peut citer : Label rouge, IGP, Camping qualité, Qualité tourisme, Fairtrade, MSC (pêche responsable), FSC (bois géré de manière responsable)...

3 Déduisez l'utilité de ce type de label concernant l'information délivrée au consommateur.

Tout comme la procédure de contrôle vue dans le document 9, le système des labels permet de révéler de l'information à tous les acteurs du marché et donc de rendre les conditions de l'échange plus transparentes.

DOCUMENT 11 Les missions de l'Autorité de la concurrence

1 Indiquez quel est le rôle de l'Autorité de la concurrence en France.

L'Autorité de la concurrence est l'arbitre de la concurrence en France. Son rôle est de faire respecter les règles du jeu de la concurrence pour éviter des dérives qui, au final, pénaliseraient des agents économiques.

La fin du texte donne quelques exemples comme permettre aux nouveaux entrants d'intégrer un nouveau marché ou encore empêcher les ententes (faire le lien avec le document 4 sur le cartel des compotes, par exemple).

❷ Expliquez la phrase soulignée puis faites le lien avec le rôle de l'Autorité de la concurrence dans la mise en place d'une politique de la concurrence.

La concurrence permet aux consommateurs de bénéficier de prix compétitifs. De plus, elle stimule l'innovation, ce qui permet de proposer une offre riche et variée aux consommateurs. Enfin, elle influence positivement la compétitivité des entreprises dont l'objectif est d'être inventives face aux concurrents. L'Autorité de la concurrence va veiller à favoriser cette situation de concurrence. C'est elle qui va réguler la concurrence en luttant contre les ententes illicites ou encore en favorisant l'émergence de nouvelles concurrences.

DOCUMENT 12 Les amendes imposées par l'Autorité de la concurrence

❶ Présentez ce document.

Ce document présente des données concernant l'Autorité de la concurrence : les amendes infligées par cet organisme de 2005 à 2014 et le palmarès des sanctions par secteur d'activité.

❷ Rédigez une phrase avec le chiffre 1014 (dans le premier graphique) puis une seconde avec le chiffre 951,2 (dans le second graphique).

L'Autorité de la concurrence a infligé 1 014 000 000 euros d'amendes en 2014, dont 951 200 000 euros d'amendes au secteur des produits d'entretien et d'hygiène.

❸ Commentez l'évolution des amendes infligées par l'Autorité de la concurrence depuis 2005 et citez les secteurs d'activité ayant eu des sanctions record.

Concernant les amendes infligées par l'Autorité de la concurrence, 2014 fait figure d'année exceptionnelle. Cela s'explique par la sanction de cartels importants qui ont eu des amendes à la hauteur de leur volume d'affaires. Les amendes sont donc fonction non pas de la qualité du travail réalisé par l'Autorité de la concurrence mais des volumes d'affaires des secteurs qui ne respectent pas les règles de la concurrence.

Remarque : 2015 a été aussi une année record avec plus d'1 milliard d'euros d'amendes. En 2016, en revanche, les amendes ont chuté à 200 millions d'euros. Mais la qualité du travail de cette autorité ne se mesure pas aux amendes.

Les secteurs les plus impactés par des entorses aux règles de la concurrence sont : le secteur des produits d'entretien et d'hygiène et le secteur de la téléphonie mobile à la Réunion et à Mayotte.

On peut faire référence à des groupes comme SC Johnson, Henkel, Reckitt Benckiser, Unilever, Procter & Gamble, Hillshire Brands Company, Bolton Manitoba et Colgate-Palmolive qui ont participé à des ententes portant sur des produits d'entretien de la maison, comme du liquide vaisselle ou des détachants.

❹ Concluez sur l'utilité de cet organisme.

L'Autorité de la concurrence est le gendarme des « bonnes pratiques » de la concurrence. Organisme indépendant, il régule les rapports de force entre les acteurs économiques dans l'objectif de faire mieux fonctionner le marché en luttant contre des situations illicites au regard de la concurrence.

DOCUMENT 13 Le principe du pollueur-payeur

❶ Expliquez à quoi correspond le principe du pollueur-payeur.

Selon ce principe, le pollueur doit assumer le coût de sa pollution et prendre à sa charge les frais engendrés par les externalités négatives de son activité.

❷ Présentez son intérêt pour lutter contre les externalités négatives.

Il s'agit ici de modifier, par une taxe à payer, les comportements des individus en leur faisant prendre en considération les effets externes de leurs actions. Par ailleurs, cela peut permettre de prendre en charge en partie le coût social généré par les externalités négatives comme les coûts liés à la santé (pollution évoquée dans le document 6).

❸ À partir de vos connaissances, citez des exemples de taxe ou de redevance s'appuyant sur le principe du pollueur-payeur.

On peut citer la taxe carbone, l'écotaxe, les taxes sur le tabac...

DOCUMENT 14 BREXIT : convaincre les entreprises de choisir la France

❶ De quel type d'externalité est-il question dans le document ?

Il s'agit ici d'externalité positive puisque sont évoquées les éventuelles installations d'entreprises (basées initialement au Royaume-Uni) en France suite au Brexit. Ces installations permettraient de créer des emplois.

❷ Citez les raisons pour lesquelles la France cherche à convaincre les entreprises concernées par le Brexit à venir s'installer sur son territoire.

Différentes raisons peuvent être évoquées :
- la création d'emplois en est la principale ;
- la lutte contre le chômage ;
- l'augmentation du pouvoir d'achat ;
- les recettes générées par les impôts et les taxes que ces entreprises devront acquitter ;
- l'amélioration de la compétitivité de la France ;
- l'émulation que pourra engendrer cette arrivée pour les autres entreprises ;
- l'image de la France qui pourra s'améliorer en faisant figure de nation innovante et dynamique.

❸ Déduisez-en le rôle des pouvoirs publics pour favoriser ce type d'externalité.

Ici, les pouvoirs publics cherchent à faire venir ces entreprises donc à encourager ces externalités positives. Des simplifications administratives et des aides fiscales sont les deux principaux outils utilisés par l'État pour encourager ces entreprises à venir s'installer en France.

DOCUMENT 15 Le budget de la Défense

DOCUMENT 16 La délégation de service public

❶ Rappelez à quels types de biens correspondent les productions décrites dans les documents 15 et 16.

Il s'agit ici de service public.
Remarque : le professeur pourra accepter la réponse de biens collectifs dans la mesure où il s'agit de montrer aux élèves que ces biens peuvent être fournis de différentes manières, en l'occurrence ici soit en gestion directe : les pouvoirs publics produisent eux-mêmes le bien, soit avec une délégation de service public : un opérateur privé se voit confier la fourniture du service.

❷ Expliquez quel acteur économique prend en charge ces productions.

L'acteur économique qui prend en charge ces productions est l'État.

❸ Indiquez pourquoi l'État ne les confie pas à des entreprises privées.

L'État est le seul à pouvoir assumer ces productions car les entreprises privées n'ont pas d'intérêt à les prendre en charge car elles ne seraient pas en mesure de faire payer le consommateur.

DOCUMENT 17 La loi littoral

❶ Indiquez à quel type de biens correspond le littoral français.

Le littoral français correspond à un bien commun.

❷ Citez le nom d'une région, d'un département ou d'une commune susceptible d'être concerné(e) par la loi littoral.

Par exemple :
- des régions : la Bretagne ou Rhône Alpes-Auvergne (pour les lacs notamment) ;
- des départements : la Corse ou la Guadeloupe ;
- des communes : Cannes, Narbonne, Cabourg, Saint-Brieuc, Brest, Bonifacio, Calvi, Pointe-à-Pitre...

Des lacs peuvent aussi être concernés par la loi littoral (lac d'Annecy, lac Léman, lac du Bourget...) mais également des estuaires (Arces-sur-Gironde, Rochefort...).

❸ Expliquez quelles mesures ont été mises en place par la loi littoral.

La loi littoral cherche à protéger le littoral du danger que l'homme pourrait représenter. Pour cela, la loi est axée sur deux objectifs :
- préserver la nature avec la protection des espaces et des milieux naturels ;
- ne pas modifier le paysage en instaurant des conditions strictes pour modifier les habitations et/ou en construire.

❹ Déduisez l'effet d'une réglementation sur la préservation de ce type de biens.

La réglementation par les pouvoirs publics permet de préserver ces biens communs de manière à ce que la recherche de profits des organisations privées (ou même la recherche de bien-être d'un individu isolé) ne dégrade pas la qualité de ces biens.

Préparer sa synthèse

❶ Présentez les moyens utilisés par l'État pour corriger les défaillances du marché.

Différents moyens sont utilisés par l'État pour corriger les défaillances du marché :
- la réglementation (contrôles, création de labels, intervention de l'Autorité de la concurrence, sanctions...) ;
- la création de taxes (exemple : la taxe carbone) ou l'octroi de subventions, d'aides publiques ;
- la prise en charge de certaines productions par les pouvoirs publics (exemple : la Défense).

❷ Présentez le rôle de l'Autorité de la concurrence dans la mise en place d'une politique de la concurrence.

L'Autorité de la concurrence est l'arbitre de la concurrence en France. Son rôle est de faire respecter les règles du jeu de la concurrence pour éviter des dérives qui, au final, pénaliseraient des agents économiques. Elle veille à favoriser les situations de concurrence. C'est elle également qui régule la concurrence en luttant contre les ententes illicites ou encore en favorisant l'émergence de nouvelles concurrences.

3 Quelles sont les défaillances de l'État en matière d'intervention économique ?

DOCUMENT 18 La privatisation des autoroutes

❶ Rappelez à quoi correspond la notion de privatisation.

La privatisation est l'opération consistant à transférer, par la vente d'actifs, une activité ou une entreprise du secteur public au secteur privé.

❷ Indiquez de quelle privatisation il est question dans ce document.

Il s'agit de la privatisation des sociétés d'autoroutes.

❸ Expliquez ce qui peut être reproché à l'État concernant cette privatisation.

Il est reproché à l'État de ne pas avoir considéré l'intérêt de l'usager en particulier et des contribuables en général. En privatisant les autoroutes, leur valeur a été mal estimée, ce qui a comme conséquence une moindre recette que celle que l'État aurait pu espérer à court terme. Leur rentabilité a également été mal estimée, ce qui prive l'État de rentrées d'argent régulières. Le bien de l'État n'a pas été géré dans l'intérêt des citoyens français.

DOCUMENT 19 Le repli des services publics

❶ Rappelez les principaux domaines d'intervention de l'État.

L'État intervient dans différents domaines : la protection sociale, les services publics régaliens, l'éducation, la recherche, la culture...

❷ En vous aidant du texte, indiquez les reproches faits par le Défenseur des droits à l'encontre des services publics.

Il est reproché aux services publics de ne plus répondre aux demandes des usagers et des usagères, voire de leur mettre des « obstacles » afin qu'ils n'accèdent pas à leurs droits. Le Défenseur des droits note donc un repli des services publics, qui ne répondent pas à leur finalité qui est la satisfaction des besoins sociaux et la recherche de l'intérêt général.

DOCUMENT 20 La démographie médicale en France

❶ Indiquez ce que présente cette carte.

Cette carte représente la démographie médicale en France en 2012, c'est-à-dire la densité de médecins généralistes pour chaque département.

❷ Expliquez en quoi l'État est concerné par cette situation.

L'État est concerné par cette situation dans la mesure où il doit répondre aux besoins de soins des citoyens français.

❸ En vous aidant des réponses aux questions du document 19, estimez la part de responsabilité de l'État dans cette situation.

L'État, comme pour les privatisations, aurait dû agir en amont en anticipant les éventuels départs en retraite des médecins et en tenant compte des prévisions de population pour chaque département. Au regard de ces deux éléments, l'État aurait pu inciter la création de maisons de santé, prévoir un plan incitatif d'installations de jeunes médecins dans les zones les plus à risque ou encore proposer des aides aux médecins étrangers pour venir s'installer en France. L'objectif ici est de pouvoir répondre aux besoins médicaux des habitants.

DOCUMENT 21 La responsabilité des gestionnaires publics

❶ Commentez la phrase soulignée dans le premier texte.

Il existe une forme de défiance à l'égard des élus locaux, c'est-à-dire envers ceux qui ont en charge la gestion de l'argent public au niveau local (par exemple, au niveau de la commune). Cette « crise de confiance » s'explique par une éventuelle mauvaise gestion, des cas de détournement et d'irrégularité.

2 Illustrez cette situation en utilisant l'exemple donné dans le second texte.

L'exemple du second texte illustre les raisons de cette crise de confiance. Il s'agit d'un élu qui aurait détourné des fonds publics (c'est-à-dire provenant des prélèvements obligatoires) à des fins personnelles alors que ces fonds sont destinés à remplir les missions de service public.

3 Expliquez la « crise de confiance » qui peut exister en France à l'égard des gestionnaires publics.

La transparence demandée aux élus s'explique par des cas comme celui évoqué dans le second texte. Les abus de certains ont jeté une forme de discrédit sur l'ensemble des gestionnaires publics. En ayant plus d'informations sur l'utilisation des fonds publics, les citoyens se prémunissent d'éventuels abus, ce qui contribue à une forme de démocratie participative.

Préparer sa synthèse

1 Citez des situations illustrant des défaillances de l'État.

On peut citer par exemple :

- une mauvaise gestion de la cession des actifs lors des opérations de privatisation (exemple : les autoroutes) ;
- des réponses approximatives apportées aux usagers sollicitant des services publics, avec pour conséquence que les usagers ne peuvent pas accéder ou mal accéder à ces services (exemple : les déserts médicaux) ;
- des gestionnaires publics dont le souci premier n'est pas la bonne gestion des fonds publics, ce qui prive les citoyens de l'intégralité des fonds dont ils pourraient bénéficier afin d'améliorer leur qualité de vie.

2 Expliquez pourquoi on parle de « défaillances » de la part de l'État.

On parle de défaillances car l'État remplit mal ses fonctions, ce qui a des conséquences sur la qualité du service public rendu et sur le fait de garantir l'intérêt général.

? Activités

1 Se tester

Répondez par vrai ou faux aux affirmations suivantes puis justifiez vos réponses.

1. Une usine qui crée des emplois dans une région sinistrée par le chômage est une externalité négative.
Faux. C'est une externalité positive puisque l'installation de l'usine procure un avantage aux habitants de la région.

2. La pollution automobile génère des coûts sociaux.
Vrai. Le principal coût social correspond aux dépenses de santé (problèmes respiratoires…).

3. La présence d'asymétries d'information signifie que l'information est transparente.
Faux. C'est l'inverse : certains acteurs économiques ne possèdent pas toutes les informations contrairement aux autres protagonistes.

4. Un duopole est un marché dont la caractéristique est l'atomicité.
Faux. Un duopole est une situation où de nombreux acheteurs sont face à deux vendeurs.

5. L'éclairage public est un bien collectif.
Vrai. C'est une consommation non rivale et un bien non excluable.

6. La réglementation permet aux pouvoirs publics d'encourager les externalités positives.
Vrai. Par exemple, proposer un crédit d'impôt à une entreprise s'installant dans une région sinistrée encourage cette installation.

7. Les péages urbains sont un exemple illustrant le principe du pollueur-payeur.
Vrai. Ils ont comme objectif de réduire la pollution en faisant payer ceux qui l'engendrent, c'est-à-dire les automobilistes.

8. Le contrôle technique incite les propriétaires de voiture à cacher des informations.
Faux. C'est l'inverse : le contrôle technique permet de rendre l'information transparente pour tous les acteurs économiques.

9. Utiliser un label alimentaire permet aux producteurs de rassurer les consommateurs.
Vrai. Les labels alimentaires permettent de garantir la qualité des produits achetés par les consommateurs.

10. L'Autorité de la concurrence est un organisme qui incite à la mise en place de cartels.
Faux. L'Autorité de la concurrence joue le rôle de « gendarme » dans les pratiques concurrentielles des entreprises afin que certaines pratiques abusives cessent (comme les ententes sur les prix).

11. De par leur nature, la production des biens collectifs doit être confiée à des entreprises privées.
Faux. Une entreprise privée n'a aucun intérêt à produire ce type de biens. Il faut donc confier cette production aux pouvoirs publics.

12. Les biens communs sont sous-exploités.
Faux. Les biens communs sont surexploités (voir la vidéo « What is the tragedy of the commons? » de l'activité 4, p. 35 du manuel).

2 Construire sa carte mentale

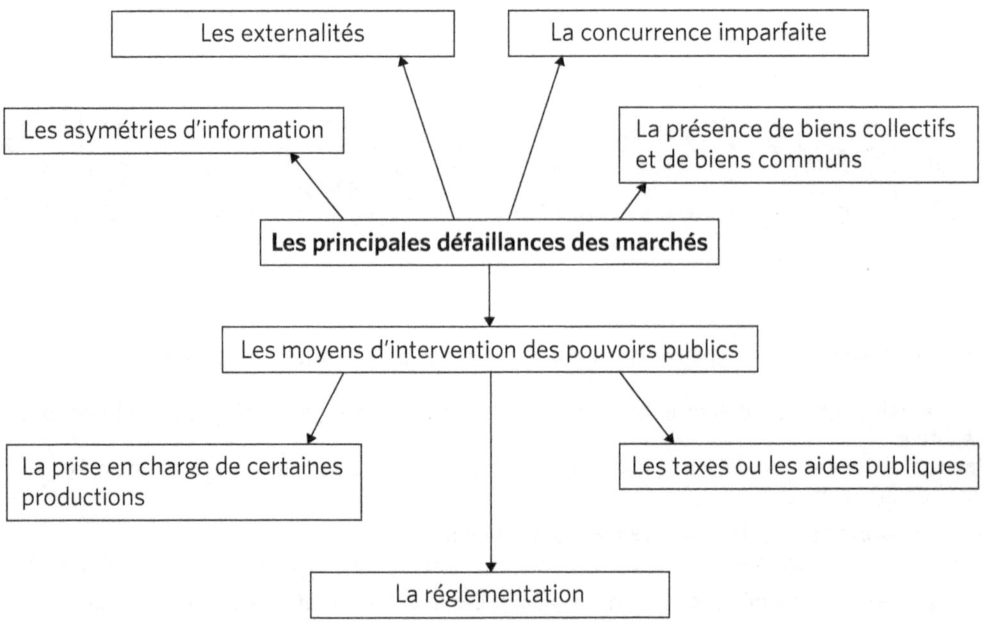

3 S'entraîner au Grand Oral

La correction devra prendre en compte des éléments de forme (clarté des propos, communication para-verbale et non verbale, utilisation d'un outil de présentation assistée par ordinateur, respect du temps imparti...) et de fond (respect du sujet choisi, définition des termes clés, explications précises sur le sujet, lien explicite avec une défaillance vue dans le cours...) pour la préparation au Grand Oral.

4 Comprendre une notion à l'aide d'une vidéo

Cette vidéo peut être proposée au professeur d'anglais dans l'objectif d'un coenseignement. Elle peut également être utilisée en anglais technique en l'insérant dans la notion de l'idée de progrès.
Traduction des questions (à adapter en fonction des objectifs) :
1. *How would you define commons resources?*
2. *Explain the meaning of "tragedy of commons".*
3. *Does the overuse of commons resources only trigger economic issues?*
4. *What solutions are implemented to preserve these commons resources?*

1. À l'aide de la vidéo, définissez la notion de biens communs.
Un bien commun est un bien ou un service dont la consommation obéit au principe de rivalité (ce que les uns consomment ne peut être consommé par les autres) et de non excluabilité (le consommateur n'ayant pas payé pour un bien ou un service ne peut être exclu de la consommation de ce bien ou de ce service).
La vidéo donne l'exemple d'un étang : on ne peut interdire à personne d'y pêcher et ce qu'un pêcheur a pêché, un autre ne pourra le consommer.

2. Expliquez la signification du problème de la « tragédie des biens communs ».
Cette notion, introduite en 1833 par Lloyd puis reprise par Hardin, met en lumière le fait que l'optimisation individuelle à court terme (manger du poisson tous les soirs, par exemple, sans se préoccuper du nombre de poissons pêchés) n'est optimale pour personne à long terme (on peut imaginer que, sur le long terme, il n'y aura plus de poissons à pêcher et donc qu'aucun individu ne sera satisfait). La tragédie des biens communs (en anglais *tragedy of the commons*) est donc un concept utilisé pour évoquer les conséquences néfastes de la recherche de profit individuel associé à l'utilisation de ressources communes gratuites.

3. Indiquez si la surexploitation des biens communs provoque uniquement des problèmes économiques.
Remarque : le professeur indiquera aux élèves que l'adverbe « uniquement » a été oublié dans la consigne du manuel.
La vidéo met en lumière les conséquences en cascade que les problèmes économiques dus à la surexploitation des biens communs provoquent :
- des problèmes sociaux : les problèmes médicaux liés à la résistance aux antibiotiques ;
- les problèmes environnementaux : la pollution que provoque une centrale à charbon.

Sont cités également les exemples suivants : les détritus, les pénuries d'eau, la déforestation, les embouteillages ou encore l'achat d'eau en bouteille.

4. Citez les solutions mises en place pour préserver ces biens communs.
La vidéo met en avant la capacité de l'humanité à préserver les biens communs par des contrats sociaux, des accords collectifs, l'élection de gouvernements prenant en compte ce défi, la réglementation. On peut aussi citer l'éducation à l'environnement dès le plus jeune âge, notamment à l'école. Certes ces solutions ne fonctionnent pas toujours mais elles peuvent aboutir à la mise en place de dispositifs pouvant donner des résultats concrets comme le protocole de Kyoto.

5 Travailler la méthode : analyser un graphique

1. Rédigez une phrase avec le nombre 10 entouré sur le graphique.
En 1970, chaque habitant de la Russie émettait en moyenne 10 tonnes de CO_2 dans l'année.

2. Décrivez l'évolution générale des courbes, éventuellement en distinguant différents groupes.
La courbe de l'Union européenne et la courbe du monde peuvent être des points de repère pour les élèves.
Les États-Unis, le Japon et la Russie se distinguent par une émission de CO_2 par habitant bien plus importante que la moyenne des pays dans le monde : entre 5 à 12 points de plus en 2015.
La Chine a vu ses émissions quasiment doubler en 10 ans, de 2005 à 2015, rattrapant ainsi les pays les plus émetteurs de CO_2.
Enfin, les émissions de l'Inde ont été stables depuis 35 ans, en notant toutefois une légère augmentation depuis 15 ans.

3. Proposez une explication à cette évolution.
Différentes explications peuvent être avancées. Il faut bien mettre en avant le fait qu'il s'agit de l'émission de CO_2 par habitant. Ainsi, si la population augmente pour un même niveau d'émission au total alors l'émission de CO_2 par habitant diminuera mathématiquement. On peut partir du principe que si la population augmente, alors les émissions de CO_2 augmenteront proportionnellement afin de simplifier la réflexion ici.
Ces évolutions peuvent être dues :
- au développement des échanges mondiaux qui conduisent à un besoin plus important en transports (notamment aérien ou routier) ;
- à la société de consommation qui pousse, par exemple, les individus à rouler avec des voitures toujours plus puissantes ou encore à équiper les maisons individuelles de climatisation ;
- au secteur du bâtiment en pleine croissance du fait de l'augmentation de la population sur terre (secteur très consommateur en énergie) ;
- à l'augmentation de la croissance, ce qui signifie produire plus de richesses : cela implique la plupart du temps des émissions de gaz à effet de serre.

4. À partir de vos connaissances, déterminez quelles réponses pourraient apporter les pouvoirs publics au niveau national puis présentez les difficultés éventuelles à la mise en place de ces réponses.
Les pouvoirs publics peuvent, par exemple, apporter les solutions suivantes :
- la mise en place d'une réglementation, à travers des taxes pigouviennes basées sur le principe du pollueur/payeur ;
- l'incitation citoyenne, à travers des programmes d'éducation à l'environnement ;
- les incitations économiques, à travers l'octroi de subventions aux entreprises vertueuses (par exemple, mettant en avant des circuits locaux) ;
- des accords collectifs (par exemple, entre entreprises d'un même secteur d'activités)...

Les pouvoirs publics pourraient être confrontés aux difficultés suivantes :
- une application de la réglementation parfois difficile et longue à mettre en place (les portails mis en place pour taxer les poids lourds, par exemple, ont été un échec) ;
- la réticence des agents économiques à prendre de nouvelles habitudes ;
- la difficulté de mettre en place une réglementation au niveau européen ou mondial alors que les échanges commerciaux concernent tous les pays ;
- le coût immédiat de la mise en place des incitations qui laissent peu entrevoir les bénéfices à long terme...

Objectif Bac

À partir de vos connaissances et de la documentation fournie dans les annexes 1 à 4 :

❶ Comparez les émissions de gaz à effet de serre des différents pays.

De manière globale, les émissions de gaz à effet de serre (GES) ont augmenté de 50 % dans le monde en 26 ans (1990-2016). Cependant, les pays de l'Union européenne ont vu leurs émissions de GES diminuer, ce qui est à contre-courant de la tendance mondiale. On peut noter une baisse de 25 % des GES en France sur cette période.
La Chine présente un bilan inquiétant puisque ses émissions de GES ont augmenté de 350 % en 26 ans, alors que dans le même temps les États-Unis n'ont augmenté leurs émissions que de 7 %.

❷ Après avoir rappelé ce qu'est un bien commun, décrivez les effets attendus de l'accord de Paris sur le climat.

Un bien commun est un bien ou un service dont la consommation obéit au principe de rivalité (ce que les uns consomment ne peut être consommé par les autres) et de non excluabilité (le consommateur n'ayant pas payé pour un bien ou un service ne peut être exclu de la consommation de ce bien ou de ce service).
Attention, on peut ici faire référence également aux biens publics mondiaux dont la caractéristique est d'être des biens collectifs, non rivaux et non exclusifs, qui possèdent un caractère mondial.
L'accord de Paris sur le climat a comme objectif de préserver les biens publics mondiaux mais, par effet de ricochet, de préserver également les biens communs comme les ressources naturelles (exemple : les bancs de thon rouge).
Différents effets sont attendus suite à l'accord de Paris sur le climat :
- contenir le réchauffement climatique (limitation de l'élévation des températures à 1,5 °C ou encore limitation des GES) ;
- une convergence mondiale vers l'objectif de préserver ce bien commun qu'est l'environnement. Pour cela, les pays développés doivent être solidaires des pays en développement (apport de ressources financières et de bonnes pratiques) ;
- trouver des financements pour accompagner la transition écologique avec un plancher de 100 milliards de dollars à fournir par an par les pays riches ;
- savoir évaluer à la fois les résultats obtenus (mécanisme de révision) pour les adapter tous les 5 ans et les pertes dues au réchauffement, notamment pour aider les pays vulnérables.

❸ Présentez l'argument que les États-Unis mettent en avant pour expliquer leur retrait de l'accord de Paris.

Les États-Unis se retirent de l'accord de Paris en mettant en avant que les conditions de cet accord vont à l'encontre de la préservation des emplois américains. Redynamiser le secteur de l'emploi nécessite, selon le président Donald Trump, de ne pas respecter les obligations de l'accord de Paris.

❹ Rédigez une argumentation qui vous permette de répondre à la question suivante : « Pourquoi est-il difficile de préserver les biens publics mondiaux ? »

Ici, la question n'appelle pas une réponse structurée en plusieurs parties distinctes. Cependant, le professeur peut conseiller aux élèves de distinguer les difficultés organisationnelles des difficultés institutionnelles, par exemple, afin de les inciter à structurer leur pensée.
Un bien public mondial se définit comme un bien dont la caractéristique est d'être un bien collectif, non rival et non exclusif, qui possède un caractère mondial. Le retrait des États-Unis en 2017 de l'accord de Paris sur le climat montre la difficulté des pays à trouver un terrain d'entente pour converger vers cet objectif unique qu'est la préservation des biens publics mondiaux.

Mettre en place la préservation des biens publics mondiaux, c'est affronter des difficultés telles que :
- trouver un consensus entre des pays dont les enjeux nationaux ne sont pas identiques (exemple : Trump et sa politique de relance de l'emploi) ;
- mettre en place une gouvernance mondiale afin de lever les problèmes de coopération interétatique ;
- convaincre les pays les plus vulnérables que la transition écologique sera source d'effets positifs à moyen ou long terme (contre des gains économiques immédiats) ;
- trouver des sources de financement importantes, notamment pour aider les pays dont la transition écologique est naissante ;
- établir un calendrier d'actions communes à la fois dans les objectifs à atteindre et pour mettre en place des modes de révision efficaces ;
- adapter la réglementation nationale aux dispositions des traités internationaux ;
- faire changer les modes de consommation des populations et de production des entreprises...

Synthèse

1. Quelles sont les défaillances du marché ?

Les défaillances du marché sont des situations dans lesquelles le marché concurrentiel ne peut réguler efficacement les activités économiques. On en dénombre quatre :

Les asymétries d'information
Dans cette situation, les consommateurs ne disposent pas de toute l'information sur la qualité du bien qu'ils désirent acheter, contrairement aux vendeurs. L'exemple classique est celui du marché des voitures d'occasion : le vendeur peut, par exemple, cacher le fait que la voiture ait été accidentée à l'acheteur potentiel.

La concurrence imparfaite
Il s'agit d'une situation dans laquelle le marché déroge, par au moins une caractéristique, au modèle de la concurrence parfaite. On distingue particulièrement deux types de structure qui illustrent cette concurrence imparfaite :
- un marché avec un nombre limité d'entreprises (monopole, duopole, oligopole) ;
- un marché avec de nombreux produits différenciés (concurrence monopolistique).

Les externalités
Dans cette situation, le résultat de l'activité économique d'un agent a un impact sur d'autres agents.
Ce résultat peut être un avantage : on parle alors d'externalité positive. C'est le cas, par exemple, de l'installation d'une entreprise dans une commune, cette entreprise créant des emplois pour la population.
Ce résultat peut être une nuisance : on parle d'externalité négative. C'est le cas, par exemple, de l'installation d'une usine polluante dans une commune. Son activité générera de la pollution de l'air pour l'ensemble de la population proche.

La présence de biens collectifs et de biens communs
Un bien collectif est un bien ou service qui peut être consommé simultanément par plusieurs personnes et pour lequel on ne peut exclure des individus en exigeant un paiement. Par exemple, un feu d'artifice le 14 Juillet. Les caractéristiques du bien collectif entraînent une sous-production voire l'absence de production.
Un bien commun est un bien non exclusif mais rival, c'est-à-dire un bien dont on ne peut exclure personne de sa consommation mais dont l'utilisation par un individu est coûteuse ou réduit l'utilisation du bien par d'autres individus. Par exemple, un banc de poissons dans la mer. Les caractéristiques du bien commun entraînent une surproduction, qui entraîne à son tour une baisse du gain collectif.

2. Comment l'État intervient-il pour corriger les défaillances du marché ?

Pour permettre au marché de mieux fonctionner, les défaillances doivent être corrigées. Différents moyens sont mis en place par les pouvoirs publics tels que :
- la réglementation (contrôles, création de labels, intervention des autorités de la concurrence, sanctions...) ;
- la création de taxes (exemple : la taxe carbone) ou l'octroi de subventions, d'aides publiques ;
- la prise en charge de certaines productions par les pouvoirs publics (exemple : la Défense nationale).

L'objectif est unique : faire en sorte que le marché fonctionne mieux malgré la présence de ces défaillances.
L'État joue donc un rôle clé dans la correction des défaillances du marché.

3. Quelles sont les défaillances de l'État en matière d'intervention économique ?

Dans certains cas particuliers, on peut évoquer le terme de « défaillances » si l'État ne remplit pas parfaitement ses fonctions. Certaines institutions ou organisations comme le Conseil d'État ou le Défenseur des droits pointent du doigt les dysfonctionnements de l'État en matière d'intervention économique. On parle également parfois de « crise de confiance » du peuple envers l'État.

On peut citer par exemple :
- la privatisation des autoroutes au détriment financier des usagers ;
- les déserts médicaux de plus en plus importants sur le territoire français ;
- les détournements de fonds par des élus de la République.

CHAPITRE

3 Les politiques économiques de l'État

THÈME 6

Comment l'État peut-il intervenir dans l'économie ?

1. L'intervention de l'État
2. Défaillances des marchés et défaillances de l'État
3. **Les politiques économiques de l'État**
4. Les politiques économiques au niveau européen
5. Les politiques sociales

NOTIONS ABORDÉES

- Les fluctuations et les cycles économiques (expansion, récession, dépression, crise)
- La politique contracyclique
- La politique budgétaire et la politique monétaire
- Les politiques de la concurrence

CONTEXTE ET FINALITÉS

- Afin de stabiliser les grands agrégats macroéconomiques (produit intérieur brut, emploi, stabilité des prix, commerce extérieur), l'État peut mettre en œuvre des politiques d'offre ou de demande fondées, par exemple, sur l'abaissement des coûts des facteurs de production, l'aide à l'innovation, les incitations financières, l'abaissement ou la hausse des impôts directs, indirects et des aides sociales.
- Les politiques à plus long terme visent, quant à elles, à modifier durablement le fonctionnement du système économique. Elles doivent créer un cadre favorable à la croissance et au développement d'un territoire. Parmi ces politiques, on trouve notamment les politiques de remise à la concurrence d'anciens monopoles d'État, la politique de la concurrence et de lutte contre les cartels, l'économie de la connaissance, la politique de recherche et d'innovation.

1 Repérez l'action de l'État pour agir sur la demande du marché automobile.

L'État verse une prime aux ménages et aux entreprises pour remplacer leur ancien véhicule polluant par un véhicule plus propre.

2 Ce dispositif a-t-il des conséquences positives pour notre croissance?

Oui, les ventes de véhicules électriques augmentent : c'est donc plus de production pour les entreprises. Une hausse de la production se traduit par une hausse du PIB (produit intérieur brut).

3 Avec cette mesure, l'État recherche-t-il des effets à long terme?

Cette mesure permet de modifier le comportement des agents économiques et d'orienter leurs choix vers des produits plus écologiques et ainsi de préserver les ressources naturelles et protéger notre environnement.

VIDÉO **Prime à la conversion : ce qui change**
lienmini.fr/e30705avt3

1 Relevez les deux principaux changements pour l'attribution de la prime à la conversion 2019.

Les deux principaux changements sont :
- de cibler davantage les ménages les plus modestes : le droit à la prime est lié au revenu fiscal de référence indiqué sur la feuille d'impôt, les ménages les plus riches sont donc exclus du nouveau dispositif ;
- d'exclure les véhicules diesels et à essence trop polluants, mais aussi les véhicules dont le prix d'achat est supérieur à 60 000 euros.

2 Expliquez les motivations de l'État pour ce nouveau dispositif.

En créant des conditions plus restrictives pour obtenir la prime à la conversion, l'État cherche à :
- limiter ses dépenses car la prime à la conversion rencontre un grand succès et pèse sur le budget ;
- encourager davantage l'achat de véhicules électriques, plus propres pour l'environnement.

1 Quels sont les objectifs et les outils de la politique économique de l'État ?

DOCUMENT 1 Le cycle économique et ses différentes phases

1 Associez les numéros du graphique aux intitulés des phases du cycle économique.

1 → C ; 2 → D ; 3 → A ; 4 → B

2 À votre avis, que se passe-t-il après la phase de reprise ?

La reprise annonce une phase d'expansion, c'est donc un nouveau cycle économique qui recommence.

3 Distinguez une fluctuation économique d'un cycle économique.

Une fluctuation est une variation de l'activité économique (mouvement de hausse ou de baisse de la production) alors qu'un cycle économique est un ensemble de quatre phases (expansion, crise, récession ou dépression, reprise) amené à se répéter régulièrement.

DOCUMENT 2 La crise de 1929 et la « grande dépression »

1 À quel agrégat macroéconomique correspond la « grande dépression » ?

La dépression est une des quatre phases du cycle économique, elle traduit la baisse de la production dans le pays, une baisse de l'activité économique. Elle fait référence à la baisse du PIB et donc du taux de croissance.

❷ Cette dépression a-t-elle eu un effet sur les autres agrégats macroéconomiques ?

Les ménages américains qui avaient des actions ou des dépôts d'argent sont ruinés. Ils sont dans l'incapacité d'acheter des produits. Ce ralentissement de la production entraîne une baisse du PIB et une hausse du taux de chômage : de 3,1 % en 1929, il passe à 24 % en 1932. Un chômage généralisé entraîne une baisse des revenus, ce qui limite les importations. Et les faillites d'entreprises ne permettent pas d'exporter. Ainsi, la dépression a eu un effet sur le taux de chômage et le solde du commerce extérieur. De plus, lorsque la demande est plus faible que l'offre sur le marché, les prix diminuent, ce qui fragilise la stabilité des prix.

❸ Construisez un schéma pour montrer l'enchaînement des conséquences économiques du krach boursier de 1929.

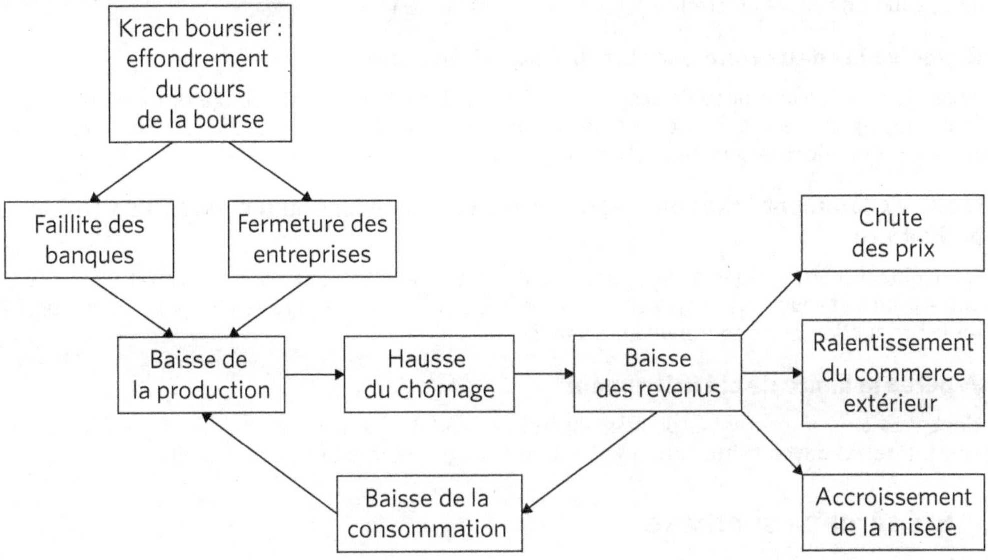

DOCUMENT 3 Soutenir l'aménagement du territoire

❶ Repérez l'action de la région Île-de-France auprès des communes et intercommunalités.

La région Île-de-France va dépenser 235 millions d'euros pour soutenir le financement des communes et intercommunalités dans leur projet de rénovation des quartiers.

❷ Montrez que cette action s'inscrit dans une politique structurelle.

La politique structurelle a pour objectif de changer profondément les institutions et le comportement des agents économiques, or la région Île-de-France soutient les projets qui améliorent l'aménagement du territoire en augmentant le nombre de logements disponibles pour les ménages. Ces rénovations doivent favoriser les mobilités durables et ainsi faciliter des déplacements écologiques. De plus, il faut privilégier les écoconstructions et veiller à être exemplaire en matière de transition énergétique et écologique. Enfin, l'objectif est d'améliorer la qualité de vie en ville et de renforcer la cohésion entre les agents.

DOCUMENT 4 Les deux instruments de la politique économique

❶ Ces deux instruments sont-ils mis en œuvre par le même agent économique ?

Non, la politique budgétaire est mise en œuvre par l'État alors que la politique monétaire est menée par les banques centrales. Pour la France, qui appartient à la zone euro, il s'agit de la Banque centrale européenne (BCE).

❷ Relevez le principal « outil » de chacune de ces politiques.

Pour la politique budgétaire, l'État utilise le niveau de ses dépenses et de ses recettes qui composent son budget.
Pour la politique monétaire, c'est le taux d'intérêt directeur qui est utilisé. En fonction de son niveau, il encourage ou non l'accès au crédit.

❸ Rappelez les deux composantes du budget de l'État.

Le budget de l'État se compose de ses recettes issues des prélèvements obligatoires (impôts et taxes versés par les agents économiques) et de ses dépenses nécessaires à ses fonctions : allocation des ressources, production de services publics, régulation.

❹ Montrez comment l'État peut agir sur la situation économique grâce à sa politique budgétaire.

Si l'État décide de commander la construction d'un pont, par exemple, et donc d'accroître ses dépenses publiques pour cet investissement, cela va créer de l'emploi et réduire le chômage mais aussi augmenter la production donc soutenir la croissance.

❺ Repérez la limite de cet instrument.

Des dépenses trop importantes peuvent accroître l'endettement et augmenter significativement la charge d'intérêts à payer. Cette situation peut donc augmenter le déficit budgétaire.

Préparer sa synthèse

❶ Proposez une définition de la notion de cycle économique.

Un cycle économique se compose de quatre phases : l'expansion, la crise, la récession ou dépression, la reprise. Il traduit les fluctuations de l'activité économique. Ces quatre phases se reproduisent régulièrement, d'où le nom de « cycle ».

❷ Distinguez la politique économique conjoncturelle de la politique économique structurelle.

Elles concernent toutes les deux la politique économique mais la politique conjoncturelle a des objectifs sur le court terme alors que la politique structurelle recherche des effets sur le long terme.
De plus, la politique conjoncturelle tend à équilibrer quatre grands agrégats : le taux de chômage, le taux de croissance, le commerce extérieur et le taux d'inflation.
La politique structurelle, quant à elle, vise à modifier durablement le comportement des agents économiques et des institutions afin d'améliorer le système économique.

2 Comment mettre en œuvre une politique de demande ?

DOCUMENT 5 La politique keynésienne

❶ D'après Keynes, comment doit réagir l'État pour faire face à une récession ?

D'après Keynes, il faut augmenter les revenus des agents pour relancer l'activité économique. Ainsi, l'État doit augmenter ses dépenses publiques pour accroître les revenus même si cela engendre un déficit budgétaire dans un premier temps.

❷ Présentez les effets attendus de cette politique sur la demande des ménages et des entreprises.

Si les ménages ont plus de revenus, alors ils consommeront davantage et cela relancera la production des entreprises.
Si les entreprises ont plus de revenus, alors elles investiront dans des biens d'équipements, ce qui augmentera l'activité des autres entreprises.

❸ Quel(s) indicateur(s) économique(s) espère-t-on améliorer ?

Grâce à une hausse de la demande (consommation et investissement), on peut espérer augmenter le PIB et donc le taux de croissance. Une croissance forte permet de créer plus d'emplois et de réduire ainsi le taux de chômage. Les efforts d'investissement des entreprises sont un facteur de compétitivité face à la concurrence internationale et favorisent les exportations.

❹ Vérifiez si la politique de la demande de Keynes est bien une politique qualifiée de contracyclique.

Oui, car cette politique vise à augmenter les dépenses publiques alors que la croissance diminue : l'évolution des dépenses suit une tendance inverse à celle du cycle économique de la croissance. On peut donc qualifier cette politique de la demande de politique contracyclique.

❺ Dans le document, le dirigeant d'entreprise est attentif à un autre indicateur pour se décider à investir, lequel ? À quel instrument de politique économique fait-il référence ?

Le dirigeant d'entreprise est attentif au niveau des taux d'intérêt. Il constate que les taux sont bas et cette information le motive pour emprunter et réaliser des investissements : agrandir son usine.
Le niveau des taux d'intérêt relève de la politique monétaire : c'est un instrument puissant pour augmenter la demande.

DOCUMENT 6 Les mesures du gouvernement à la fin 2018

DOCUMENT 7 Un bilan positif pour la croissance

❶ Rappelez la notion de pouvoir d'achat.

Le pouvoir d'achat représente la quantité de biens et de services qu'il est possible d'acquérir avec son revenu disponible.

❷ Relevez les mesures de politique budgétaire décidées par le gouvernement en précisant si elles concernent les dépenses ou les recettes publiques.

Les mesures de politique budgétaire décidées par le gouvernement sont les suivantes :

- celle qui affecte les dépenses publiques : le versement d'une prime d'activité aux ménages. Cette mesure augmente le montant des dépenses ;

- celles qui affectent les recettes publiques : baisse des impôts et des charges, détaxation des heures supplémentaires pour les ménages et les entreprises. Ces mesures réduisent les recettes publiques.

❸ Ces mesures traduisent-elles une politique de demande? Expliquez en faisant le lien avec la notion de revenu disponible.

Oui, ces mesures traduisent une politique de demande car elles visent à augmenter le revenu disponible des ménages en diminuant leurs prélèvements obligatoires et en augmentant les revenus de transfert.

❹ Cette politique de demande a-t-elle eu un effet sur la croissance?

L'Insee et la Banque de France indiquent que la hausse de la consommation a stimulé l'activité économique et favorisé la croissance en France.

DOCUMENT 8 Des taux d'intérêt bas

❶ Relevez la décision de la BCE quant au niveau du taux d'intérêt directeur.

La Banque centrale européenne (BCE) a décidé de diminuer le taux d'intérêt directeur et de le maintenir à un niveau faible.

❷ Présentez les effets attendus de cette politique monétaire.

Si la BCE décide de diminuer son taux d'intérêt directeur, c'est pour encourager la demande de crédit. En effet, la baisse du taux d'intérêt directeur sera répercutée par les banques commerciales, ces dernières pourront proposer des conditions de crédit avec une faible charge d'intérêts. Ainsi, les ménages et les entreprises seront encouragés à emprunter pour financer l'acquisition de logement ou investir. Il y aura donc une conséquence positive sur la croissance car cela augmentera la production de biens et de services.

Préparer sa synthèse

❶ Expliquez la notion de politique de demande : sur quels agents agit-elle ? Quels sont les effets recherchés ?

La politique de demande est un ensemble de décisions qui a pour objectif d'augmenter la demande globale : plus d'investissements de la part des entreprises et plus de consommation de la part des ménages. Cette hausse de la demande globale doit permettre d'améliorer les objectifs de la politique économique, notamment les quatre grands agrégats économiques : croissance, emploi, inflation, commerce extérieur.

❷ Montrez comment les politiques budgétaire et monétaire permettent de mettre en œuvre une politique de demande.

La politique budgétaire peut diminuer les prélèvements obligatoires et augmenter les revenus de transfert pour augmenter le revenu disponible des ménages.
La politique monétaire peut favoriser la demande de crédit en diminuant le taux d'intérêt directeur. Ainsi, la demande sera plus forte puisque les agents pourront emprunter pour investir et consommer.

3 Comment mettre en œuvre une politique d'offre ?

DOCUMENT 9 Faut-il alléger les charges sur les salaires ?

DOCUMENT 10 Des prélèvements en baisse pour les entreprises

❶ Repérez les décisions de l'État pour diminuer le coût du travail des entreprises.

L'État a diminué le taux d'impôt sur les sociétés de 33 % à 31 %, soit 2 points de baisse. Il a également transformé le crédit d'impôt pour la compétitivité et l'emploi (CICE) en réduction de 6 points de cotisations d'assurance maladie sur les salaires jusqu'à deux fois et demi le Smic.
Ces deux décisions allègent la fiscalité des entreprises. Ces réductions d'impôts et de cotisations peuvent permettre d'obtenir un coût du travail moins élevé.

❷ Quelle sera la conséquence possible de cette baisse du coût du travail sur l'offre en biens et services des entreprises sur le marché ?

Si le coût du travail des entreprises est plus faible, elles pourront diminuer le prix de vente de leurs biens et services et, ainsi, augmenter leurs quantités vendues en étant plus compétitives que leurs concurrents sur le marché.

❸ Cette politique qui agit sur l'offre est-elle conjoncturelle ou structurelle ? Expliquez.

C'est une politique conjoncturelle car l'État espère des effets à court terme sur la croissance et l'emploi. Une hausse des ventes des entreprises favorise l'augmentation du PIB et la création d'emplois, donc une baisse du chômage.

DOCUMENT 11 Encourager l'innovation en France

❶ Quelles sont les difficultés des entreprises qui souhaitent innover ?

Innover nécessite des fonds très importants.
Il y a également une prise de risque importante car le taux d'échec est élevé : tous les efforts de recherche n'aboutissent pas à une innovation.
De plus, les bénéfices qui pourraient découler d'une innovation ne sont pas immédiats car le délai est long entre la réussite de l'innovation et la mise en vente du produit sur le marché.

❷ Citez la solution de politique budgétaire proposée par l'État.

L'État a choisi de verser des aides financières aux entreprises afin d'accompagner leur effort de financement. Ainsi, l'État augmente ses dépenses publiques (qui composent son budget) pour faciliter l'innovation des entreprises.

❸ La politique monétaire peut-elle être favorable à l'innovation ?

Oui, car avec un taux d'intérêt directeur faible, les entreprises pourront emprunter plus facilement afin d'obtenir des ressources pour leurs besoins de financement dans le cadre de l'innovation. En effet, le niveau du taux d'intérêt détermine le poids des intérêts à payer.

❹ Ce plan d'action relève-t-il d'une politique conjoncturelle ou structurelle ? Pour atteindre quels objectifs ?

Ce plan relève d'une politique structurelle car les effets sont attendus sur le long terme. Ces innovations transformeront profondément l'offre des entreprises.
Les objectifs sont de modifier durablement l'activité économique des entreprises pour s'adapter aux enjeux de demain et assurer une croissance future pour le pays.

DOCUMENT 12 Le plan d'investissement dans les compétences (PIC)

❶ Comment le plan d'investissement dans les compétences (PIC) agit-il sur le facteur travail ?

Ce plan d'investissement propose des formations dans le numérique et les « métiers verts ». Ces deux secteurs sont des secteurs d'avenir. L'État améliore la qualité des compétences du facteur travail. En plus de cibler des métiers, le plan d'investissement répond aux besoins des entreprises locales, ainsi l'État agit pour le développement des territoires.

❷ Quels seront les avantages pour l'offre de produits des entreprises sur le marché ?

Ces formations permettent de répondre aux besoins des entreprises dans des secteurs stratégiques. Si le facteur travail est qualifié et disponible, les entreprises pourront être compétitives sur leur offre de produits sur le marché des biens et services, et pourront ainsi augmenter leur activité économique.

❸ Repérez les conséquences de cette politique d'offre sur les objectifs de politique conjoncturelle et structurelle.

Conséquences sur les objectifs de politique conjoncturelle : une hausse de la croissance, un dynamisme des exportations (pour un équilibre du commerce extérieur) et une baisse du chômage.
Conséquences sur les objectifs de politique structurelle : faire évoluer l'activité des entreprises en adaptant la formation de la population active.

DOCUMENT 13 Le rôle de l'Autorité de la concurrence

❶ Commentez les sanctions prises par l'Autorité de la concurrence et les secteurs visés.

Les secteurs sont variés : la téléphonie, le secteur bancaire, les fabricants de lessive, le secteur transport, le secteur des produits d'entretien et d'hygiène. L'Autorité de la concurrence surveille tous les marchés.
Les principales sanctions sont à l'encontre des ententes : elles sont majoritaires parmi les cinq amendes les plus élevées au cours de ces dix dernières années. La plus forte amende (1 milliard d'euros) a d'ailleurs été prononcée pour sanctionner une entente sur les prix. Mais l'Autorité de la concurrence sanctionne également les abus de position dominante et la facturation de frais injustifiés.

❷ Pourquoi la politique de concurrence s'inscrit-elle dans les actions de politique économique ?

Une politique de concurrence permet de s'assurer que la structure du marché permet la présence suffisamment nombreuse d'offreurs et de demandeurs. Ainsi, une libre concurrence permet de favoriser la recherche de compétitivité des entreprises : chacune innovera pour obtenir un avantage par rapport aux autres. Cette stimulation dynamise la croissance, les exportations et l'emploi.

Préparer sa synthèse

❶ Précisez quelle catégorie d'agent économique bénéficie plus particulièrement des mesures de la politique d'offre.

Une politique d'offre s'adresse plus particulièrement aux entreprises afin de développer leur offre de biens et de services en améliorant leurs facteurs de production : travail et capital.

❷ Démontrez que cette politique d'offre s'inscrit dans les objectifs de politique économique.

Développer l'offre des biens et des services des entreprises s'inscrit bien dans le cadre d'une politique économique conjoncturelle puisqu'un accroissement des ventes des entreprises :
- augmente le PIB ;
- créé de l'emploi et diminue le chômage ;
- dynamise les exportations.

De plus, soutenir l'offre des entreprises en améliorant les formations, en encourageant les innovations et en garantissant une libre concurrence profite aux autres agents économiques et développe la richesse des territoires. La politique d'offre s'inscrit dans des objectifs à long terme de politique structurelle.

? Activités

1 Se tester

Choisissez la ou les bonnes réponses. *(Les bonnes réponses sont en gras.)*

1. Les cycles économiques se composent :
- de 2 phases : l'augmentation et la diminution ;
- de 4 phases : le lancement, la crise, le déclin et la reprise ;
- **de 4 phases : l'expansion, la crise, la récession et la reprise.**

2. Une politique contracyclique :
- **voit l'intervention de l'État augmenter lorsque l'activité économique est faible ;**
- voit l'intervention de l'État diminuer lorsque l'activité économique est faible ;
- **voit l'intervention de l'État diminuer lorsque l'activité économique est dynamique.**

3. Il y a deux instruments pour mener une politique économique :
- la politique conjoncturelle et la politique structurelle ;
- **la politique budgétaire et la politique monétaire ;**
- la politique d'offre et la politique de demande.

4. La politique économique agit pour obtenir des effets à court terme et à long terme, il s'agit de :
- **la politique conjoncturelle et la politique structurelle ;**
- la politique budgétaire et la politique monétaire ;
- la politique d'offre et la politique de demande.

5. La politique économique peut choisir de soutenir la consommation des ménages et l'investissement des entreprises, c'est :
- la politique d'offre ;
- **la politique conjoncturelle ;**
- **la politique de demande.**

2 Construire sa carte mentale

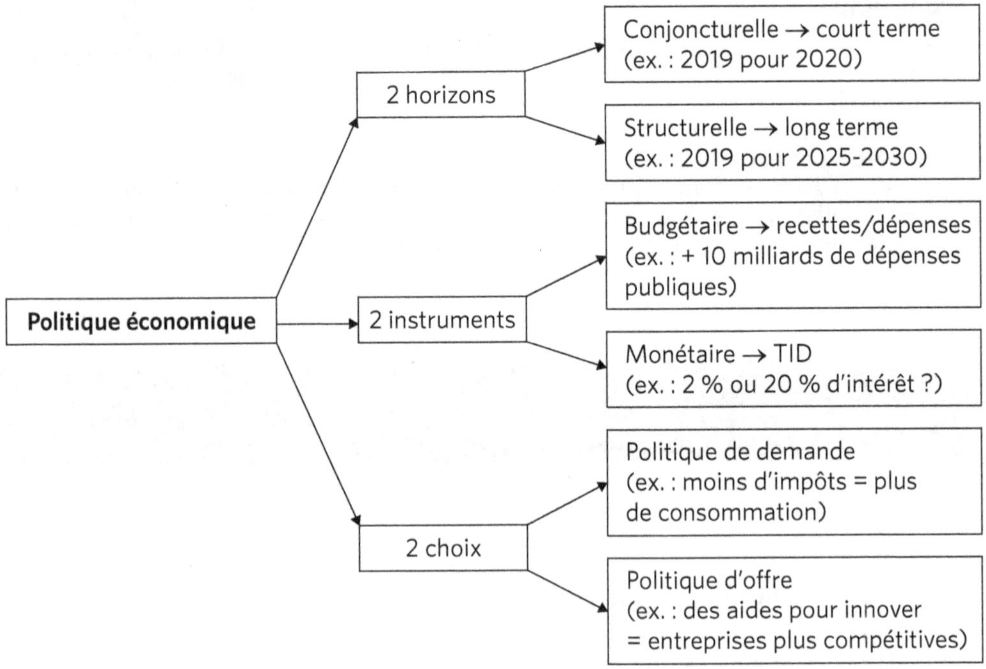

3 S'entraîner au Grand Oral

- Évolution du PIB du micropays, le STMG, entre 2009 et 2019 :

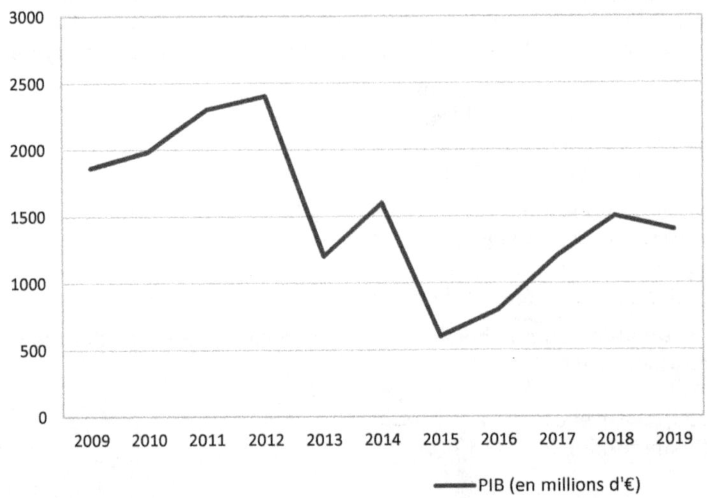

- Identification des phases du cycle économique depuis 2009 :
  - de 2009 à 2012 : c'est une phase d'expansion car le PIB augmente de 1 900 milliards d'euros environ à 2 400 milliards ;
  - en 2012, c'est la crise car c'est le point de retournement entre une hausse du PIB et une baisse ;
  - entre 2012 et 2013, le pays connaît une phase de dépression avec une baisse brutale du PIB qui est divisé par deux, puis s'amorce la reprise ;

- en effet, en 2013, le PIB augmente : l'économie est en phase d'expansion ;
- en 2014, la crise intervient lorsque le PIB atteint 1 600 milliards d'euros. Le pays fait face à une nouvelle phase de dépression en passant de 1 600 à 600 milliards d'euros de PIB ;
- dès 2015, le PIB progresse régulièrement passant de 800 à 1 500 milliards d'euros jusqu'en 2018 : c'est une expansion ;
- en 2018, il y a une 3e crise suivie d'une récession car le PIB diminue mais de façon moins brutale : il passe de 1 500 à 1 400 milliards d'euros.

• **Des arguments « pour » l'intervention de l'État :**
  - Le PIB diminue en 2019, l'État doit agir et mener une politique contracyclique pour dynamiser la croissance du pays.
  - L'État est le seul agent économique à pouvoir influencer le comportement des autres agents pour améliorer le taux de croissance.
  - La croissance est un indicateur économique qui a des incidences sur d'autres indicateurs, notamment le chômage.

• **Des arguments « contre » l'intervention de l'État :**
  - Le PIB suit un cycle économique : les baisses d'activités comme celle de 2019 sont normales, l'État ne doit pas forcément intervenir.
  - Si l'État intervient, cela passe souvent par l'utilisation de sa politique budgétaire avec une hausse des dépenses ou une baisse des recettes publiques or ce budget doit être utilisé pour des réformes plus structurelles : l'éducation, l'innovation.
  - Il y a d'autres priorités que le taux de croissance, le chômage par exemple. Ce problème doit être la priorité de l'État. Avec moins de chômage, le PIB augmentera.

4 Travailler la méthode : analyser un graphique

1. Rappelez la notion de politique conjoncturelle et précisez les objectifs.

La politique conjoncturelle désigne l'ensemble des mesures de politique économique qui agit sur le court terme. L'objectif est de stabiliser les quatre grands agrégats macro-économiques : le PIB, le chômage, l'inflation et le commerce extérieur.

2. Précisez le contexte géographique et temporel du document.

• Contexte géographique : il s'agit de la France.
• Contexte temporel : les quatre indicateurs concernent l'année 2017 selon les sources de l'Insee et de la Banque de France.

3. Relevez les données chiffrées de chaque indicateur.

• Taux de variation du PIB en volume : 2,2 %.
• Solde de la balance des transactions courantes en % du PIB : - 0,6 %.
• Taux d'inflation : 1 %.
• Taux de chômage : 9,4 %.

4. Démontrez que la représentation graphique de la situation conjoncturelle de la France ne correspond pas au carré magique de Kaldor.

D'après Kaldor, le carré magique s'obtient en réunissant les indicateurs les plus élevés de chaque axe : un taux de croissance proche de 9 %, un solde de la balance des transactions courantes positif et proche de 2 %, un taux d'inflation et un taux de chômage faibles, proches de 1 % et 2 %.
Or, nous constatons que la France ne répond qu'à un seul de ces critères : son taux d'inflation est faible. Les trois autres indicateurs de politique conjoncturelle ne traduisent pas une situation économique idéale : le taux de chômage est trop élevé, le solde du commerce extérieur est négatif et, enfin, le taux de croissance n'est pas suffisamment dynamique.

Objectif Bac

À partir de vos connaissances et de la documentation fournie dans les annexes 1 à 3 :

❶ Commentez les graphiques de l'annexe 2.

D'après les prévisions, le PIB français augmentera de 1,3 % en 2019 et le pouvoir d'achat suivra la même évolution avec une hausse de 2,3 %.
Durant les 4 trimestres 2019, l'augmentation du PIB est annoncée stable et régulière : + 0,3 %. En revanche, le pouvoir d'achat semble plus irrégulier : + 0,9 % au 1er trimestre, - 0,2 % au 2e trimestre, puis une hausse régulière : + 0,2 % et enfin + 0,8 %.
On peut conclure que la hausse du pouvoir d'achat des ménages a favorisé leur consommation, ce qui a soutenu le PIB et amélioré ainsi le taux de croissance.

❷ Précisez si la hausse du pouvoir d'achat des ménages se transforme toujours en dépenses de consommation.

Une hausse du pouvoir d'achat traduit une hausse des revenus avec des prix stables, ou bien une baisse des prix avec des revenus stables. Ce gain de pouvoir d'achat fait l'objet d'un arbitrage par les ménages : ils peuvent choisir de consommer ou d'épargner.

❸ Expliquez les motivations de l'État d'utiliser sa politique budgétaire pour mettre en œuvre une politique d'offre en faveur des PME.

Une politique budgétaire basée sur la hausse des dépenses pour soutenir l'offre des PME a plusieurs motivations :
- les PME représentent de nombreux emplois qu'il faut préserver ;
- les PME sont des acteurs majeurs dans des secteurs en pleine expansion, le luxe par exemple. Elles sont donc des atouts pour la croissance de demain ;
- aménager le territoire sur lequel sont implantées les PME avec des infrastructures adaptées pour assurer leur développement et attirer des salariés formés est un enjeu majeur pour notre économie.

❹ Rédigez une argumentation qui vous permette de répondre à la question suivante : La politique économique de l'État doit-elle se concentrer principalement sur les ménages ?

Oui, l'État doit axer sa politique économique sur les ménages :
- la hausse des revenus des ménages a un impact immédiat sur la croissance. La consommation représente la moitié du PIB ;
- les ménages ne sont pas que des consommateurs, ils sont des salariés que l'État doit former pour que la population active puisse répondre aux besoins futurs des entreprises.

Non, tous les efforts de la politique économique ne doivent pas viser exclusivement les ménages :
- les ménages peuvent utiliser leurs revenus pour épargner et non consommer. Un soutien aux ménages peut avoir un impact limité sur la croissance ;
- les entreprises sont les principaux acteurs de la production à l'origine du PIB et elles recrutent de la main-d'œuvre, ce qui a une incidence directe sur le niveau du chômage ;
- la richesse créée par les entreprises est source de revenus pour les autres agents : ménages, État, banques. Ces revenus sont nécessaires pour agir directement sur l'activité économique : dynamiser la croissance et tendre vers le plein emploi.

Synthèse

1. Quels sont les objectifs et les outils de la politique économique de l'État ?

La politique économique est l'ensemble des actions mises en œuvre par les pouvoirs publics pour atteindre des objectifs économiques.

Lorsque les objectifs de la politique économique sont d'obtenir des effets à court terme, on la qualifie de **politique conjoncturelle**. Cette dernière vise principalement à stabiliser les **quatre grands agrégats macroéconomiques** pour :

- obtenir une croissance stable et régulière (le taux de croissance correspond à la variation du PIB). Il est alors nécessaire de limiter les fluctuations qui composent les **quatre phases du cycle économique** :
  - l'expansion : phase d'augmentation du PIB,
  - la crise : point de retournement entre l'expansion et la baisse de l'activité,
  - la récession : ralentissement du PIB (le PIB augmente toujours mais à un rythme moins soutenu) ou la dépression (baisse du PIB),
  - la reprise : point de retournement entre une baisse et une hausse de la production ;
- tendre vers le plein emploi et lutter contre le chômage ;
- avoir une stabilité des prix et limiter l'inflation (hausse durable du niveau général des prix) ;
- équilibrer la balance du commerce extérieur entre les importations et les exportations.

La politique économique recherche également des effets sur le long terme : on parle, dans ce cas, de **politique structurelle**. Elle a pour objectif de modifier durablement le comportement des agents et des institutions pour créer un cadre favorable à la croissance future et au développement du territoire. Pour agir, les pouvoirs publics disposent de deux instruments :

- la **politique budgétaire** : le budget est l'ensemble des dépenses et des recettes de l'État pour une année civile. En « jouant » sur le niveau des dépenses et des recettes, il est possible d'orienter l'activité économique ;
- la **politique monétaire** : elle est menée par la Banque centrale européenne (BCE) pour la zone euro. Elle vise à faire évoluer le taux d'intérêt directeur (TID) pour rétablir les grands équilibres économiques.

Avec ces instruments, les pouvoirs publics peuvent mener une **politique contracyclique**, c'est-à-dire qui s'oppose au cycle économique en suivant la tendance inverse : le PIB diminue alors l'État utilise son budget pour augmenter la demande.

2. Comment mettre en œuvre une politique de demande ?

La politique de la demande est également appelée politique keynésienne. Elle cherche à augmenter la demande globale : la consommation des ménages, les investissements des entreprises.

Pour ce faire, elle utilise la politique budgétaire : augmenter les dépenses, diminuer les recettes afin d'accroître les revenus des agents. Elle vise principalement à augmenter la production et donc la croissance, et à créer des emplois et donc à résorber le chômage.

3. Comment mettre en œuvre une politique d'offre ?

Une politique d'offre vise à développer l'offre des entreprises en améliorant le coût, la qualité et la quantité des facteurs de production : le facteur travail et le facteur capital.

Pour cela, l'État utilise différents déterminants :
- la fiscalité ;
- l'éducation et la formation ;
- la recherche et l'innovation ;
- la politique de concurrence.

Les politiques budgétaire et monétaire permettent d'alléger les coûts des entreprises, de subventionner certains investissements, de garantir un cadre favorable à leur développement.

La politique d'offre entre dans le cadre d'une politique conjoncturelle en améliorant les quatre grands agrégats macroéconomiques, mais aussi dans le cadre de la politique structurelle en faisant évoluer durablement les structures de l'économie.

CHAPITRE

4 Les politiques économiques au niveau européen

THÈME 6

Comment l'État peut-il intervenir dans l'économie ?

NOTIONS ABORDÉES

- La politique monétaire européenne
- Les politiques budgétaires de relance ou de stabilisation et les critères européens des déficits publics

CONTEXTE ET FINALITÉS

En Europe, le processus d'intégration économique et monétaire a entraîné la mise en place d'une politique monétaire pour les pays membres de la zone euro ainsi que des règles communes de politique budgétaire. Cette intégration a été adoptée pour garantir le développement économique de l'Europe par une meilleure coordination des politiques budgétaires, la convergence des taux d'intérêts, le développement des échanges et le soutien aux politiques sectorielles et d'aménagement du territoire.

❶ Distinguez la zone euro de l'Union européenne.

Au 1er février 2020, l'Union européenne regroupe 27 pays (le Royaume-Uni s'est retiré de l'UE le 31 janvier 2020), la zone euro rassemble 19 pays de l'Union européenne qui ont décidé d'adopter une monnaie commune : l'euro.

❷ Quels sont les objectifs économiques de la zone euro ?

Les pays de la zone euro cherchent à atteindre des objectifs économiques en développant leurs échanges pour soutenir la croissance économique et l'emploi.

VIDÉO **Découvrir Erasmus +**
lienmini.fr/e30705avt4

1 À qui s'adresse Erasmus + ?

Ce programme s'adresse à différents publics : les étudiants, les apprentis, les formateurs, les enseignants, les personnels administratifs.

2 Quels sont les objectifs de ce programme européen ?

Erasmus + cherche à lutter contre le décrochage scolaire en proposant des parcours plus variés. Il vise également à dynamiser les compétences professionnelles des ménages pour que ceux-ci puissent s'adapter au contexte mondial et mieux s'insérer sur le marché du travail. Enfin, ce programme a la volonté de rapprocher les agents économiques du territoire européen : les entreprises, les universités, les collectivités territoriales...

3 Pouvez-vous relier le programme Erasmus a un objectif de politique conjoncturelle ou structurelle ?

Le programme européen Erasmus permet de répondre à un objectif de politique structurelle. En effet, encourager l'éducation et renforcer les compétences professionnelles permettent de mieux répondre aux besoins des agents économiques du territoire et d'améliorer les conditions de vie des ménages.

1 En quoi consiste la politique monétaire européenne ?

DOCUMENT 1 L'efficacité du marché unique grâce à l'euro

1 Exposez les difficultés d'échanger avec un pays qui ne dispose pas de la même monnaie.

Les difficultés d'échanger avec un pays qui ne dispose pas de la même monnaie sont les suivantes :
- le coût financier lié à la conversion d'une monnaie en une autre ;
- le manque de flexibilité et la perte de temps pour réaliser cette conversion ;
- le risque de l'évolution du taux de change entre la monnaie nationale et la monnaie de l'autre pays.

2 Présentez les avantages d'une monnaie unique partagée par plusieurs pays.

Tout d'abord, la comparaison des produits est facilitée car l'unité est la même. Ainsi, les agents économiques, ménages et entreprises, pourront rechercher plus rapidement les biens et les services qui correspondent à leurs besoins. De plus, les risques liés à l'évolution du taux de change disparaissent.

3 Concluez en expliquant pourquoi l'euro rend le marché unique plus efficace.

Une monnaie unique permet de faciliter les échanges avec une comparaison plus simple des produits et une confiance accrue sur les transactions réalisées. Le marché unique européen est donc plus efficace car l'euro permet de développer les échanges.

DOCUMENT 2 Le fonctionnement de la Banque centrale européenne

1 Relevez la mission principale de la BCE et indiquez l'outil utilisé pour mener à bien cette mission.

La BCE définit et met en œuvre la politique monétaire de la zone euro pour veiller à la stabilité des prix. En effet, elle veille à ce que le taux d'inflation n'excède pas 2 %. Pour ce faire, elle utilise le taux d'intérêt directeur qui a une influence sur le niveau des prix et sur l'économie.

2 À partir de la vidéo, citez les autres missions de la BCE.

La BCE :
- veille au bon fonctionnement des systèmes de paiement ;
- gère les réserves d'argent ;
- émet la monnaie ;
- surveille les banques ;
- collecte des informations et établit des statistiques.

3 Par qui et comment sont prises les décisions liées à la politique monétaire ?

Les décisions sont prises par le conseil des gouverneurs qui est indépendant. Les gouverneurs ne représentent pas leur pays. Ils votent en toute indépendance et dans l'intérêt de la zone euro. Le président de la BCE ne décide pas seul.
Le professeur pourra proposer aux élèves de visionner une autre vidéo sur le rôle de la BCE : www.pourleco.com/les-bases/le-dico-de-l-eco/banque-centrale-europeenne-bce

DOCUMENT 3 Le niveau du taux d'intérêt directeur et ses conséquences

1 Commentez l'évolution du taux d'intérêt directeur depuis 2005.

La tendance générale est une baisse du taux d'intérêt directeur : il est actuellement de 0 %.
Après une hausse régulière de 2005 à 2008, période pendant laquelle le taux a augmenté de 2 % à un peu plus de 4 %, il a fortement diminué au cours de l'année 2009 pour atteindre 1 %. Ensuite, la baisse a été régulière pour atteindre un taux d'intérêt de 0 %.

2 Établissez un lien entre le niveau du taux d'intérêt directeur et celui de l'activité économique.

Un taux d'intérêt bas entraîne un faible coût des intérêts à payer lorsqu'un agent économique emprunte de l'argent. Ainsi, un taux d'intérêt faible encourage la demande de crédit et augmente la consommation des ménages et l'investissement des entreprises. La conséquence sera positive pour l'activité économique.
À l'inverse, si le taux d'intérêt est élevé, cela accroît la charge d'intérêt à payer. Cette charge dissuade les agents économiques d'emprunter et ne soutient pas la demande. Une faible demande peut ralentir l'activité économique du pays.

DOCUMENT 4 Les avantages d'un taux d'intérêt directeur faible

1 Montrez comment les agents économiques (ménages et entreprises) présents sur le marché immobilier profitent de la baisse du taux d'intérêt directeur.

Si le TID est faible, les charges d'intérêts liées à l'emprunt sont peu élevées. Cela stimule donc l'achat de biens immobiliers. Ainsi, les ménages peuvent accéder à la propriété.
Une hausse de l'activité dans le secteur immobilier entraîne davantage de production de biens et de services pour de nombreuses entreprises : les entreprises du bâtiment pour la rénovation, les agences immobilières.

❷ Relevez l'origine des « économies colossales » de l'État pour 2019.

La dette publique est élevée : 2 315,3 milliards d'euros en décembre 2018. Si le TID diminue, la charge d'intérêt à payer sera beaucoup plus faible et permettra d'importantes économies puisque ce taux est proportionnel au montant emprunté.

❸ Faites des propositions dans le cadre d'une politique structurelle ou conjoncturelle pour réaffecter les 7 milliards d'économies de l'État *(phrase soulignée)*.

Ces économies peuvent permettre d'atteindre des objectifs de la politique structurelle en finançant des investissements publics d'aménagement du territoire (créer des logements sociaux par exemple, assurer plus de mobilité avec de nouveaux moyens de transport) ou en soutenant la recherche des entreprises.

Cette ressource financière supplémentaire peut également servir dans le cadre de la politique conjoncturelle : accorder des réductions d'impôts aux ménages et/ou aux entreprises afin d'augmenter leurs revenus et soutenir la croissance.

Préparer sa synthèse

❶ Quel est le rôle de la politique monétaire ? Quel est son principal outil ?

La politique monétaire est un instrument de la politique économique, elle a pour mission principale de veiller à la stabilité des prix en limitant l'inflation.

L'outil principal pour mener à bien sa mission est le taux d'intérêt directeur. Le TID a une influence sur la décision des agents économiques d'emprunter ou non du fait de l'incidence de ce taux sur la charge d'intérêt à payer.

❷ Qui décide de la politique monétaire ? À destination de quels pays ?

C'est la Banque centrale européenne qui décide de la politique monétaire pour l'ensemble des pays de la zone euro.

2 Comment se décident les politiques budgétaires dans le contexte européen ?

DOCUMENT 5 Des critères de convergence pour rapprocher les économies européennes

❶ Indiquez l'agent économique qui décide de la politique budgétaire du pays.

Chaque État décide de la politique budgétaire pour son pays.

❷ Relevez les critères que chaque pays doit respecter concernant ses finances publiques pour assurer l'union économique et monétaire dans la zone euro.

Les critères de convergence ont été précisés dans le traité de Maastricht :
- le déficit public doit être inférieur à 3 % du PIB ;
- la dette publique ne doit pas dépasser 60 % du PIB.

De plus, le Pacte de stabilité et de croissance a ajouté que les soldes budgétaires devaient être à l'équilibre ou excédentaires.

❸ Justifiez l'intérêt des critères de convergence.

Ces critères de convergence se justifient car la zone euro est constituée de pays ayant des situations économiques différentes. Il est donc nécessaire de partager des règles communes pour les finances publiques afin que la situation d'un pays n'ait pas de répercussions négatives sur tous les autres pays de la zone euro, comme des difficultés à emprunter du fait de la défaillance d'un des pays.

❹ Expliquez les critiques à l'égard de ces règles communes.

Ces règles communes sont critiquées car elles sont rigides et ne font pas la différence entre un pays qui accroît son déficit pour soutenir des investissements d'avenir qui auront, à terme, des effets positifs sur les recettes publiques, et un pays qui ne contrôle pas ses dépenses de fonctionnement. De plus, ces critères de convergence ne tiennent pas compte des aléas économiques comme une récession mondiale.

DOCUMENT 6 Le pacte budgétaire européen

❶ Quel critère de convergence est précisé dans le pacte budgétaire européen ?

Le pacte budgétaire vient préciser le critère concernant le déficit budgétaire. Ainsi, il indique que le déficit structurel ne doit pas dépasser 0,5 % du PIB. C'est donc une règle supplémentaire à la règle des 3 % maximum de déficit budgétaire inscrit dans le traité de Maastricht.

❷ En quoi ce pacte marque un assouplissement dans les règles budgétaires à respecter ?

Le pacte durcit le niveau du déficit structurel lié au fonctionnement habituel de l'État mais il reconnaît que le déficit conjoncturel s'explique par des circonstances exceptionnelles. Ainsi, une récession entraîne plus de chômage et donc plus d'allocations chômage à verser, ce qui accroît les dépenses budgétaires. Un pays peut ne pas avoir un budget équilibré si son déficit est lié à des dépenses inhabituelles.

DOCUMENT 7 Politique budgétaire : stabilisation ou relance ?

❶ Repérez les objectifs économiques d'une politique de relance et ceux d'une politique de stabilisation (ou de rigueur).

Une politique de relance a pour objectif de soutenir l'activité économique : si l'État augmente ses dépenses pour stimuler la demande des agents économiques, cela permet de dynamiser le PIB et l'emploi.

Une politique de stabilisation (ou de rigueur) a pour objectif de limiter l'inflation ou les déséquilibres extérieurs. Il est donc nécessaire de limiter la demande des agents soit en augmentant les prélèvements obligatoires, soit en limitant les dépenses publiques.

❷ Expliquez si l'État français a toute liberté pour engager une politique de relance budgétaire.

L'État français peut choisir une politique de relance budgétaire mais il devra respecter les critères de convergence car la France fait partie de la zone euro et doit donc atteindre l'équilibre budgétaire ou ne pas dépasser 3 % du déficit public.

DOCUMENT 8 Les soldes budgétaires dans l'Union européenne

❶ Comparez les soldes budgétaires des pays européens présentés et précisez si les critères européens des déficits publics sont respectés.

D'une façon générale, les soldes budgétaires européens sont déficitaires avec un solde de – 0,7 % du PIB.

Le Luxembourg a un excédent budgétaire confortable (+ 2,7 %), comme l'Allemagne (+ 1,9 %) et les Pays-Bas (+ 1,5 %).
En revanche, l'Italie, le Royaume-Uni, l'Espagne et la France ont un déficit public qui oscille entre 2,2 % et 2,5 %. Malgré ce déficit, ces pays respectent les critères de convergence européens.
Seul Chypre, avec un déficit public de 4,4 % de son PIB, dépasse le seuil autorisé.

❷ Au regard de l'évolution de son déficit public entre 2009 et 2018, quelle politique budgétaire la France a-t-elle choisie ?

La France avait un déficit public de 7,9 % du PIB en 2009, il est de 2,5 % en 2018. La France a donc opté pour une politique de stabilisation (ou de rigueur) pour réduire son déficit : l'État a diminué ses dépenses publiques et/ou augmenté ses recettes pour réduire son solde négatif et respecter les critères de convergence européens.

❸ Quelle politique budgétaire est conseillée par la Commission européenne à l'Allemagne et aux Pays-Bas ? Quel est le but recherché ?

Avec leur excédent budgétaire, la Commission européenne recommande à l'Allemagne et aux Pays-Bas de diminuer leur dette mais, dans le même temps, d'augmenter les dépenses d'investissement. En effet, investir auprès des entreprises et des ménages permet de renforcer l'efficacité de la production et d'accroître le PIB et donc la croissance économique.
Le professeur pourra proposer aux élèves de visionner une autre vidéo sur le sujet : www.dessinemoileco.com/austerite-ou-relance-comment-choisir/

Préparer sa synthèse

❶ Listez les critères européens à respecter concernant les déficits publics.

Les critères européens à respecter concernant les déficits publics sont les suivants :
- le solde budgétaire doit être à l'équilibre ou excédentaire mais un déficit conjoncturel est accepté ;
- le déficit public doit être inférieur à 3 % du PIB ;
- le déficit structurel doit être inférieur à 0,5 % du PIB.

❷ Distinguez une politique de relance d'une politique de stabilisation (ou rigueur) budgétaire.

Une politique de relance budgétaire signifie que l'État augmente ses dépenses ou diminuent ses recettes pour soutenir la demande et ainsi favoriser la croissance et l'emploi.
Une politique de stabilisation (ou de rigueur) budgétaire indique que l'État souhaite augmenter ses recettes et/ou diminuer ses dépenses afin de limiter la demande pour réduire l'inflation et limiter les importations afin de rééquilibrer sa balance commerciale.

? Activités

1 Se tester

Répondez par vrai ou faux aux affirmations suivantes puis justifiez vos réponses.

1. L'euro est une monnaie unique partagée par les pays de l'Union européenne.
Faux. L'euro est une monnaie partagée par les 19 pays membres de la zone euro au sein de l'Union européenne.

2. Une monnaie unique facilite le développement économique.
Vrai. Une monnaie unique facilite les échanges entre les agents économiques et contribuent ainsi au développement économique des pays membres.

3. La politique monétaire est décidée par chaque gouvernement.
Faux. La politique monétaire est décidée par la Banque centrale européenne.

4. La Banque centrale européenne prend ses décisions en toute indépendance.
Vrai. Les gouverneurs de la BCE prennent leurs décisions dans l'intérêt de la zone euro et non en fonction des intérêts de quelques pays.

5. Le taux d'intérêt directeur est à un niveau très élevé actuellement.
Faux. Le taux d'intérêt directeur est à un niveau très bas actuellement, à 0 %.

6. L'objectif principal de la politique monétaire est d'équilibrer le commerce extérieur.
Faux. L'objectif principal de la politique monétaire est de veiller à la stabilité des prix en limitant l'inflation à 2 %.

7. Le niveau du taux d'intérêt directeur n'a aucune influence sur la croissance économique.
Faux. Le taux d'intérêt directeur influence les demandes de crédit des agents économiques pour augmenter ou non la demande. Plus de demande favorise la croissance économique.

8. La politique budgétaire des pays de la zone euro est contrainte par des règles européennes.
Vrai. Les gouvernements des pays membres de la zone euro doivent respecter des règles communes quant à leur déficit public et leur dette publique.

9. Le déficit public correspond à la somme totale des emprunts d'un pays.
Faux. Le déficit public signifie que les dépenses publiques sont supérieures aux recettes.

10. Le déficit public d'un pays de la zone euro ne doit pas excéder 3 % du PIB.
Vrai. C'est un des critères européens de convergence.

11. Une politique budgétaire de relance tend à réduire les dépenses publiques.
Faux. Une politique budgétaire de relance vise au contraire à augmenter les dépenses publiques.

12. Une politique budgétaire de stabilisation tend à augmenter les recettes publiques.
Vrai. Elle peut également réduire les dépenses publiques.

2 Construire sa carte mentale

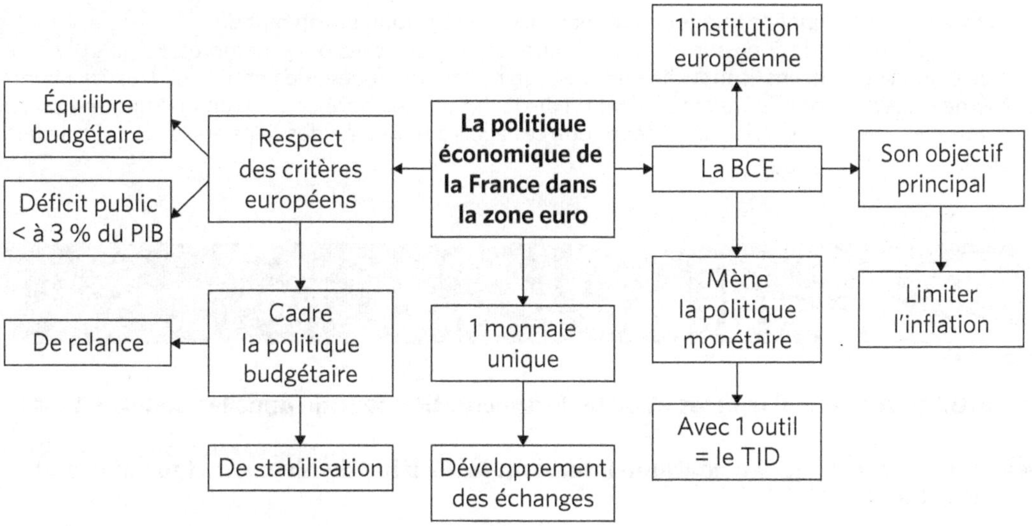

3 S'entraîner au Grand Oral

L'élève présente son sujet : par exemple, les transports dans l'Union européenne. Dans l'exposé, il est nécessaire de :
- présenter les différents modes de transports dans l'Union européenne ;
- expliquer pourquoi les transports sont importants : lien avec le libre-échange des biens, des personnes ; les avantages pour les salariés, le tourisme, les étudiants...
- citer des mesures ou des décisions concrètes prises dans le cadre européen pour les transports : ouverture des marchés du transport pour favoriser la concurrence, développer la mobilité durable des personnes ;
- faire le lien avec la politiques conjoncturelle (l'ouverture des marchés du transport cherche à accroître la compétitivité des entreprises et dynamiser ainsi la croissance) et la politique structurelle (favoriser la mobilité tout en veillant au respect de l'environnement).

4 Travailler la méthode : analyser un texte

1. Relevez le sujet de l'accord conclu entre les pays de la zone euro.
Les ministres des finances européens ont finalisé un accord pour créer un budget propre à la zone euro, opérationnel à partir de 2021.

2. Expliquez les objectifs en matière de politique économique attendus pour les pays européens.
Les objectifs de ce budget sont de renforcer la compétitivité des pays de la zone euro. Ainsi, ce fonds permettra de financer des investissements, la recherche et le développement mais aussi le capital humain. Des entreprises européennes plus compétitives seront source de croissance pour les pays de la zone euro.
Ces objectifs s'inscrivent dans le long terme, ce sont des objectifs de politique économique structurelle.

3. Démontrez que cet accord aura des incidences sur le budget des États membres.
Cet accord aura des incidences sur le budget des États membres car, à court terme, il augmentera les dépenses publiques : chaque État participera au financement du budget de la zone euro. De plus, chaque État cofinancera en partie les projets d'investissements retenus.
Cependant, cette dépense supplémentaire est faible : 2,4 milliards d'euros, au regard du budget total de la France qui est de 326,3 milliards d'euros.
En outre, à plus long terme, si ces investissements stimulent la croissance, les États bénéficieront de plus de richesse (plus d'impôts, moins d'allocations chômage à verser).

4. Expliquez pourquoi ce budget vient renforcer l'intégration européenne.
Ce budget propre à la zone euro renforce la coopération entre les pays membres. En plus d'une monnaie unique et d'une institution, ils partagent un budget qui fédère des projets d'investissements. Même si certains pays auraient préféré un dispositif plus élaboré comme un instrument fiscal pour contrer les effets de la crise, il demeure que cet accord témoigne des liens entre les pays de la zone euro.

Objectif Bac

À partir de vos connaissances et de la documentation fournie dans les annexes 1 à 4 :

❶ Rappelez dans quelle politique intervient la décision du niveau du taux d'intérêt directeur.

Le niveau du taux d'intérêt directeur est une décision qui relève de la politique monétaire menée par la Banque centrale européenne pour les pays de la zone euro.

❷ Montrez que le taux d'intérêt directeur détermine le revenu de certains agents économiques.

Le taux d'intérêt directeur est une source de revenus :
- pour les ménages qui épargnent : ils encaissent les intérêts obtenus grâce à leurs produits financiers et leurs livrets ;
- pour les sociétés financières : les intérêts versés par les emprunteurs constituent une partie de leur chiffre d'affaires et donc de leur bénéfice ;
- pour les agents propriétaires (= actionnaires) des sociétés financières qui perçoivent des dividendes si ces mêmes sociétés génèrent du bénéfice.

❸ Établissez un lien entre l'évolution du taux d'intérêt directeur de la BCE et l'évolution des prix de l'immobilier.

Le taux d'intérêt directeur de la BCE est très faible depuis 2014 (à 0 %). Cela signifie qu'emprunter ne coûte pas cher. Ainsi, la demande de crédits est plus forte.
Cependant, cette hausse des crédits peut augmenter la demande de logements sur le marché et ainsi favoriser la hausse des prix. C'est ce que nous pouvons constater avec des prix majoritairement en hausse en France au 2e trimestre 2019 : + 2 % dans la plupart des villes. Les faibles taux d'intérêts ont donc eu une incidence sur le niveau des prix des logements.

❹ Rédigez une argumentation qui vous permette de répondre à la question suivante : Un taux d'intérêt directeur faible a-t-il toujours des conséquences positives pour les agents économiques ?

Effectivement, un taux d'intérêt faible est une opportunité pour les agents économiques :
- les ménages peuvent accéder facilement au crédit pour augmenter leur consommation et leur épargne non financière (acquisition d'un logement) ;
- les entreprises peuvent accroître leur compétitivité grâce à davantage d'investissements matériels et immatériels du fait de la faiblesse des intérêts à payer. Plus performantes sur les marchés, elles pourront obtenir de plus larges bénéfices ;
- l'État, quant à lui, voit sa charge financière baisser et peut utiliser les économies réalisées au financement de projets pour le pays (aménagement du territoire, éducation...).

Plus de demande (consommation et investissement) stimule la croissance économique et crée de l'emploi, ce qui est positif pour les ménages mais aussi les entreprises.

Cependant, le taux d'intérêt faible peut avoir une incidence :
- sur les revenus des banques qui voient leurs ressources financières diminuer en raison de la faiblesse des intérêts payés par les emprunteurs. Cela signifie moins de dividendes à verser aux actionnaires et moins de réserves pour les investissements futurs ;
- sur les revenus des épargnants : ces derniers risquent d'accroître leur épargne pour tenter d'obtenir plus de revenus au détriment de leur consommation. Moins de consommation signifie moins d'activité pour les entreprises ;
- de plus, une hausse de la consommation des ménages ne signifie pas automatiquement une hausse d'activité pour les entreprises nationales car le choix peut se porter sur les produits importés ;
- enfin, une forte demande sur le marché de l'immobilier entraîne une hausse des prix des logements. Cela rend plus difficile l'accès à la propriété pour certains ménages.

Synthèse

1. En quoi consiste la politique monétaire européenne ?

La politique monétaire est un instrument de la politique économique.

La création d'une monnaie unique, l'euro, a nécessité la création d'une institution indépendante, la Banque centrale européenne (BCE), pour l'ensemble des pays membres de la zone euro (19 pays actuellement). Cette monnaie unique permet la réalisation de l'Union économique et monétaire qui facilite les échanges entre pays et développe ainsi l'activité économique.

La mission principale de la BCE est de veiller à la stabilité des prix pour limiter l'inflation à un taux de 2 % maximum. Pour ce faire, elle utilise un outil : le taux d'intérêt directeur (TID), qui détermine le coût du crédit. Un taux d'intérêt élevé augmente la charge d'intérêt à payer par l'emprunteur et décourage la demande de crédit, et donc la consommation et l'investissement. Moins de demande sur le marché entraîne une baisse des prix.
À l'inverse, un taux d'intérêt faible encourage l'emprunt et stimule la consommation et l'investissement, et soutient ainsi l'activité économique : croissance et emploi.

La politique monétaire est donc bien un instrument qui agit sur les objectifs de politique économique.

2. Comment se décident les politiques budgétaires dans le contexte européen ?

La politique budgétaire est décidée par chaque État.

C'est un ensemble de décisions prises pour déterminer la composition du budget de l'État en fixant le niveau des recettes et des dépenses publiques.
Si les recettes sont supérieures aux dépenses, alors le solde budgétaire est excédentaire. En revanche, si les recettes sont inférieures aux dépenses, alors le solde budgétaire est un déficit public. L'État devra contracter un emprunt pour financer ce déficit : ces emprunts constituent la dette publique.

La France est membre de la zone euro, sa politique budgétaire est donc contrainte de respecter les critères de convergence sur les déficits publics.
Ainsi, le traité de Maastricht a limité le déficit public à 3 % du PIB. Puis le Pacte de stabilité et de croissance a indiqué que chaque État doit tendre vers l'équilibre budgétaire. Enfin, le Pacte budgétaire européen a précisé que le déficit structurel ne devait pas dépasser 0,5 % du PIB.
Le déficit structurel découle des recettes et des dépenses engagées pour le fonctionnement normal du pays. Le Pacte budgétaire européen accepte un déficit conjoncturel lié à des ralentissements économiques : les récessions par exemple.

Tout en tenant compte de ces critères de convergence, L'État peut décider d'une politique budgétaire :
- de relance : l'État augmente ses dépenses publiques et/ou diminue ses recettes afin de stimuler la demande pour accroître la croissance et créer de l'emploi ;
- de stabilisation : l'État réduit ses dépenses et/ou augmente ses recettes pour réduire la demande et ainsi diminuer l'inflation et rééquilibrer le commerce extérieur.

La politique budgétaire permet donc d'atteindre les objectifs de politique économique tout en respectant des règles communes pour coordonner les décisions de chaque État membre de la zone euro.

CHAPITRE

5 Les politiques sociales

THÈME 6

Comment l'État peut-il intervenir dans l'économie ?

1. L'intervention de l'État
2. Défaillances des marchés et défaillances de l'État
3. Les politiques économiques de l'État
4. Les politiques économiques au niveau européen
5. **Les politiques sociales**

Notions abordées

- Les inégalités socio-économiques
- La redistribution horizontale et la redistribution verticale
- La protection sociale
- La logique d'assurance
- La logique d'assistance
- Les impôts et les cotisations sociales
- La progressivité des prélèvements obligatoires

Contexte et finalités

- L'un des instruments clefs de l'exercice de la fonction redistributive de l'État est la politique sociale. Celle-ci protège les individus contre les risques sociaux (redistribution horizontale) et elle permet de réduire les inégalités socio-économiques (redistribution verticale).
- La politique sociale passe notamment par :
  - la protection sociale qui répond à une logique d'assistance et/ou d'assurance contre les risques sociaux (maladie, invalidité, chômage, précarité/exclusion, vieillesse, charges de famille, etc.) ;
  - la fiscalité lorsqu'elle permet de réaliser une redistribution verticale des ressources.
- La protection sociale s'effectue d'une part par le versement de prestations sociales (prestations pécuniaires), d'autre part par l'offre de services sociaux (prestations non pécuniaires). Ces dépenses sont financées soit par les cotisations sociales, soit par l'impôt.
- Une partie de la redistribution verticale des ressources peut s'effectuer par la mise en œuvre de prélèvements obligatoires progressifs.
- L'efficacité des politiques sociales est aujourd'hui discutée. Le débat s'articule autour de leur financement et de leur capacité à atteindre leurs objectifs.

1 Indiquez le public visé et les objectifs recherchés par la campagne de prévention M'T dents.

Les jeunes sont le public visé par cette campagne de prévention. L'objectif est de veiller à leur santé bucco-dentaire et leurs habitudes alimentaires.

2 La protection des risques liés à l'hygiène dentaire passe-t-elle exclusivement par le versement de sommes d'argent ? Expliquez.

Non, cette protection passe également par l'accès à des soins gratuits, ici une consultation gratuite chez un dentiste. Ainsi la protection des risques revêt des formes variées.

VIDÉO **Sécurité sociale : 70 ans de progrès**
lienmini.fr/e30705avt5

1 Dans quel contexte est née la Sécurité sociale ?

Après la Seconde Guerre mondiale, la France est dans une situation sanitaire et démographique préoccupante. Les personnes âgées n'ont aucun revenu, la mortalité infantile est très élevée.

2 Comment fonctionne le système de la Sécurité sociale ?

Le système repose sur un principe de solidarité entre les personnes pour garantir des prestations aux plus fragiles : c'est un système redistributif.

3 Relevez des mesures qui montrent que cette institution s'est adaptée à l'évolution de la société.

La Sécurité sociale s'est adaptée à l'évolution de la société en remboursant notamment la contraception et l'avortement, en mettant en place le RMI (revenu minimum d'insertion) qui est devenu le RSA (revenu de solidarité active), mais aussi la CMU (couverture maladie universelle).

4 Quelles sont les réussites de ce système ?

Le versement d'une pension de retraite a permis de sortir 90 % des personnes âgées de la pauvreté, la mortalité infantile a été divisée par 16, l'espérance de vie a augmenté de 15 ans, les modes de garde des enfants ont permis de développer le travail des femmes.

1 Comment la redistribution horizontale de la politique sociale protège-t-elle les individus ?

DOCUMENT 1 Qu'est-ce que la protection sociale ?

1 Relevez la définition du risque social.

Le risque social est une situation susceptible de compromettre la sécurité économique de l'individu ou de sa famille, en provoquant une baisse de ses ressources ou une hausse de ses dépenses.

2 Citez deux exemples et démontrez qu'il s'agit bien d'un risque social.

- Être au chômage : situation dans laquelle l'individu est sans emploi donc sans ressources, c'est bien un risque social car ses revenus diminuent.
- Avoir un enfant : situation dans laquelle un nouvel individu arrive dans une famille, cela augmente les dépenses et constitue bien un risque social.

DOCUMENT 2 Les institutions de la protection sociale

1 Présentez les institutions de la protection sociale.

La Sécurité sociale gère les branches famille, maladie, vieillesse et accident du travail. L'Unédic gère l'assurance chômage. On peut citer également les régimes complémentaires : les mutuelles et les caisses de retraites.

❷ Repérez les sources de financement de la protection sociale.

Les sources de financement de la protection sociale sont principalement les cotisations sociales versées par les employeurs et les salariés. Mais il y a aussi d'autres impôts tels que la CSG (contribution sociale généralisée) calculée principalement sur les pensions de retraite, la CRDS (contribution pour le remboursement de la dette sociale)...

DOCUMENT 3 Des prestations variées pour répondre à trois logiques

❶ La protection des risques sociaux passe-t-elle exclusivement par le versement de sommes d'argent ? Expliquez.

Non, la protection des risques sociaux ne passe pas exclusivement par le versement de sommes d'argent telles que les pensions de retraite ou les allocations chômage.
Les prestations de services sociaux sont également une réponse aux risques sociaux. Elles prennent la forme de services publics gratuits ou quasi gratuits. Ainsi, un service de santé dans un hôpital ou une place dans une crèche pour faire garder son enfant offrent aux ménages une protection.

❷ Distinguez la logique d'assurance de la logique d'assistance et de protection.

La logique d'assurance : « Je verse des cotisations sociales, je reçois une pension ou une allocation si le risque survient ». Exemples : chômage, maladie, maternité...
La logique d'assistance ou de solidarité : l'impôt finance les prestations des personnes qui ne peuvent pas cotiser ou pas assez. Exemples : revenu de solidarité active (RSA), couverture maladie universelle (CMU)...

DOCUMENT 4 Les risques sociaux au sein d'une famille

❶ Après avoir construit un tableau comme celui ci-dessous, prélevez des informations dans le document 4 pour analyser les différentes situations de la famille de Lilya et Marco.

Personne(s) concernée(s)	Quel est le risque social rencontré ?	Ont-elles reçu une prestation sociale ? Ont-elles bénéficié de services sociaux ?	À quelle logique répondent ces prestations ?
Lilya et Marco	Naissance de leur enfant	Service d'hospitalisation pour l'accouchement + prestation sociale (versement d'allocations selon les ressources du couple pour l'accueil du 1er enfant)	Logique d'assurance ou d'assistance selon leur niveau de ressources
Marco	Détresse respiratoire	Service d'hospitalisation + versement d'une indemnité en cas d'arrêt maladie	Logique d'assurance car il travaille : ses cotisations financent ces services.
Grand-père de Lilya	Retraite	Pension de retraite	Logique d'assurance : il a cotisé durant sa période d'activité.
Frère de Marco	Situation de chômage	• Versement d'allocation chômage • En fin de droit, versement d'allocation de solidarité spécifique (ASS) ou d'un revenu de solidarité active (RSA)	• Logique d'assurance • Logique d'assistance

2 Qui finance les pensions de retraite du grand-père de Lilya ? En quoi cet exemple traduit bien une redistribution « horizontale » ?

Le grand-père de Lilya va percevoir une pension de retraite qui sera financée par les personnes qui versent des cotisations aux organismes sociaux, ici la Sécurité sociale (branche vieillesse) et les caisses complémentaires de retraite. Ainsi, les personnes qui travaillent financent les pensions des personnes à la retraite.
Il s'agit bien d'une redistribution horizontale entre deux groupes : ceux qui travaillent et ceux qui sont à la retraite.

Préparer sa synthèse

1 Quel est l'objectif principal de la protection sociale ?

La protection sociale a pour objectif de protéger les individus des risques sociaux. Elle répond à une logique d'assurance et une logique d'assistance et de solidarité. Ainsi, les individus bénéficient de prestations pécuniaires (les prestations sociales) et non pécuniaires (l'accès à des services sociaux).

2 Décrivez le mécanisme de redistribution horizontale mis en œuvre dans le cadre de la protection sociale.

Le mécanisme de redistribution horizontale décrit le financement de la protection sociale par le versement de cotisations sociales et d'impôts par des personnes pour protéger d'autres personnes des risques sociaux. C'est ainsi que les pensions des retraités sont financées par les personnes qui travaillent (les actifs) ; les soins hospitaliers sont financés par les personnes en bonne santé...
La redistribution s'opère entre des groupes aux situations différentes qui sont solidaires entre eux.

2 Comment la redistribution verticale réduit-elles les inégalités socio-économiques ?

DOCUMENT 5 La pauvreté en France

1 Comment détermine-t-on la situation de pauvreté d'une personne ?

La situation de pauvreté d'une personne se détermine selon un indicateur : le seuil de pauvreté, qui représente 60 % du revenu médian. Si une personne a des ressources financières inférieures à ce montant, alors elle est qualifiée de « pauvre » en économie.

2 Relevez l'évolution du taux de pauvreté en France.

Le taux de pauvreté a augmenté de 0,6 point pour atteindre 14,7 % de la population française. Il est à son niveau le plus haut depuis la fin des années 1970.

DOCUMENT 6 Les inégalités en France en chiffres

1 Citez les facteurs qui expliquent les inégalités de revenus.

Les inégalités de revenus peuvent s'expliquer par plusieurs facteurs :
- l'accès ou non à un emploi stable : lorsque des individus subissent des périodes de chômage ou enchaînent des emplois précaires, il est plus difficile d'obtenir un revenu régulier. Un quart des actifs sont dans cette situation ;

- les diplômes, qui facilitent l'accès à un emploi et préservent du chômage ;
- la détention d'un patrimoine, qui peut générer des revenus du capital et du patrimoine ;
- le sexe car les inégalités salariales demeurent entre hommes et femmes.

❷ Montrez que les inégalités sont socio-économiques et ne se limitent pas aux inégalités de revenus.

Les inégalités sont plus larges que les inégalités de revenus. En effet, l'origine sociale favorise l'accès à l'enseignement supérieur : il y a 2,9 fois plus d'enfants de cadres que d'enfants d'ouvriers dans l'enseignement supérieur.
Les inégalités de revenus entraînent des inégalités d'accès aux soins. Ainsi, les hommes pauvres ont une espérance de vie plus faible que les hommes riches : l'écart est d'environ 13 années.
De plus, il est difficile pour les ménages modestes d'accéder à certaines pratiques culturelles car coûteuses : expositions, spectacles, sorties régulières au cinéma...

DOCUMENT 7 L'impôt sur le revenu : qui paie cet impôt progressif ?

❶ Distinguez l'impôt progressif de l'impôt proportionnel.

L'impôt progressif est un impôt dont le taux évolue avec le revenu alors que l'impôt proportionnel a un taux fixe.

❷ Par qui est payé l'impôt sur le revenu ?

L'impôt sur le revenu est payé par 44 % des foyers, donc 56 % des ménages sont exonérés. On remarque que les foyers les plus riches paient 70 % du total de l'impôt sur le revenu.

DOCUMENT 8 Le barème de l'impôt sur le revenu

❶ Calculez l'impôt sur le revenu pour une personne célibataire qui perçoit 8 000 € annuel de revenus, puis pour une personne qui perçoit 80 000 €. Que constatez-vous ?

Tranches	Taux d'imposition à appliquer sur la tranche correspondante	Pour 8 000 € de revenus	Pour 80 000 € de revenus
De 0 € à 10 064 €	0 %	0 € d'impôt sur le revenu	0 €
De 10 065 € à 25 659 €	11 %		(25 659 - 10 065) × 11 % = 1 715 €
De 25 660 € à 73 369 €	30 %		(73 369 - 25 660) × 30 % = 14 312 €
De 73 370 € à 157 806 €	41 %		(80 000 - 73 370) × 41 % = 2 718 €
Plus de 157 807 €	45 %		

Ainsi, une personne qui perçoit 8 000 € de revenus ne paie pas d'impôt et celle qui dispose de 80 000 € de revenus devra verser : 1 715 + 14 312 + 2 718 = 18 745 € d'impôt sur le revenu.
Les hauts revenus paient davantage d'impôt sur le revenu que les bas revenus. Ces prélèvements obligatoires réduisent l'écart de revenus entre les plus riches et les plus pauvres.

❷ Rappelez ce que financent les impôts.

Les impôts font partie des prélèvements obligatoires. Ils financent, en partie, les prestations pécuniaires (ou revenus de transfert) et les prestations non pécuniaires (la production de services publics).

3 Montrez que l'impôt progressif s'inscrit dans une redistribution verticale.

Lorsque les ménages les plus aisés paient plus d'impôts, ils voient leur revenu disponible diminuer. Ces impôts permettent de financer en partie les revenus de transfert qui vont accroître le revenu disponible des plus modestes. L'impôt progressif permet donc de réduire les inégalités de revenus, il s'inscrit bien dans la redistribution verticale.

Préparer sa synthèse

1 Résumez les grands objectifs de la politique sociale à travers la redistribution horizontale et la redistribution verticale.

La politique sociale a deux grands objectifs :
- protéger les individus des risques sociaux avec une redistribution horizontale : c'est donc plus de solidarité sociale ;
- réduire les inégalités socio-économiques avec une redistribution verticale : diminuer les inégalités de revenus en versant des revenus de transfert (notion de classe de Première) mais aussi en assurant plus de justice sociale en proposant des services publics gratuits ou quasi gratuits.

3 Les politiques sociales sont-elles efficaces ?

DOCUMENT 9 Le déficit de la Sécurité sociale se creuse à nouveau

1 Pourquoi la Sécurité sociale a-t-elle un solde déficitaire ?

Si la Sécurité sociale est déficitaire cela signifie que ses dépenses sont supérieures à ses recettes : plus précisément, le versement des indemnités et des allocations dépassent les prélèvements obligatoires encaissés.

2 Décrivez l'évolution du solde global de la Sécurité sociale puis repérez les branches qui pèsent sur les comptes de cette institution.

Globalement, la Sécurité sociale est déficitaire depuis 2002. Le plus fort déficit a été atteint en 2010 avec un solde négatif de 28 milliards d'euros. Après une réduction progressive de son déficit jusqu'en 2018, les prévisions pour 2019 et 2020 indiquent une dégradation du solde.
Trois branches en particulier sont déficitaires et pèsent sur les comptes de la Sécurité sociale : les branches maladie, vieillesse et le fonds de solidarité vieillesse.

DOCUMENT 10 L'Assurance chômage

1 Commentez l'évolution des recettes et des dépenses de l'Assurance chômage.

Depuis 2009, les dépenses sont toujours supérieures aux recettes. Malgré l'accroissement régulier des recettes de 10 milliards en 10 ans, les dépenses ont augmenté dans les mêmes proportions. Le solde de l'Assurance chômage est donc déficitaire.

2 Proposez des solutions pour résorber les difficultés de financement de la Sécurité sociale et de l'Assurance chômage.

Puisque les soldes de la Sécurité sociale et de l'Assurance chômage sont négatifs, la solution serait de diminuer les dépenses et augmenter les recettes. Cela revient à réduire le montant des prestations sociales versées aux ménages et l'offre de services publics tout en augmentant les prélèvements obligatoires des cotisations sociales et des impôts.

❸ Ces solutions peuvent-elles limiter l'action de l'État dans le cadre de sa politique sociale ?

Ces solutions limitent l'action de l'État dans le cadre de sa politique sociale car la fonction redistributive de l'État passe par la fiscalité : il est donc nécessaire de maintenir le niveau des prélèvements obligatoires pour proposer des prestations sociales et produire des services publics de santé, d'éducation, etc.

DOCUMENT 11 L'évolution de la pauvreté

❶ Observez la tendance de l'évolution du taux de pauvreté depuis 15 ans, que remarquez-vous ?

Le taux de pauvreté ne cesse d'augmenter depuis 15 ans : de 13 % en 2003, il passe à 14,7 % en 2018. Malgré quelques baisses en 2008 et en 2013, le nombre de personnes vivant sous le seuil de pauvreté a poursuivi sa progression.

❷ À l'aide de la vidéo, faites de même avec l'évolution de la richesse issue des revenus et du patrimoine.

La richesse se détermine à partir des revenus mais aussi à partir du patrimoine. Ce patrimoine est lui-même source de revenus. Cela signifie que plus les ménages disposent d'un patrimoine, plus leur niveau de revenu est stable, voire s'accroît.
Ainsi, la source des inégalités provient essentiellement de la richesse détenue : la moitié de la population détient 92 % de la richesse nationale.
La richesse nationale a plus que doublé depuis 1998 mais un tiers des français n'en ont pas bénéficié du fait de leur faible patrimoine.
Ce patrimoine, transmis par héritage, entretient les inégalités entre ménages et l'imposition ne parvient pas à corriger ce phénomène.

❸ La politique sociale, notamment à travers sa redistribution verticale, parvient-elle à ses objectifs ?

La réduction des inégalités socio-économiques passe par une redistribution verticale or nous observons que les transferts sociaux ne permettent pas toujours de diminuer les inégalités de revenus entre les ménages et que la pauvreté persiste, voire s'accroît. La politique sociale n'atteint donc pas tous ses objectifs.

DOCUMENT 12 Faut-il être riche pour être bien soigné ?

❶ Repérez quelles difficultés rencontrent certains ménages pour se soigner.

Les prestations de services de soins ne sont pas totalement gratuites, il y a un « reste à charge » pour les ménages. Ce coût peut être pris en charge par les mutuelles mais ces dernières coûtent chères, les ménages ne peuvent donc pas toujours se soigner gratuitement ou quasi gratuitement : 25 % de la population affirme avoir renoncé à des soins pour des raisons financières.

❷ La redistribution horizontale permet-elle de protéger tous les ménages des problèmes de santé ?

La redistribution horizontale semble insuffisante. En effet, la prise en charge des soins n'est pas totale et les ménages les plus modestes ne peuvent compenser la part financière non prise en charge par la protection sociale. Tous les ménages ne sont donc pas protégés des risques sociaux telle que la maladie.

Préparer sa synthèse

❶ Résumez l'état financier des principales institutions de la protection sociale.

Les soldes des principales institutions de la protection sociale sont déficitaires et c'est une tendance longue. Or, pour assurer sa fonction redistributive, l'État a besoin de ressources financières qui proviennent principalement des cotisations et des impôts. Les actions de politique sociale sont corrélées au niveau des recettes obtenues par la fiscalité.

❷ Précisez si l'efficacité de la politique sociale est toujours optimale.

La politique sociale n'est pas toujours optimale :
- les inégalités persistent entre les ménages les plus modestes et les plus aisés ;
- la pauvreté augmente ;
- la protection des risques sociaux n'est pas toujours assurée car les ménages supportent parfois un coût restant à leur charge qu'il n'est pas toujours possible de financer.

Activités

1 Se tester

Choisissez la ou les bonnes réponses. *(Les bonnes réponses sont en gras.)*

1. Un risque social est une situation qui provoque :
- une hausse des dépenses et une baisse des ressources ;
- une hausse des ressources et une baisse des dépenses ;
- **une hausse des dépenses ou une baisse des ressources.**

2. La Sécurité sociale protège les individus des risques liés :
- **à la maladie ;**
- **à la vieillesse ;**
- au chômage.

3. Les prestations sociales désignent :
- **le versement d'espèces aux ménages ;**
- l'accès à des services gratuits ou quasi gratuits ;
- **le remboursement de soins aux ménages.**

4. La logique d'assurance prévoit une protection accordée :
- sans conditions de cotisations ni de ressources ;
- **sous condition d'avoir cotisé au préalable ;**
- sans conditions de cotisations mais sous condition de ressources.

5. La redistribution horizontale est un transfert entre :
- **personnes bien portantes et personnes malades ;**
- **personnes actives et personnes au chômage ;**
- personnes aisées et personnes pauvres.

6. Les inégalités socio-économiques désignent les différences de situation entre individus concernant :
- **les revenus ;**
- **l'accès à certaines pratiques ;**
- **l'accès à certains biens et services.**

7. Les prélèvements obligatoires progressifs sont calculés à partir :
- d'un taux identique pour tous ;
- **d'un taux qui augmente avec le revenu ;**
- d'une somme fixe.

8. La redistribution verticale est un transfert entre :
- personnes bien portantes et personnes malades ;
- personnes actives et personnes au chômage ;
- **personnes aisées et personnes pauvres.**

9. Les comptes des institutions de la protection sociale sont :
- à l'équilibre ;
- **déficitaires ;**
- excédentaires.

10. Les objectifs de la politique sociale sont :
- systématiquement atteints ;
- **atteints mais des inégalités persistent ;**
- **atteints mais la protection sociale ne couvre pas tous les ménages.**

2 Construire sa carte mentale

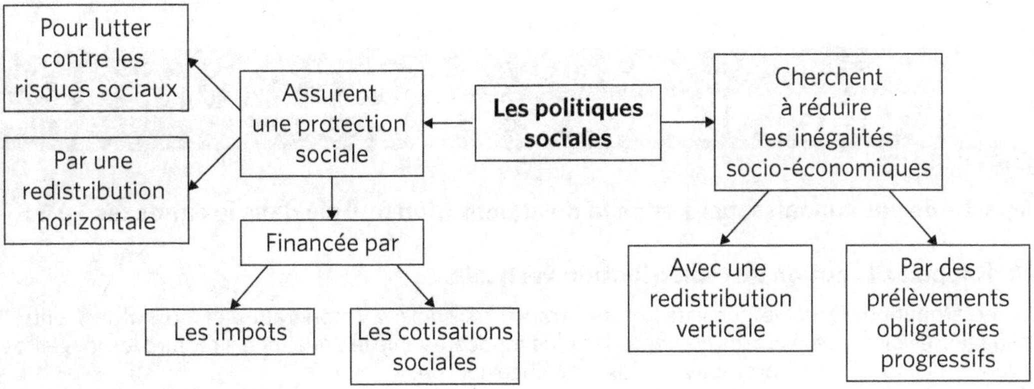

3 S'entraîner au Grand Oral

Il n'y a pas de corrigé type pour cet entraînement. On pourra conseiller aux élèves de :
- *lire l'article d'Anne-Aël Durand publié le 30 mai 2017 sur le site Internet du Monde : « Dix graphiques qui illustrent les inégalités en France » (accessible en tapant le titre dans un moteur de recherche) ;*
- *consulter le site de l'Observatoire des inégalités : www.inegalites.fr*

L'exposé doit comporter trois parties :
- *présenter une forme d'inégalité ;*
- *expliquer si cette inégalité s'est accentuée, stabilisée ou si elle a régressé ;*
- *proposer des pistes pour réduire cette inégalité.*

4 Travailler la méthode : analyser un tableau

1. Précisez le sujet de votre tableau.
Ce tableau présente un ensemble de données chiffrées pour étudier la part des enfants issus de 5 catégories socio-professionnelles dans la scolarité, du collège à bac + 6 ou médecine.

2. Rédigez une phrase pour présenter le chiffre 40,8 % de la colonne « Diplôme bac + 2 ».
40,8 % des titulaires d'un bac + 2 sont des enfants d'ouvriers et d'employés.

3. Décrivez l'évolution de la composition sociale entre le collège et les études supérieures.
Au collège, les enfants d'ouvriers et d'employés représentent la majorité (49 %). Ils restent majoritaires à bac + 2 avec 40,8 % mais ils ne représentent plus que 10,1 % à bac + 6.
Les enfants de cadres supérieurs représentent 17 % des collégiens mais 73,2 % des titulaires d'un bac + 6, soit les trois quarts.
Les enfants d'artisans et de commerçants maintiennent leur représentation jusqu'à bac + 3/4 : de 10 % au collège, ils sont 8,7 % des étudiants à ce niveau de diplôme.
La composition sociale se modifie fortement au cours du parcours scolaire : plus les enfants sont issus de milieux aisés, plus ils font des études longues.

4. Proposez une explication aux évolutions constatées.
Malgré un service public d'éducation et le versement de bourses d'études, suivre une longue scolarité est coûteuse : logement, fournitures, déplacements pour effectuer des stages, cours particuliers… Tous les ménages n'ont pas les ressources nécessaires pour financer ces études.
Lorsque les parents n'ont pas suivi d'études longues, il est parfois difficile pour eux de trouver l'information adéquate pour conseiller leurs enfants dans le parcours d'orientation et connaître toutes les possibilités d'études, comme l'alternance.

Objectif Bac

À partir de vos connaissances et de la documentation fournie dans les annexes 1 à 3 :

❶ Rappelez la notion de redistribution verticale.

La redistribution verticale consiste en des transferts sociaux (monétaires et en nature) entre les ménages les plus aisés vers les ménages les plus modestes. Elle est destinée à réduire les inégalités de revenus, la pauvreté et à promouvoir plus de justice sociale.

❷ Commentez les effets de la redistribution sur le revenu disponible des ménages.

Nous pouvons observer que la redistribution permet aux ménages sans revenu d'activité de bénéficier d'un revenu disponible. Ainsi, une personne célibataire et sans enfant n'ayant aucune source de revenu d'activité peut percevoir 484 € de RSA et 272 € d'aide au logement.
Ces prestations sociales se cumulent avec un revenu d'activité pour obtenir un revenu disponible minimum : une personne qui perçoit 40 % du Smic pourra recevoir 250 € d'aide au logement et 250 € de RSA.
Ces prestations diminuent avec la hausse des revenus d'activité pour être supprimées lorsque le revenu d'activité atteint 130 % du Smic.
Au-delà, la personne commencera à payer l'impôt sur le revenu. Cet impôt étant proportionnel, il augmentera en même temps que son revenu.

❸ Montrez que le service public d'éducation peut améliorer le niveau de vie des jeunes.

Le nombre de jeunes sortant du système scolaire sans diplôme a été divisé par 4 en 40 ans : ils étaient 8,9 % en 2017 contre 41,1 % en 1978. L'instauration du collègue unique a permis à un plus grand nombre de jeunes de poursuivre des études au lycée et dans le supérieur. Ces diplômes faciliteront l'insertion sur le marché du travail pour obtenir un emploi et des revenus d'activité stables. Le service public d'éducation peut donc améliorer le niveau de vie des jeunes.

❹ Rédigez une argumentation qui vous permette de répondre à la question suivante : La fonction redistributive de la politique sociale permet-elle de réduire les inégalités socio-économiques ?

La fonction redistributive de la politique sociale permet de réduire les inégalités socio-économiques car c'est un mécanisme qui s'appuie sur une fiscalité progressive. Ainsi, les prélèvements obligatoires sont plus importants pour les ménages aisés, ce qui réduit l'écart de revenus avec lés plus pauvres qui ne paient pas ou peu de prélèvements obligatoires.
Cette redistribution verticale finance des transferts monétaires sous forme de prestations sociales pour assurer un revenu disponible pour les plus fragiles. La fonction redistributive permet donc de réduire les inégalités de revenus.
Avec un revenu disponible plus élevé, les ménages modestes pourront consommer davantage et ainsi accéder à certains biens et services et à certaines pratiques (sorties culturelles, activités sportives par exemple).
La redistribution horizontale a pour objectif de préserver les individus des risques sociaux en versant des prestations sociales et en offrant des services sociaux. Les ménages les plus fragiles peuvent donc accéder aux services de santé et d'éducation. Chaque jeune peut donc suivre un parcours scolaire pour obtenir un diplôme qui facilitera son insertion sur le marché du travail.
Mais la redistribution n'efface pas toujours les inégalités. La redistribution horizontale est basée sur une logique d'assurance : chacun cotise et reçoit une prestation qui lui permet de faire face à un risque social en maintenant son niveau de vie. Ainsi, un cadre recevra plus d'allocations chômage qu'un employé. Ce système ne réduit donc pas les inégalités.
De plus, s'il est vrai que plus de jeunes sont diplômés (8,9 % des jeunes sont sans diplôme en 2017 contre 41,1 % en 1978), le parcours scolaire reste corrélé au milieu social : les enfants de cadres suivent des études plus longues que les enfants d'ouvriers et d'employés.
Malgré la politique sociale, la pauvreté progresse depuis 15 ans. De plus en plus de personnes vivent sous le seuil de pauvreté alors que la richesse nationale a augmenté : les inégalités persistent donc.

Synthèse

1. Comment la redistribution horizontale de la politique sociale protège-t-elle les individus ?

La fonction redistributive de l'État est exercée dans le cadre de sa politique sociale.

La protection sociale désigne les mécanismes destinés à protéger les individus contre les risques sociaux. Un risque social est un événement entraînant une hausse des dépenses (enfants, dépendance des parents…) ou une baisse des revenus (chômage, accident, vieillesse).

Deux logiques sont mises en place pour mener la politique de protection sociale :
- la logique d'assurance : « Je verse des cotisations sociales, je reçois une pension ou une allocation si le risque survient ». Exemples : chômage, maladie, maternité…
- la logique d'assistance ou de solidarité : l'impôt finance les prestations des personnes qui ne peuvent pas cotiser ou pas assez. Exemples : revenu de solidarité active (RSA), couverture maladie universelle (CMU)…

Les individus bénéficient de prestations pécuniaires (les prestations sociales) et non pécuniaires (l'offre de services sociaux) pour faire face à ces risques sociaux.

Les institutions de la protection sociale sont les suivantes : la Sécurité sociale, les régimes complémentaires (retraites et mutuelles) et l'Unédic (Assurance chômage). Elles sont financées par les cotisations sociales, calculées sur les revenus des agents économiques, et les impôts.

Le mécanisme de redistribution « horizontale » décrit le financement de la protection sociale par le versement de cotisations sociales et d'impôts par des personnes pour protéger d'autres personnes des risques sociaux. C'est ainsi que les pensions des retraités sont financées par les personnes qui travaillent (les actifs) ; les soins hospitaliers sont financés par les personnes en bonne santé...
La redistribution s'opère entre des groupes aux situations différentes qui sont solidaires entre eux.

2. Comment la redistribution verticale réduit-elle les inégalités socio-économiques ?

Le constat est que la répartition primaire génère des inégalités de revenus. De plus, le contexte économique, avec la hausse du chômage et des contrats de travail atypiques, accentue le phénomène de pauvreté.

La pauvreté se détermine par un indicateur : le seuil de pauvreté, qui correspond à 60 % du revenu médian.
Le taux de pauvreté, quant à lui, s'obtient par le rapport entre le nombre de personnes vivant sous le seuil de pauvreté et la population totale.

Les inégalités socio-économiques désignent les différences de situation entre les individus ou les groupes sociaux concernant les ressources, l'accès à certains biens et services ou à certaines pratiques (les loisirs par exemple).

L'État intervient pour limiter ces inégalités en utilisant notamment la fiscalité et, plus précisément, la progressivité des prélèvements obligatoires : le taux d'imposition augmente avec les revenus.

La redistribution « verticale » traduit donc des transferts sociaux (monétaires et en nature) entre les ménages les plus aisés vers les ménages les plus modestes. Elle est destinée à réduire les inégalités de revenus et la pauvreté, et à promouvoir plus de justice sociale.

3. Les politiques sociales sont-elles efficaces ?

L'efficacité des politiques sociales est aujourd'hui discutée pour plusieurs raisons :
- les difficultés de financement des dépenses de protection sociale, qui progressent plus vite que la richesse nationale. En effet, les soldes des comptes financiers de la Sécurité sociale et de l'Assurance chômage sont en déficit depuis plusieurs années. Il est difficile de trouver des solutions car l'augmentation des prélèvements obligatoires pèse sur la compétitivité des entreprises et le revenu disponible des ménages ;
- la persistance des inégalités : la pauvreté continue d'augmenter, les écarts de richesse se creusent, l'origine sociale pèse encore sur la réussite scolaire et l'accès aux soins reste parfois difficile pour les ménages modestes en raison du reste à charge.

CHAPITRE 6

Activité et chômage

THÈME 7

Quelle est l'influence de l'État sur l'évolution de l'emploi et du chômage ?

6 **Activité et chômage**
7 L'offre et la demande de travail
8 Les politiques de l'emploi

NOTIONS ABORDÉES

- Les différentes formes de chômage
- Le taux de chômage et le taux d'emploi
- Le chômage structurel
- Le chômage conjoncturel

CONTEXTE ET FINALITÉS

- Selon le BIT (Bureau international du travail) et l'Insee, le chômage peut prendre différentes formes en fonction des situations auxquelles il correspond (chômage de plein emploi, chômage structurel / conjoncturel, chômage volontaire / involontaire, etc.).
- Les deux mesures principales du chômage sont le taux de chômage et le taux d'emploi, constitutifs du taux d'activité.

1 Quelles sont les catégories de population représentées ci-dessus touchées par le chômage ?

Deux catégories de population touchées par le chômage sont représentées ici : les chômeurs de longue durée et les jeunes chômeurs.

2 Connaissez-vous d'autres catégories de population vulnérables au chômage ?

Certaines catégories de population sont plus vulnérables que les autres au chômage : les femmes, les séniors, les actifs peu diplômés, les actifs de certaines régions de France...

3 Cherchez des éléments d'explication à ces inégalités face à la situation de chômage.

Plusieurs facteurs expliquent ces inégalités :
- plus le temps de chômage est long, plus les personnes perdent en employabilité ;
- les jeunes manquent d'expérience professionnelle ;
- les femmes et les séniors sont plus discriminés sur le marché du travail ;
- les actifs peu diplômés sont plus difficiles à former...

VIDÉO *En guerre*, bande-annonce du film de Stéphane Brizé
lienmini.fr/e30705avt6

1 Présentez la situation de départ décrite dans cette bande-annonce et recherchez sa qualification juridique.

Malgré de lourds sacrifices financiers de la part des salariés et un bénéfice record de l'entreprise, la direction de l'usine Perrin Industrie décide la fermeture totale du site. Accord bafoué, promesses non respectées, les 1100 salariés, emmenés par leur porte-parole Laurent Amédéo, refusent cette décision brutale et vont tout tenter pour sauver leur emploi. En France, en cas de licenciement pour motif économique, l'employeur doit mettre en œuvre un plan de sauvegarde de l'emploi (PSE). Ce plan vise normalement à éviter les licenciements ou à en limiter le nombre.

2 Quelles sont les craintes exprimées par les salariés de cette entreprise en relation avec la perte d'emploi ?

Cet extrait met en avant un syndicaliste, au service des autres, et sous-entend des situations familiales tendues, les salariés craignant d'être plongés dans la précarité par cette perte d'emploi.

3 À votre avis, pourquoi la situation semble dégénérer ?

La direction semble réussir à diviser le camp syndical : certains « retournent leur veste », d'autres acceptent des chèques de départ, d'autres encore veulent continuer la lutte jusqu'au bout, jusqu'à la victoire.

1 Comment mesure-t-on le chômage en France ?

DOCUMENT 1 Le chômage selon le Bureau international du travail

1 Repérez l'institution française qui mesure le chômage au sens du Bureau international du travail.

C'est l'Insee qui mesure le chômage au sens du BIT.

2 Listez les critères qui permettent d'être reconnu comme chômeur au sens du BIT.

Un chômeur au sens du BIT est une personne de 15 ans ou plus :
- sans emploi ;
- immédiatement disponible pour travailler ;
- à la recherche d'un emploi.

DOCUMENT 2 Le chômage selon l'Insee et Pôle emploi

1 À l'aide du schéma et de la vidéo, distinguez les critères du chômage selon l'Insee et selon Pôle emploi.

Pour mesurer le chômage, l'Insee applique les critères du BIT : un chômeur est une personne sans emploi, immédiatement disponible pour travailler et à la recherche d'un emploi. Pour être considéré comme chômeur au sens de Pôle emploi, il faut ne pas avoir travaillé du tout au cours du mois passé, être disponible pour travailler et être inscrit à Pôle emploi. Ces deux définitions sont proches mais comme l'inscription à Pôle emploi résulte d'une démarche administrative, il y a parfois des divergences de résultats.

❷ Déterminez l'intérêt de privilégier la mesure du chômage au sens du BIT.

Les critères du BIT sont communs à tous les pays et permettent ainsi d'effectuer des comparaisons entre pays.

❸ Expliquez comment procède l'Insee pour calculer le nombre de chômeurs.

Le nombre de chômeurs est calculé par l'Insee tous les trimestres, à partir de l'enquête Emploi, dont l'objectif principal est de mesurer le chômage au sens du BIT. La mesure du chômage au sens du BIT repose sur les déclarations factuelles des personnes interrogées dans l'enquête Emploi.

DOCUMENT 3 Le nombre de chômeurs en 2018

❶ Relevez les deux catégories socioprofessionnelles les plus touchées par le chômage.

Les deux catégories socioprofessionnelles les plus touchées par le chômage sont les employés et les ouvriers, et parmi ces deux catégories ce sont les employés et les ouvriers non qualifiés.

❷ Cherchez des éléments d'explication à cette situation.

Le manque de qualifications et/ou d'expérience professionnelle sont sources de chômage. De plus, les emplois occupés par des ouvriers et des employés non qualifiés peuvent être plus aisément robotisables. Par exemple, les hôtes et hôtesses de caisse peuvent être remplacés par des caisses automatiques, les plus qualifiés évolueront vers des postes de manager de caisses.

En complément de ces éléments d'explication, l'Insee note que « la crise de 2008-2009 s'est traduite par une hausse du chômage pour toutes les catégories socioprofessionnelles. La baisse du chômage au cours des dernières années a d'abord concerné les cadres (en 2015) et les professions intermédiaires (en 2016), puis les ouvriers et les employés dont le niveau demeure élevé » (source : Insee Références, « Emploi, chômage, revenus du travail », édition 2019).

❸ Donnez la signification de la dernière ligne du tableau : « Ensemble des actifs : 2702 ».

Il s'agit du nombre de chômeurs qui s'élève en moyenne en 2018, selon l'enquête Emploi, à 2,7 millions de personnes au sens du Bureau international du travail en France (hors Mayotte), dont 1,3 million de femmes et 1,4 million d'hommes.

DOCUMENT 4 Le taux de chômage : une mesure permettant les comparaisons

❶ Présentez l'intérêt de calculer des taux de chômage au niveau local et au niveau européen.

Les instituts de statistiques Insee et Eurostat fournissent des calculs de taux de chômage par département, par région et par pays pour permettre les comparaisons. Ainsi, il a été possible de mettre en évidence les pays les plus sévèrement touchés par le chômage après la crise de 2008 (Grèce, Espagne...) de façon fiable. De même, en France, les comparaisons entre régions permettent de mettre en avant les régions les dynamiques et les plus sinistrées en termes d'emploi.

❷ Indiquez pourquoi Eurostat ne s'appuie pas seulement sur les statistiques de l'Insee pour calculer les taux de chômage au niveau européen.

Eurostat, l'office statistique de l'Union européenne, publie chaque mois des taux de chômage dits harmonisés qui s'appuient sur la définition du BIT alors que l'Insee ne publie ses chiffres du chômage que trimestriellement. Entre deux trimestres, pour le calcul du taux de chômage mensuel français, Eurostat réalise une estimation à partir de l'évolution du nombre de demandeurs d'emploi en catégorie A inscrits à Pôle emploi, car les chiffres de Pôle emploi sont publiés mensuellement.

3 À l'aide du document 3 (p. 74) et sachant que la population active française s'élève à 29 824 milliers de personnes, retrouvez le taux de chômage 2018 par le calcul.

Taux de chômage 2018 = (2 702 000 / 29 824 000) x 100 = 9,1 % environ (car les données chiffrées sont arrondies).

DOCUMENT 5 Le taux de chômage dans les pays de l'UE en juillet 2019

1 Situez le niveau du chômage de la France par rapport à celui de ses homologues européens.

Avec un taux de chômage de 8,5 % en juillet 2019, la France est 1 point au-dessus de la moyenne des taux de chômage de la zone euro et 2 points au-dessus de celle de l'UE. Elle fait partie des 4 pays les plus touchés dans l'UE. Elle est cependant loin derrière la Grèce (17,2 %) et l'Espagne (13,9 %).

DOCUMENT 6 Le taux d'emploi selon le sexe

1 Comparez les taux d'emploi des hommes et des femmes depuis 1975.

L'écart du taux d'emploi selon les sexes se réduit encore ces dernières années, poursuivant ainsi la tendance observée depuis que l'Insee le mesure au sens du BIT dans l'enquête Emploi (1975). Sur cette longue période, la diminution du taux d'emploi des hommes est liée, notamment, au recul du poids dans l'emploi de l'industrie, de la construction et de l'agriculture, secteurs majoritairement masculins. À l'inverse, la hausse de l'emploi dans le tertiaire a accompagné la montée du taux d'emploi des femmes.

2 À votre avis, pourquoi peut-il être nécessaire de rapprocher le taux de chômage et le taux d'emploi pour expliquer l'évolution du chômage ?

Le taux d'emploi donne une bonne indication du potentiel productif d'un pays, puisqu'il mesure les capacités humaines mobilisées pour la production de biens et services. De son côté, le taux de chômage est davantage un indicateur du déséquilibre du marché du travail. Il faut le considérer comme complémentaire du taux d'emploi.
Le taux d'emploi exprime donc la capacité des structures productives à mobiliser les ressources en main-d'œuvre. L'élévation du taux d'emploi accroît la production de richesse par habitant et favorise l'inclusion sociale des populations.

Préparer sa synthèse

1 Présentez la définition d'un chômeur au sens du Bureau international du travail.

Un chômeur au sens du BIT est une personne de 15 ans ou plus :
- sans emploi ;
- immédiatement disponible pour travailler ;
- à la recherche d'un emploi.

2 Rappelez le calcul du taux de chômage et celui du taux d'emploi.

Taux de chômage = (nombre de chômeurs / population active) × 100
Taux d'emploi = (nombre d'actifs ayant un emploi / population totale de 15 à 64 ans) × 100

Les taux de chômage et d'emploi peuvent se calculer par classe d'âge.

2 Quelles sont les différentes formes de chômage ?

DOCUMENT 7 La distinction théorique traditionnelle entre chômage volontaire et involontaire

❶ Distinguez les notions de chômage volontaire et de chômage involontaire.

D'après les néoclassiques, le chômage « résiduel » ne peut être que volontaire car, sur un marché du travail parfaitement concurrentiel, il n'y a pas de chômage possible. En effet, la concurrence entre les travailleurs pour occuper un poste les contraint à accepter des baisses de salaires.
Pour Keynes, il n'y a aucune raison de constater en permanence un équilibre sur le marché du travail entre l'offre et la demande. L'équilibre de sous-emploi est donc une situation de chômage involontaire pour les offreurs de travail car la demande de travail est insuffisante par rapport à l'offre. Le chômage est donc involontaire, il résulte principalement d'une insuffisance de la demande (en biens de consommation et de production).

❷ À quelle condition, à votre avis, peut-on considérer qu'un individu est en situation de chômage volontaire ?

Pour les économistes classiques ou néoclassiques, il n'existe que le chômage volontaire car les individus ne souhaitent pas travailler au prix actuel du marché et arbitrent pour du loisir.

❸ Indiquez l'autre cause du chômage selon la théorie néoclassique.

L'autre cause du chômage selon les néoclassiques résulte des rigidités sur le marché du travail comme des salaires trop élevés liés à l'existence d'un salaire minimum.

DOCUMENT 8 Le mécanisme du chômage volontaire et la trappe à inactivité

❶ En prenant appui sur vos connaissances de Première, rappelez le sens des notions d'utilité et de rationalité en économie.

Le terme « utilité » en économie désigne le bien-être procuré par la satisfaction des besoins de l'individu. Un individu rationnel ne cherche pas seulement à satisfaire ses besoins mais à les satisfaire au mieux. Le comportement maximisateur est donc au cœur de l'hypothèse de rationalité. Concrètement, il implique qu'un individu rationnel ne laisse pas passer une occasion d'améliorer sa situation, c'est-à-dire de bénéficier d'avantages supérieurs aux coûts supportés pour les obtenir.

❷ Repérez les deux origines possibles du chômage volontaire.

Le chômage est volontaire lorsque les inactifs ne sont pas incités financièrement à entrer sur le marché du travail en raison de salaires trop bas ou lorsque les chômeurs n'acceptent pas un travail en raison de l'existence de l'indemnisation du chômage ou d'autres prestations.

DOCUMENT 9 Le chômage français est-il volontaire ?

❶ Répondez à la question formulée dans le titre du document et argumentez.

Le chômage français semble avoir un fort contenu volontaire car les entreprises doivent faire face à une offre de travail étroite (les entreprises ont peu de choix parmi les demandeurs d'emploi car peu d'entre eux possèdent les compétences recherchées) et à une assurance chômage ainsi que des aides sociales trop généreuses qui n'encouragent pas le retour à l'emploi des inactifs.

2 Expliquez pourquoi, en France, les choix budgétaires opérés par le gouvernement semblent en accord avec la doctrine libérale de l'offre de travail.

Le gouvernement fait le choix de privilégier les revenus du travail à ceux de l'inactivité. Effectivement, le projet de loi de finance 2019 montre que ce sont les revenus de la dépendance et certaines aides sociales qui ont été rognés en priorité. Le gouvernement a décidé également d'améliorer le pouvoir d'achat des salariés en supprimant les cotisations salariales sur les heures supplémentaires. C'est un transfert de 2 milliards à destination des actifs en emploi. La prime d'activité, qui fournit un complément de revenu aux travailleurs pauvres et incite le retour à l'emploi, a elle aussi été revalorisée.

DOCUMENT 10 Les différentes interprétations du chômage

1 Distinguez le chômage conjoncturel du chômage structurel.

Le chômage conjoncturel est le chômage dû à un ralentissement temporaire de l'activité économique. Il s'explique donc par les fluctuations cycliques de l'économie. Lors des phases de ralentissement de l'économie, la production diminue pour s'adapter à la baisse de la consommation. Cet ajustement du niveau de la production provoque une diminution de la demande de main-d'œuvre, une augmentation des licenciements et, par voie de conséquence, une hausse du chômage conjoncturel.
Le chômage structurel est lié à des mutations des structures de l'économie (démographiques, économiques, sociales, institutionnelles, technologiques, etc.). Ces évolutions structurelles peuvent se traduire par des difficultés d'ajustement du marché du travail (entre l'offre et la demande). Elles peuvent avoir pour origine des déséquilibres régionaux, une inadaptation des qualifications, le déclin d'activités traditionnelles ou un cadre institutionnel inefficace (loi, réglementation, dispositif fiscal, etc.).

2 Expliquez pourquoi le chômage frictionnel est également appelé chômage de plein emploi.

Le chômage frictionnel est également appelé chômage de mobilité et est compatible avec le plein emploi. L'individu a intérêt à consacrer un certain temps à la recherche d'informations sur les emplois disponibles de façon à trouver le meilleur salaire, les meilleures conditions de travail, etc. Ce temps de recherche implique une période de chômage. Ainsi, même en situation de plein emploi, il existe un chômage de mobilité incompressible, que l'on appelle chômage frictionnel ou de plein emploi.

DOCUMENT 11 Le taux de chômage observé et le taux de chômage structurel en France

1 Comparez le taux de chômage observé au taux de chômage structurel estimé par l'OCDE depuis 1990.

Depuis les années 2000, le taux de chômage structurel en France est assez stable aux alentours de 8 à 9 %. Ce taux de chômage structurel n'a, à priori, pas été influencé par la crise de 2008, contrairement au taux de chômage observé qui est composé également de la part conjoncturelle du chômage.

2 Qu'en concluez-vous sur la nature du chômage français ?

Le chômage français est principalement composé d'un volet structurel persistant. En effet, quand le taux de chômage français observé diminue, le taux de chômage structurel ne baisse que très peu sur la période. C'est donc la part conjoncturelle qui évolue positivement.

DOCUMENT 12 L'impact de la conjoncture économique sur le taux de chômage

1 Positionnez les événements économiques suivants sur le graphique : crise des subprimes ; explosion de la bulle Internet.

L'explosion de la bulle Internet a lieu en 2001 et la crise des subprimes en 2007-2008.

2 Expliquez la conséquence de ces événements sur l'évolution du taux de chômage.

Ces événements, souvent qualifiés de « crise », évoquent des retournements d'indicateurs macroéconomiques dans un sens défavorable. Lors de ces périodes, la France a connu des périodes de récession, c'est-à-dire de ralentissement de l'activité économique provoquant un recul inattendu de la demande de biens et services (baisse de la consommation des ménages) ou de l'offre globale (choc pétrolier). Cela a entraîné une baisse de la production et par conséquent une augmentation du chômage car les entreprises se sont séparées de leurs salariés faute de débouchés.

3 Montrez qu'il s'agit alors d'un chômage conjoncturel.

Le chômage conjoncturel est associé aux fluctuations du niveau de l'activité économique : il est faible en période de forte activité ; il augmente au fur et à mesure que l'activité ralentit.

Préparer sa synthèse

1 Distinguez le chômage conjoncturel et le chômage structurel.

Le chômage conjoncturel est un chômage de court terme dû à un ralentissement temporaire de l'activité économique. Il s'explique donc par les fluctuations cycliques de l'économie.
Le chômage structurel est, quant à lui, un chômage susceptible de s'installer et de perdurer, indépendamment de la conjoncture économique. Il est lié à des mutations des structures de l'économie (démographiques, économiques, sociales, institutionnelles, technologiques, etc.).

2 Exposez pourquoi le chômage volontaire peut être considéré comme une composante du chômage structurel.

Pour les économistes néoclassiques, le chômage volontaire est généralement lié à certaines rigidités du marché du travail liées aux institutions en place ou aux réglementations qui empêchent la libre négociation des salaires (Smic, conventions collectives, allocations chômage...). Ces rigidités ne sont pas modifiables à court terme et génèrent un chômage volontaire structurel.

? Activités

1 Se tester

Répondez par vrai ou faux aux affirmations suivantes puis justifiez vos réponses.

1. Il existe plusieurs statistiques permettant d'évaluer le taux de chômage en France.
Vrai. Le taux de chômage est mesuré à la fois par l'Insee et par Pôle emploi selon des critères différents.

2. Le nombre de chômeurs est calculé par l'Insee en s'appuyant sur l'enquête Emploi.
Vrai. L'Insee effectue une enquête mensuelle qui lui permet de déterminer le nombre de chômeurs.

3. Les individus occupant un emploi à temps partiel mais recherchant un emploi à temps plein sont considérés comme chômeurs au sens du Bureau international du travail.
Faux. Pour être considéré comme chômeur par le BIT, il ne faut pas avoir travaillé du tout pendant la semaine de référence.

4. Les demandeurs d'emploi inscrits au Pôle emploi en catégorie A sont les chômeurs définis au sens du Bureau international du travail.
Faux. Ce sont les chômeurs qui se sont volontairement inscrits à Pôle emploi. Tous les chômeurs ne s'y inscrivent pas.

5. Pour calculer le taux de chômage et le taux d'emploi, il est nécessaire de connaître la population totale de la classe d'âge concernée.
Faux. Le taux de chômage est calculé par rapport à la population active.

6. La France fait partie des pays de l'Union européenne les plus touchés par le chômage.
Faux. Néanmoins, la France est dans la moyenne haute de l'Union européenne et elle fait partie des quatre pays ayant le plus fort taux de chômage (voir le document 5 p. 75).

7. Le chômage involontaire concerne les personnes qui ne sont pas incitées financièrement à entrer sur le marché du travail.
Faux. Il résulte d'une insuffisance de la demande globale qui n'incite pas les entreprises à embaucher.

8. Le chômage conjoncturel est lié à la morosité de l'activité économique.
Vrai. Il résulte également d'une insuffisance de la demande globale.

9. Le chômage structurel dépend du niveau de la demande de travail.
Faux. Il résulte d'un écart entre la structure de l'offre de travail et la structure de la demande de travail.

10. La composante structurelle du chômage français est relativement importante.
Vrai. C'est l'OCDE qui met en avant cette composante du chômage français (voir le document 11 p. 77).

2 Construire sa carte mentale

Il n'y a pas de corrigé type: chaque élève construit sa propre carte mentale en se reportant si nécessaire aux schémas de la p. 82 du manuel et à la fiche méthode 3 (p. 169 du manuel).

3 S'entraîner au Grand Oral

1. Rappelez la nature principale du chômage français.
Depuis une vingtaine d'années, la France, contrairement à la plupart des pays développés, ne parvient plus à faire passer son taux de chômage sous la barre des 7 % car elle est confrontée à un chômage essentiellement structurel, c'est-à-dire qui perdure même lorsque la conjoncture économique s'améliore.

2. Repérez les facteurs de la composante structurelle du chômage en France.
Les facteurs de la composante structurelle du chômage français sont :
- d'une part, le manque de flexibilité du marché du travail, qui fait parfois hésiter les entreprises à créer des emplois car si elles ont besoin de les supprimer par la suite, cela risque d'être compliqué et onéreux ;
- d'autre part, l'inadéquation des qualifications des travailleurs pour répondre aux besoins des entreprises. Certains secteurs comme l'informatique ou les services aux particuliers manquent de main-d'œuvre qualifiée.

3. Repérez les facteurs de sa composante conjoncturelle.
Cependant, il ne faut pas limiter les remèdes aux causes structurelles car le chômage augmente aussi du fait de la détérioration actuelle de la conjoncture économique.

4. Présentez les remèdes possibles selon les théories économiques.
Selon les keynésiens, il faut donc également relancer la consommation des ménages et l'investissement des entreprises, en réduisant les impôts par exemple, afin d'augmenter la production et créer de nouveaux emplois.
Les néoclassiques, eux, affirment que pour encourager les entreprises à embaucher, il faut plutôt réduire le coût du travail en diminuant les cotisations patronales et en limitant les hausses de salaires.

4 Travailler la méthode : analyser une documentation économique chiffrée

1. Rappelez le calcul du taux de chômage et du taux d'emploi.
Taux de chômage = (nombre de chômeurs / population active) × 100
Taux d'emploi = (nombre d'actifs ayant un emploi / population totale de 15 à 64 ans) × 100

2. Calculer le taux de chômage de la population de 15 à 24 ans en 2017.
(620 000 / 2 780 000) × 100 = 22,30 %

3. Calculer le taux d'emploi de la population de 15 à 24 ans en 2017.
(2 160 000 / 7 537 000) × 100 = 28,66 %

4. Analyser l'évolution du chômage des femmes depuis les années 1980.
Le taux de chômage des femmes, qui était historiquement plus élevé que celui des hommes, a été rejoint par celui des hommes en 2009. Travaillant dans des secteurs plus exposés aux aléas conjoncturels, les hommes ont été plus affectés que les femmes par la hausse du chômage après la crise économique de 2008-2009.

5. Repérez les arguments qui permettent de répondre à la question suivante : Les femmes et les jeunes sont-ils plus touchés par le chômage en France ?
Les arguments « pour » :
- Le taux de chômage des femmes était historiquement plus élevé que celui des hommes (jusqu'en 2009).
- Les jeunes ont toujours un taux de chômage bien supérieur à la moyenne des français (22,3 % contre 9,1 % en 2017) et leur taux d'emploi est en régression depuis 1975.

Les arguments « contre » :
- Depuis une vingtaine d'années, les filles réussissent de mieux en mieux à l'école et sortent plus diplômées que les garçons du système éducatif, ce qui facilite leur entrée sur le marché du travail et amorce un changement dans la division du travail. En 2017, le nombre de femmes au chômage (1 332 000) est inférieur au nombre d'hommes (1 456 000).
- Les femmes et les jeunes sont touchés par le chômage mais dans une moindre mesure, puisqu'ils sont aussi nombreux à faire le choix de rester inactifs soit pour élever des enfants, soit pour poursuivre des études, ce qui ne les fait pas rentrer dans les chiffres du chômage.

Objectif Bac

À partir de vos connaissances et de la documentation fournie dans les annexes 1 à 5 :

❶ Comparez l'évolution du taux d'emploi et du taux de chômage en France et dans la zone euro.

Depuis les années 2000, le taux d'emploi est resté stable en France aux alentours de 55 % de la population totale de 15 à 64 ans, tandis qu'il a fortement augmenté en Allemagne passant d'environ 55 % à 68 % en 2018. Pendant cette période, le taux d'emploi dans la zone euro est passé de 52 % à 60 % environ.
Jusqu'en 2008, l'évolution des taux de chômage de la France, de l'Allemagne et de la zone euro est similaire : une baisse du chômage de 1998 à 2001, puis une augmentation liée à l'explosion de la bulle Internet jusqu'en 2005, une nouvelle baisse jusqu'à la crise de 2008. La zone euro et la France ont connu à partir de cette date une forte remontée du chômage. La crise de 2008 semble n'avoir eu que peu d'impacts sur le chômage allemand et ce, notamment, car l'employabilité a augmenté fortement depuis 2005 et la mise en place des lois Hartz.

❷ Précisez l'élément conjoncturel qui peut expliquer la hausse du chômage à partir de 2008 en France.

Il s'agit de la crise des subprimes de 2008 qui a eu pour conséquence une diminution de l'activité économique et, par conséquent, une augmentation des licenciements et des CDD non renouvelés, soit une augmentation du chômage.

❸ Expliquez comment un chômage d'origine conjoncturelle peut se transformer en chômage structurel.

Dans les pays développés, l'insuffisance de l'activité consécutive aux crises récentes a été telle en intensité et en durée qu'elle a eu des conséquences structurelles. Il est à craindre que les personnes ayant été longtemps au chômage perdent en savoir-faire et en employabilité. Des usines qui ont fermé ont pu ne pas rouvrir, laissant les chômeurs d'un secteur sinistré définitivement au chômage, à moins d'une reconversion.

❹ Rédigez une argumentation qui vous permette de répondre à la question suivante : La composante structurelle du chômage français freine-t-elle sa décrue par rapport au reste de la zone euro ?

Le chômage structurel est lié à des mutations des structures de l'économie (démographiques, économiques, sociales, institutionnelles, technologiques, etc.). Ces évolutions structurelles peuvent se traduire par des difficultés d'ajustement du marché du travail (entre l'offre et la demande). Elles peuvent avoir pour origine des déséquilibres régionaux, une inadaptation des qualifications, le déclin d'activités traditionnelles ou un cadre institutionnel inefficace (loi, réglementation, dispositif fiscal, etc.).

Le chômage français a une forte dimension structurelle qui freine sa décrue par rapport au reste de la zone euro

- Le chômage français est principalement composé d'un volet structurel persistant. En effet, quand le taux de chômage français diminue, le taux de chômage structurel ne baisse que très peu sur la période. C'est donc la part conjoncturelle qui évolue positivement. Dans les autres pays de la zone euro, où le chômage avait fortement augmenté après la crise de 2008 (jusqu'à environ 13 %), on peut penser que la composante conjoncturelle est plus forte, et celle-ci diminue mécaniquement avec la reprise économique.
- L'économie française résiste mieux aux crises mais la reprise est plus lente qu'ailleurs en Europe. Mise à part l'Allemagne, le taux de chômage français a moins augmenté après les crises de 2001 et de 2008 que dans la zone euro en raison de « matelas de sécurité » constitués d'aides aux entreprises pour préserver l'emploi. Néanmoins, avec un taux d'emploi en stagnation, le chômage décroit lentement après les crises.
- Le chômage de longue durée représente environ 42 % des chômeurs français en 2019, or plus le temps de chômage est long, plus les personnes perdent en employabilité, ce qui entretient la composante structurelle du chômage. On peut constater que la France se situe parmi les pays de la zone euro les plus frappés par ce chômage de longue durée. En Allemagne, ce type de chômage ne touche que 22 % des chômeurs.

Le chômage français a une dimension structurelle forte qui n'empêche pas sa décrue

- Il est possible de lutter contre le chômage structurel. La France a mené des réformes qui ont permis de raffermir la productivité et ont entraîné un regain d'investissement des entreprises. Les meilleures perspectives de croissance et des réformes (depuis 2014) ont permis également de réduire le coût du travail, notamment peu qualifié, de sécuriser les transitions professionnelles et de renforcer la formation.
- Pour les économistes néoclassiques, le chômage volontaire est généralement lié à certaines rigidités du marché du travail français liées aux institutions en place ou aux réglementations qui empêchent la libre négociation des salaires (Smic, conventions collectives, allocations chômage...). Ces rigidités génèrent un chômage volontaire structurel. Les réformes Hartz en Allemagne ont réduit les allocations chômage, ce qui a facilité la rencontre entre les demandeurs d'emploi et les entreprises et a conduit à une nette baisse du taux de chômage. Elles servent de modèle aux gouvernements qui se succèdent en France pour réformer le marché du travail.

Synthèse

1. Comment mesure-t-on le chômage en France ?

Le chômage est considéré comme un déséquilibre sur le marché du travail. Il peut se définir comme l'ensemble des personnes de 15 ans et plus, privées d'emploi et en recherchant un.

L'Insee mesure le chômage au sens du BIT. Est alors considéré comme chômeur une personne sans emploi, immédiatement disponible pour travailler et à la recherche d'un emploi. L'estimation du chômage est effectuée tous les trimestres par l'Insee à partir d'une enquête appelée « l'enquête Emploi ». Les critères retenus pour ce calcul ont l'avantage d'être stables dans le temps et, ainsi, de permettre les comparaisons historiques et internationales.

Une autre institution mesure le nombre de chômeurs en France, il s'agit de Pôle emploi. Son calcul diffère légèrement car il résulte d'une démarche d'inscription. Or tous les chômeurs ne s'inscrivent pas à Pôle emploi, notamment ceux qui ne bénéficient pas d'indemnisation.

Les deux mesures principales du chômage sont le taux de chômage et le taux d'emploi, constitutifs du taux d'activité (ce dernier sera étudié dans le chapitre suivant).

Le taux de chômage est le pourcentage de chômeurs dans la population active (qui regroupe les actifs occupés et les chômeurs). On peut calculer un taux de chômage par âge en mettant en rapport les chômeurs d'une classe d'âge avec les actifs de cette même classe d'âge. De la même manière se calculent des taux de chômage par sexe, par professions et catégories socioprofessionnelles, par région, par nationalité, par niveau de diplôme...

Le taux d'emploi est le rapport entre le nombre de personnes ayant un emploi et la population totale correspondante. De même que pour le taux de chômage, il est possible de calculer un taux d'emploi par catégorie de population.

2. Quelles sont les différentes formes de chômage ?

Pour réduire le chômage, il faut déterminer ses origines structurelles et/ou conjoncturelles.

Le chômage conjoncturel est un chômage transitoire, lié au fait que le rythme de croissance de l'activité a tendance à fluctuer et que cette fluctuation engendre un chômage destiné à se résorber lorsque le cycle d'activité recommence à s'accélérer.
En période de ralentissement économique, la demande de biens et de services adressée aux entreprises fléchit, ce qui peut entraîner des phénomènes de sur-stockage et donc un besoin de main-d'œuvre moindre. Dans ce cas, une partie des personnes souhaitant travailler ne trouve pas d'emploi et se retrouve dans une situation de chômage involontaire, encore appelé chômage keynésien.

Le chômage structurel est un chômage résultant d'un écart entre la structure de l'offre et la structure de la demande. Dans cette situation, les qualifications des chômeurs ne correspondent pas aux besoins des entreprises.
Il est composé du chômage frictionnel (constitué de personnes recherchant un emploi pendant une courte période en raison du laps de temps nécessaire pour trouver un nouvel emploi), du chômage classique (constitué de personnes inemployables aux salaires en vigueur en raison du coût du travail trop élevé pour le niveau de qualification) et du chômage volontaire (constitué de personnes préférant être au chômage plutôt que de prendre un emploi et ce notamment en raison des coûts de formation ou de mobilité).

CHAPITRE

7 L'offre et la demande de travail

THÈME 7

Quelle est l'influence de l'État sur l'évolution de l'emploi et du chômage ?

NOTIONS ABORDÉES

- La demande de travail/l'offre d'emploi
- L'offre de travail/la demande d'emploi
- La population active et le taux d'activité
- Le plein emploi
- Le sous-emploi
- Les négociations salariales
- Les contraintes légales et conventionnelles
- Le salaire minimum
- La demande anticipée

CONTEXTE ET FINALITÉS

- La demande de travail émane des entreprises et dépend essentiellement de quatre facteurs :
  - la demande pour le produit ;
  - l'efficacité du travail (la productivité) qui permet de répondre à la demande avec la même quantité de facteurs ;
  - la substituabilité entre le travail et le capital ;
  - le coût du travail.
- L'étude de la demande de travail s'intéresse à l'impact d'une variation de ces quatre facteurs sur le volume de travail, c'est-à-dire sur l'offre d'emploi.
- L'offre de travail correspond à la demande d'emploi qui émane des ménages appartenant à la population active.
- L'équilibre sur le marché du travail détermine les quantités de travail échangées et le niveau de salaire auquel les offreurs et les demandeurs de travail accepteront l'échange. L'accord entre l'offreur et le demandeur donne lieu à un contrat de travail.

❶ Quels sont les personnages qui se rencontrent sur ces dessins de presse ?

Dans le dessin de droite, un patron ventripotent installé dans un fauteuil confortable rencontre un ouvrier assis sur une simple chaise. Dans le dessin de gauche, il n'y a pas véritablement de rencontre entre le patron et l'homme de ménage.

❷ Pourquoi leurs intérêts réciproques divergent ?

Chacun des personnages est dans son rôle : l'ouvrier (ou l'homme de ménage) souhaite réaliser son travail pour se nourrir, donc remplir des besoins primaires, tandis que le patron embrasse des rêves d'investissement et de développement de son activité au regard des indicateurs économiques. Leurs intérêts sont donc très éloignés et les deux types de personnages risquent de ne pas réussir à se comprendre.

❸ À votre avis, l'augmentation du salaire minimum peut-elle être destructrice d'emplois ?

L'augmentation du salaire minimum renchérit le coût du travail pour les entreprises, elles vont donc privilégier les ajustements de l'emploi (licenciements, non renouvellement de contrats) pour s'adapter aux récessions et limiter les coûts.

VIDÉO Le marché du travail
lienmini.fr/e30705avt7

1 Précisez la composition de la population active du pays fictif présenté.

Dans ce pays fictif, 56 actifs travaillent ou cherchent un emploi.

2 Indiquez les éléments qui forment le marché du travail de ce pays.

10 entreprises forment la demande de travail et 56 personnes forment l'offre de travail et constituent ainsi un marché où il est possible d'acheter et vendre du travail.

3 Relevez les critères qui influencent le niveau de salaire sur ce marché du travail.

Les critères qui influencent le niveau de salaire sur ce marché du travail sont :
- les qualifications, plus celles-ci augmentent, plus le salaire est élevé ;
- la segmentation du marché ;
- la situation de plein emploi ou de chômage.

4 Présentez les impacts de l'instauration d'un salaire minimum.

L'instauration d'un salaire minimum dans ce pays a pour conséquence d'augmenter les bas salaires, ce qui permet aux plus pauvres de sortir de la misère. En revanche, cela a un impact négatif sur la compétitivité du pays car le coût du travail augmente, et cela encourage les délocalisations d'entreprises.

5 Comparez les trois modèles de marché du travail exposés.

Dans le 1er modèle (suivi par les États-Unis), le choix a été fait de supprimer le salaire minimum afin de laisser le marché du travail fixer seul le coût du travail. Cette solution est la moins coûteuse mais les pauvres accèdent difficilement à la santé et à l'éducation.
Dans le 2e modèle (adopté par la France), les charges sociales sur les bas salaires ont été supprimées tout en conservant un salaire minimum. En conséquence, le coût du travail diminue sans que le pouvoir d'achat des salariés baisse mais le coût est important pour l'État et les contribuables.
Dans le 3e modèle (choisi par le Danemark), des formations pour les salariés ont été financées par les salariés, les entreprises et l'État afin d'augmenter la productivité. La répartition du coût se fait donc sur les trois agents économiques.

1 Que représentent l'offre et la demande sur le marché du travail ?

DOCUMENT 1 L'offre de travail pour un économiste

1 Définissez la notion d'offre sur le marché du travail.

L'offre de travail émane des ménages qui mettent leur force de travail à disposition du marché.

2 Déterminez l'équivalent de l'offre de travail sur le marché de l'emploi.

Sur le marché de l'emploi, l'offre de travail correspond à la demande d'emplois.

❸ Expliquez pourquoi les économistes utilisent la notion d'offre de travail et non son équivalent.

Les économistes prennent le terme « travail » au sens de facteur de production utilisé par les entreprises ou les administrations pour produire des biens et des services. Ainsi, ce sont les individus qui offrent du travail et les employeurs qui demandent du travail.

DOCUMENT 2 La population active, source de l'offre de travail

❶ Définissez la population active et distinguez-la de la population inactive.

La population active représente les personnes exerçant habituellement une activité professionnelle, salariée ou non, y compris celles qui se trouvent momentanément sans travail pour une cause indépendante de leur volonté.
Le reste de la population âgée de 15 ans ou plus constitue la population dite « inactive », c'est-à-dire les personnes ne travaillant pas et ne recherchant pas activement un emploi ou n'étant pas disponibles rapidement pour en occuper un.

❷ Montrez que la population active représente l'offre sur le marché du travail.

Sur le marché des biens, l'offre correspond au volume de biens mis à la disposition du marché afin d'être vendus. Par analogie, on comprend que l'offre de travail correspond à la population active car il s'agit des personnes mises à la disposition du marché du travail.

❸ Caractérisez succinctement l'offre sur le marché du travail français en 2017.

Sur la dernière décennie, la population active âgée de 15 à 64 ans a augmenté d'un million de personnes en France (hors Mayotte), principalement sous l'effet de la hausse du taux d'activité (+ 2,1 points). Cette hausse est avant tout portée par les seniors en raison du recul de l'âge de la retraite et par la présence accrue des femmes.

DOCUMENT 3 Le taux d'activité, indicateur de l'évolution de la population active

❶ Formulez le calcul du taux d'activité des 15-64 ans.

$$\text{Taux d'activité} = \frac{\text{nombre d'actifs occupés + actifs au chômage}}{\text{population totale de plus de 15 ans correspondante}}$$

❷ Commentez l'évolution des taux d'activité des hommes et des femmes selon leur classe d'âge.

Globalement, depuis 1975, le taux d'activité des femmes a augmenté mais cette augmentation est surtout portée par les femmes de 25 à 49 ans et de 50 à 64 ans. En effet, le taux d'activité des jeunes femmes est plutôt en régression en raison du recul de l'âge d'entrée dans la vie active. Le taux d'activité des hommes est quant à lui en légère régression (passant de plus de 80 % à moins de 80 %) mais reste supérieur à celui des femmes.
Cette augmentation du taux d'activité des femmes peut s'expliquer par une volonté d'émancipation mais pas uniquement, car avec le nombre croissant de femmes diplômées du supérieur, leur revenu n'est plus seulement perçu comme un revenu d'appoint au sein du couple mais comme des ressources nécessaires.
Les jeunes, du fait de l'allongement de la durée de leurs études, sont moins présents sur le marché du travail depuis les années 1980 (ceci est d'ailleurs valable pour les jeunes hommes comme pour les jeunes femmes).

DOCUMENT 4 La vision classique de la demande de travail

❶ Rappelez de qui émane la demande de travail.

La demande de travail émane des entreprises qui ont besoin du facteur travail pour produire (= l'offre d'emploi).

❷ Repérez les trois facteurs qui agissent sur la demande de travail.

La demande de travail émane des entreprises et dépend de trois facteurs :
- l'efficacité du travail (la productivité), qui permet de répondre à la demande avec la même quantité de facteurs ;
- la substituabilité entre le travail et le capital ;
- le salaire et plus exactement le coût du travail.

DOCUMENT 5 La vision keynésienne de la demande de travail

❶ Retrouvez le quatrième facteur qui agit sur la demande de travail.

Le quatrième facteur correspond à la demande anticipée par l'entrepreneur pour les produits de l'entreprise.

❷ Expliquez comment ce facteur influence la demande de travail.

La demande de travail, d'après les keynésiens, résulte directement des choix de l'entreprise portant sur le niveau de production (qui dépend de la demande anticipée pour le produit). Plus l'entrepreneur est optimiste quant aux possibilités de débouchés de ses produits, plus il va être enclin à investir et embaucher.

DOCUMENT 6 L'évolution de l'emploi salarié par région en 2018 par rapport à 2017

❶ Identifiez les régions françaises où les offres d'emploi sont les plus dynamiques.

Entre fin 2017 et fin 2018, en France, l'emploi salarié augmente de 0,7 % (+ 167 000 emplois). Il progresse le plus fortement dans les départements et régions d'outre-mer (à l'exception de La Réunion), en Corse et en Île-de-France (de + 1,2 % en Île-de-France à + 5,4 % en Guyane).

❷ Cherchez des facteurs explicatifs à ces évolutions.

Ces offres d'emploi s'expliquent grâce au dynamisme du tertiaire marchand. Ces régions bénéficient également de l'embellie conjoncturelle du secteur de la construction, ainsi que de la reprise de l'emploi dans l'industrie (hormis l'Île-de-France) selon Insee.

Préparer sa synthèse

❶ Rappelez les définitions d'offre et de demande de travail.

L'offre de travail émane des ménages qui mettent leur force de travail à disposition du marché. La demande de travail émane des entreprises qui ont besoin du facteur travail pour produire.

❷ Résumez les caractéristiques de la population active française.

La population active âgée de 15 à 64 ans a augmenté d'un million de personnes en France (hors Mayotte) en 10 ans. Cette hausse est avant tout portée par les seniors, en raison du recul de l'âge de la retraite, et par la présence accrue des femmes.

❸ Recensez les facteurs économiques qui influencent la demande de travail.

La demande de travail émane des entreprises et dépend essentiellement de quatre facteurs :
- la demande pour le produit ;
- l'efficacité du travail (la productivité), qui permet de répondre à la demande avec la même quantité de facteurs ;
- la substituabilité entre le travail et le capital ;
- le coût du travail.

2 Comment se forme le prix sur le marché du travail ?

DOCUMENT 7 L'équilibre de plein emploi

❶ Rappelez la loi de l'offre et de la demande.

Sur un marché concurrentiel, l'offre et la demande évoluent de façon contraire par rapport aux variations de prix. Si le prix d'un bien s'accroît, la demande diminue et l'offre augmente. Mais pour un certain niveau de prix, offre et demande coïncident. Ce prix d'équilibre s'établit par tâtonnements.

❷ Précisez comment est fixé, en théorie, le salaire sur le marché du travail.

Lorsque le salaire est trop élevé, la demande est faible et une partie de l'offre ne trouve pas d'embauche. Lorsque le salaire est trop bas, une partie de l'offre ne souhaite pas travailler même si la demande est importante.

En théorie, le salaire sur le marché du travail s'établit par tâtonnements et il existe toujours un salaire d'équilibre qui égalise l'offre (les ménages) et la demande (les entreprises) de travail.

❸ Expliquez pourquoi, dans ce contexte, un niveau de salaire élevé engendre une situation de chômage.

Sur un marché du travail parfaitement concurrentiel, il n'y a pas de chômage possible dans la théorie néoclassique car la concurrence entre les travailleurs pour occuper un poste les contraint à accepter des baisses de salaire. Le chômage ne peut persister que parce qu'il existe des institutions ou des réglementations qui empêchent la baisse des salaires et qui entretiennent une offre de travail forte.

❹ Indiquez ce qui, en pratique, limite une fixation libre du salaire sur ce marché.

En pratique, le marché du travail n'est pas aussi flexible que le marché des produits et il existe des rigidités à la baisse comme à la hausse des salaires, par exemple : le Smic, la limitation des salaires des patrons des entreprises publiques, les négociations entre les partenaires sociaux...

DOCUMENT 8 La situation de sous-emploi

❶ Repérez l'impact d'une baisse de salaire sur la demande effective.

Une baisse des salaires exerce un effet négatif sur la demande effective, ce qui entraîne une baisse de la consommation et de l'investissement.

❷ Expliquez pourquoi, selon Keynes, une baisse des salaires ne permet pas de résorber le chômage.

Une baisse des salaires diminue la consommation future, donc la demande effective, et contraint les entreprises à réduire plus encore leur production et leur demande de travail, ce qui aggrave de ce fait la récession et le chômage.

❸ Déduisez-en la définition d'équilibre de sous-emploi et de plein emploi.

Pour Keynes, il n'y a aucune raison de constater en permanence un équilibre sur le marché du travail entre l'offre et la demande. L'équilibre de sous-emploi est donc une situation de chômage involontaire pour les offreurs de travail car la demande de travail est insuffisante.

Le terme « plein emploi » décrit une situation de l'économie dans laquelle, d'une part, toute personne désirant travailler occuperait effectivement un emploi et, d'autre part, toutes les capacités matérielles de production seraient utilisées.

❹ Reproduisez le graphique du document 7 et placez-y l'équilibre de sous-emploi.

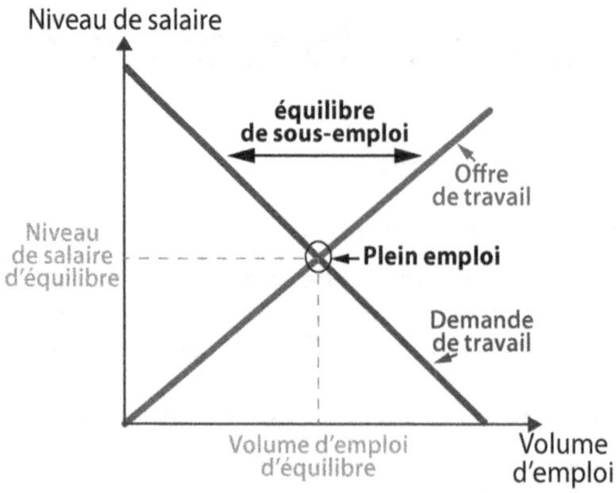

L'équilibre de sous-emploi est donc une situation de chômage involontaire pour les keynésiens et de chômage volontaire en raison des rigidités du marché du travail pour les classiques. Ces deux formes de chômage selon leur origine se représentent de la même façon.

DOCUMENT 9 Les trois niveaux de fixation des salaires en France

❶ Repérez les trois niveaux de fixation des salaires en France.

En France, la fixation des salaires est régulée par des institutions de négociation à trois niveaux :
- au niveau national, par le biais du Smic qui est le salaire minimum légal en France quel que soit le secteur d'activité ;
- au niveau de la branche, qui détermine le salaire minimum par secteur d'activité et par fonction dans un secteur (le salaire minimum de la branche ne peut être inférieur au Smic mais peut être supérieur notamment dans les secteurs en tension) ;
- au niveau de l'entreprise, où le salaire minimum ne peut être inférieur à celui de la branche.

❷ Expliquez en quoi ces niveaux de négociations salariales peuvent être considérés comme des contraintes dans le fonctionnement du marché du travail.

La loi prévoit une obligation annuelle de négociation des salaires entre partenaires sociaux au niveau des branches professionnelles et de l'entreprise quand il existe dans ces dernières une ou plusieurs sections syndicales représentatives. La négociation collective est une discussion entre un employeur et les syndicats de salariés sur les conditions d'emploi, de formation professionnelle et de travail des salariés et de leurs garanties sociales. Lorsqu'elle aboutit, les parties concluent une convention ou un accord collectif du travail. Une fois la grille des salaires établie par convention ou accord collectif, un employeur ne peut y déroger et, à poste égal, il ne peut verser un salaire inférieur à ce qui est prévu par la grille. En cela, il s'agit de contraintes imposées par la réglementation aux entreprises, qualifiées par les classiques de rigidités du marché du travail.

DOCUMENT 10 Le Smic, une contrainte légale

❶ Donnez la signification du sigle Smic.

Le sigle Smic signifie « salaire minimum interprofessionnel de croissance ».

❷ Précisez comment et par qui le Smic est revalorisé.

Le salaire minimum doit être revalorisé chaque année d'un montant correspondant, d'une part, à la hausse des prix à la consommation (mesurée hors tabac) et, d'autre part, à la moitié de la progression du pouvoir d'achat du salaire horaire de base des ouvriers et des employés (SHBOE). Il est revalorisé par le ministre du Travail.

Le Smic tend à progresser moins vite que le SHBOE, c'est pourquoi la coutume a été prise de donner un coup de pouce à ces hausses minimales.
Depuis 2010, la revalorisation du Smic intervient au 1er janvier et non plus le 1er juillet, garantissant ainsi une meilleure articulation avec le calendrier des négociations collectives. Il doit être revalorisé au moins une fois par an.

❸ Exposez les avantages et les inconvénients économiques de la mise en place du Smic.

Avantages	Inconvénients
• Pour les salariés : c'est un salaire minimum de subsistance acquis. • Pour les entreprises : - le Smic soutient la consommation et donc la demande adressée aux entreprises ; - elles bénéficient d'exonérations de charges sociales sur les salaires au Smic.	• Pour les entreprises : - le Smic peut être trop élevé ; - les salariés au Smic sont peu motivés. • Pour les salariés : - le Smic est un minimum mais ne permet pas de superflu ; - les entreprises ne veulent pas augmenter les salariés au Smic car elles perdent les exonérations sociales.

Préparer sa synthèse

❶ Rappelez comment se fixe, en théorie, le salaire de base.

Le salaire est déterminé par la rencontre entre l'offre et la demande de travail. Ce salaire est appelé salaire d'équilibre car il permet d'équilibrer l'offre et la demande de travail.

❷ Classez dans un tableau les contraintes économiques, légales et conventionnelles qui pèsent sur la fixation des salaires.

Contraintes économiques	Contraintes légales	Contraintes conventionnelles
• La productivité individuelle • Le rapport entre l'offre et la demande • La pression concurrentielle dans la profession • La qualification, l'expérience professionnelle	• Le Smic • La non-discrimination : à travail égal, salaire égal • L'obligation annuelle de négociation des salaires	• Le respect des conventions et des accords collectifs de branche • Le respect du salaire fixé dans le contrat de travail

Activités

1 Se tester

Répondez par vrai ou faux aux affirmations suivantes puis justifiez vos réponses.

1. La population active représente la population en âge de travailler.
Faux. Il existe des inactifs dans la population en âge de travailler (exemple : un père ou une mère au foyer).

2. La population active représente la demande de travail sur le marché du travail.
Faux. Elle représente l'offre de travail.

3. L'offre de travail correspond à la demande d'emploi.
Vrai. Il s'agit de son équivalent sur le marché de l'emploi ou encore de la population active.

4. Le taux d'activité des femmes a tendance à augmenter depuis 30 ans.
Vrai. Depuis les années 1970 et 1980, les femmes de 25 à 50 ans sont de plus en plus nombreuses à occuper un emploi.

5. La demande est une fonction décroissante du salaire réel.
Vrai. La quantité de travail demandée varie donc en sens inverse du salaire réel versé.

6. La demande de travail dépend notamment de la productivité du travail.
Vrai. La productivité est l'un des facteurs (avec bien sûr le coût du travail) dont dépend la demande de travail.

7. Le salaire sur le marché du travail français est égal au salaire d'équilibre.
Faux. Il existe notamment un salaire minimum qui fausse le fonctionnement du marché du travail au sens classique.

8. Le salaire de base est librement négocié entre employeur et salarié.
Vrai. En théorie mais le rapport de forces n'est pas égal.

9. Le sigle Smic signifie : salaire minimum interprofessionnel de correspondance.
Faux. Il signifie : salaire minimum interprofessionnel de croissance.

10. Un accord salarial de branche est une contrainte conventionnelle de fixation du salaire.
Vrai. Les employeurs ne peuvent pas rémunérer leurs salariés en deçà du minimum prévu dans l'accord de branche et qui doit être supérieur au Smic.

2 Construire sa carte mentale

Il n'y a pas de corrigé type : chaque élève construit sa propre carte mentale en se reportant si nécessaire aux schémas de la p. 92 du manuel et à la fiche méthode 3 (p. 169 du manuel).

3 S'entraîner au Grand Oral

1. Dans chacune des situations, identifiez le demandeur de travail/d'emploi et l'offreur de travail/d'emploi.

Dans les années 1970 : le demandeur de travail/offreur d'emploi est le personnage aux cheveux gris et à la cravate rouge. L'offreur de travail/demandeur d'emploi est le personnage aux cheveux blonds et à la cravate bleue.

Aujourd'hui : le demandeur de travail/offreur d'emploi est la femme qui tient un document dans la main et le jette. L'offreur de travail/demandeur d'emploi est la personne d'en face.

2. Caractérisez l'évolution de la recherche d'emploi entre 1970 et aujourd'hui à partir du document et de vos recherches sur Internet.

Quelques pistes de correction :

- Pendant la période appelée Trente Glorieuses (1946-1973) par Jean Fourastié, tout était facile. La croissance était forte et le CDI la norme. Le chômage n'existait pas. Il était possible de quitter son emploi le lundi et de travailler ailleurs le mardi. La consommation soutenait l'économie qui ne souffrait pas de concurrence de pays à bas coûts. L'énergie était bon marché et la robotisation des tâches n'avaient pas eu de conséquences sur l'emploi salarié.
- Depuis le premier choc pétrolier de 1973, la croissance est devenue plus morose. Certains secteurs, notamment dans l'industrie, ont disparu brutalement du paysage économique français (le charbon, le textile...), laissant au chômage une partie de la population française. Aujourd'hui, le taux de chômage a du mal à descendre au-dessous de 7 ou 8 % alors qu'il était d'à peine 3 % dans les années 1970. L'offre de travail inoccupée est donc conséquente et la concurrence est rude pour obtenir un emploi. Les entreprises exigent non seulement un niveau de diplômes élevé mais également une expérience professionnelle qu'il est difficile d'acquérir lorsque les jeunes sortent de l'école.

4 Travailler la méthode : analyser un tableau économique

1. Repérez le niveau et la composition de la population active en 2017.

En 2017, la population active est estimée à 29 668 000 personnes en France métropolitaine, dont 15 404 000 hommes et 14 263 000 femmes.

2. Identifiez les caractéristiques principales du taux d'activité des 15-64 ans en 2017.

Le taux d'activité des personnes âgées de 15 à 64 ans s'établit à 71,5 % de la population en 2017, en hausse pour la quatrième année consécutive.

Le taux d'activité des 25-49 ans reste stable depuis quelques années et s'établit à 87,8 % en 2017. Les 15-24 ans représente la tranche d'âge la moins active en raison des poursuites d'études plus longues chez les jeunes. L'augmentation du taux d'activité est surtout portée par celui des personnes âgées de 50 à 64 ans. En France métropolitaine, selon l'Insee, le taux d'activité de ces dernières s'est en effet accru de 10,2 points par rapport à 2008 (+ 0,8 point en 2017). Au sein de cette classe d'âge, le taux d'activité s'accroît encore plus fortement pour les 55-64 ans : il a progressé de 15,1 points depuis 2008 (dont + 1,2 point en 2017). Cette hausse s'explique notamment par le relèvement de l'âge minimum de départ à la retraite, qui a augmenté progressivement pour les générations nées après 1951 pour atteindre 62 ans à partir de la génération née en 1955.

3. Rappelez la définition et le calcul du taux d'activité.

Le taux d'activité est le rapport entre le nombre d'actifs (actifs occupés et chômeurs) et la population totale correspondante.

$$\text{Taux d'activité} = \frac{\text{nombre d'actifs occupés + actifs au chômage}}{\text{population totale de plus de 15 ans correspondante}}$$

4. Analysez l'évolution du taux d'activité des personnes selon leur statut d'immigration et leur zone d'habitation.

En 2017, 67,2 % des immigrés sont actifs au sens du BIT, un taux très proche de celui des descendants d'immigrés (67,3 %) et inférieur de 5,5 points à celui des personnes sans lien avec l'immigration (72,7 %). L'écart entre descendants d'immigrés et personnes sans lien avec l'immigration résulte en partie de différences dans la structure par âge de ces populations : les jeunes, moins actifs que leurs aînés, sont plus représentés au sein des descendants d'immigrés.

Le taux d'activité des personnes résidant en zone rurale augmente de 0,2 point, à 74,4 % en 2017. Celui des personnes résidant en zone urbaine est quasi stable, à 70,7 % (+ 0,1 point).

5. Repérez les arguments qui permettent de répondre à la question suivante : Existe-t-il des inégalités d'activité entre les hommes et les femmes sur le marché du travail ?

Les arguments « pour » :

- La population active est composée en France majoritairement d'hommes puisqu'elle estimée à 29 668 000 personnes en France métropolitaine, dont 15 404 000 hommes et 14 263 000 femmes.
- En termes de taux d'activité, il y a 8 points de différence entre les hommes âgés de 15 à 64 ans qui

sont actifs à 75,6 % et les femmes qui sont actives à 67,6 %. Ce sont encore souvent les femmes qui se retirent du marché du travail pour des raisons familiales.

Les arguments « contre » :

- Le taux d'activité des hommes est plus élevé que celui des femmes (75,6 % contre 67,6 %, soit 8 points d'écart en 2017 en France hors Mayotte). Cet écart s'est toutefois considérablement réduit depuis 1975 où il dépassait 30 points. En France métropolitaine, le taux d'activité des femmes augmente en effet régulièrement depuis 1975 (+ 14,8 points), alors que celui des hommes a diminué entre 1975 et 1991 (- 8,7 points) et demeure relativement stable depuis le début des années 1990.
- Depuis une vingtaine d'années, les filles réussissent de mieux en mieux à l'école et sortent plus diplômées que les garçons du système éducatif, ce qui amorce un changement dans la division du travail. Les femmes occupent de plus en plus d'emplois à responsabilité et traditionnellement occupés par des hommes.

Objectif Bac

À partir de vos connaissances et de la documentation fournie dans les annexes 1 à 4 :

❶ Identifiez les six pays de l'Union européenne qui n'ont pas adopté de salaire minimum.

Il s'agit de Chypre, de l'Italie, du Danemark, de la Suède, de la Finlande et de l'Autriche. L'Islande, la Norvège et la Suisse n'ont pas non plus de salaire minimum mais ces pays n'appartiennent pas à l'UE.

❷ Rappelez l'impact du coût du travail sur la demande de travail.

Le salaire, ou coût du travail, influence la demande de travail émanant des entreprises. Si le coût du travail augmente, la demande de travail est censée diminuer car les entreprises sont moins enclines à embaucher et inversement si le coût du travail baisse.

❸ Comparez le taux de chômage et le salaire minimum entre les pays européens. Que constatez-vous ?

La majorité des pays qui ont un taux de chômage supérieur à la moyenne des taux de la zone euro ont adopté un salaire minimum. Néanmoins, on constate que la corrélation entre l'existence d'un salaire minimum et un taux de chômage élevé ne se vérifie pas toujours. L'Italie est un contre-exemple : son taux de chômage est d'environ 11 % en 2017 et pourtant la législation n'impose pas de salaire minimum. De même, la Finlande, qui a un taux de chômage proche de celui de la France, n'a pas non plus mis en place un salaire minimum.

❹ Rédigez une argumentation qui vous permette de répondre à la question suivante : L'adoption d'un salaire minimum est-elle néfaste à l'emploi ?

Le salaire minimum (le Smic en France) correspond au salaire horaire minimum légal que le salarié doit percevoir. Des abattements sont toutefois applicables dans certains cas (apprentis et salariés de moins de 18 ans). Le montant du Smic horaire brut actuel est de 10,15 euros.

L'adoption d'un salaire minimum est néfaste à l'emploi

- Selon la théorie néoclassique, l'existence d'un salaire minimum ne permet pas la réalisation de l'équilibre sur le marché du travail. Les entreprises, qui sont censées rémunérer les salariés à hauteur de leur productivité, sont pénalisées si elles engagent un travailleur qui leur rapporte moins que ce que coûte le salaire minimum. Au-delà d'un certain seuil critique, le salaire minimum favorise, dans ce cadre de pensée, le chômage.

- Un salaire minimum élevé incite les gens à travailler plutôt qu'à pointer au chômage mais plus il est élevé et plus il va exclure les travailleurs peu ou pas qualifiés, devenus non rentables. En France, l'introduction du Smic a été néfaste pour l'emploi, notamment celui des jeunes. Si le salaire minimum est déjà élevé, toute hausse incite les entreprises à se séparer de leurs employés dont la productivité vient d'être dépassée par la nouvelle valeur du salaire minimum ; le salaire minimum peut ainsi accroître le chômage des jeunes.

L'adoption d'un salaire minimum n'est pas néfaste à l'emploi

- Dans l'Union européenne, seuls six pays ne connaissent pas encore de salaire minimum : l'Italie, l'Autriche, le Danemark, la Finlande, la Suède et Chypre. L'Allemagne a, elle, introduit un salaire horaire plancher de 8,50 euros début 2015. La majorité des pays ayant mis en place un salaire minimum n'ont pas un taux de chômage élevé.
- De nombreuses études estiment que, à leur niveau actuel, les salaires minimaux en place dans les pays riches ne détruisent pas d'emplois. Plus encore, il apparaît qu'un salaire décent, parce qu'il rend les travailleuses et les travailleurs dignes et leur permet d'échapper au stress permanent de la pauvreté, les aide à prendre des décisions favorables à leur santé et au bien-être de leurs proches. Par exemple, au Royaume-Uni, où le salaire minimum n'existe que depuis 1999, les travaux très détaillés de la Commission des bas salaires ne mettent pas en évidence de destructions d'emplois, en dépit des hausses répétées du salaire minimum depuis son introduction.

Synthèse

1. Que représentent l'offre et la demande sur le marché du travail ?

Le marché du travail désigne le lieu de rencontre entre l'offre et la demande de travail. Le prix qui se forme sur ce marché est le salaire.

L'offre de travail, dans un pays, est composée de la population active, c'est-à-dire l'ensemble des personnes qui occupent un emploi ou qui en cherchent un.

Son évolution dépend de facteurs démographiques, économiques et sociaux. Ainsi, la population active augmente lorsque la natalité est forte, lorsque les frontières sont ouvertes à l'immigration, lorsque l'âge de la retraite est reculé ou encore lorsque le salaire proposé est élevé...

Attention, les offreurs sur le marché du travail représentent les demandeurs d'emploi !

En 2019, l'offre de travail se compose de 29,8 millions de personnes de 15 ans ou plus en France (hors Mayotte). Elle regroupe 27,1 millions d'actifs ayant un emploi et 2,7 millions de personnes au chômage. Le reste de la population âgée de 15 ans ou plus constitue la population dite « inactive », c'est-à-dire les personnes ne travaillant pas et ne recherchant pas activement un emploi ou n'étant pas disponibles rapidement pour en occuper un.

La demande de travail correspond aux besoins de main-d'œuvre des entreprises en quantité et en qualité.

Le niveau de la demande de travail est déterminé par un certain nombre de facteurs tels que :
- le niveau de la demande anticipée de biens et services par les entreprises ;
- le coût du travail. La baisse du coût du travail, par exemple, peut inciter les entreprises à embaucher davantage ;

- le rapport entre le salaire payé et la productivité. Si la productivité horaire est supérieure au salaire horaire, le profit s'améliore et l'employeur est incité à utiliser davantage de travail ;
- la possible substituabilité entre le travail et le capital, si le coût du capital est moins élevé que celui du travail.

Les demandeurs de travail représentent les offreurs d'emplois.

2. Comment se forme le prix sur le marché du travail ?

Le salaire représente la rémunération du facteur travail. Il s'agit du prix qui s'établit sur ce marché spécifique qu'est le marché du travail. Sur un marché du travail parfaitement concurrentiel, le salaire est déterminé par la productivité marginale du travail car une entreprise ne recrute un salarié supplémentaire que si sa productivité est supérieure à son salaire. Dans ce cadre, l'offre de travail augmente si le salaire augmente et la demande de travail, quant à elle, diminue avec la hausse du salaire.
Ainsi, l'offre de travail est une fonction croissante du salaire réel, tandis que la demande de travail est une fonction décroissante du salaire réel. La libre confrontation des offres et des demandes pour chaque type de travail détermine un salaire d'équilibre.

En théorie, si les salaires sont parfaitement flexibles, l'ajustement se poursuit jusqu'à l'équilibre entre l'offre et la demande de travail, ce qui correspond à une situation de plein emploi. Dans ces conditions, le chômage ne peut persister que parce qu'il existe des contraintes légales ou conventionnelles qui empêchent la libre négociation des salaires et des conditions de travail. Par exemple, l'existence d'un salaire minimum restreint les possibilités d'ajustement instantané des salaires.

Pour les keynésiens, la flexibilité des salaires ne suffit pas à rétablir le plein emploi, et le marché du travail peut durablement se trouver en situation de sous-emploi lorsque la demande anticipée est morose car les entreprises ne sont pas enclines à créer de l'emploi.

CHAPITRE

8 Les politiques de l'emploi

THÈME 7

Quelle est l'influence de l'État sur l'évolution de l'emploi et du chômage ?

6 Activité et chômage

7 L'offre et la demande de travail

8 Les politiques de l'emploi

NOTIONS ABORDÉES

Les politiques actives et les politiques passives de lutte contre le chômage

CONTEXTE ET FINALITÉS

- Pour lutter contre le chômage structurel, deux types de politique de l'emploi sont mis en œuvre : les politiques actives de l'emploi visent à améliorer le fonctionnement du marché du travail ; les politiques passives de l'emploi ciblent la réduction des conséquences négatives du chômage sur la population, comme l'avancement de l'âge de la retraite ou le développement des aides sociales pour les personnes durablement exclues du marché du travail.
- Face à un chômage conjoncturel, un État peut s'engager dans des politiques de relance de la demande en augmentant, par exemple, les dépenses publiques ou en assouplissant la politique monétaire (baisse des taux d'intérêt, développement du crédit). Si cet État est dans la zone Euro, sa politique monétaire est dévolue à la Banque centrale européenne, dont le premier objectif est la stabilité des prix ; la politique budgétaire fait l'objet d'une surveillance permanente.

1 Rappelez les critères du chômage de longue durée.

D'après l'Insee, un chômeur de longue durée est un actif au chômage depuis plus d'un an.

2 Quel est, d'après vous, le sens de la banderole présentée sur la photographie ?

La banderole veut faire passer le message que les personnes privées d'emploi depuis longtemps peuvent retrouver du travail. Ce rêve, jugé inaccessible pour les personnes concernées, semble pouvoir se réaliser avec les expérimentations « Zéro chômeur de longue durée ».

3 Recherchez des informations sur l'expérimentation « Territoires zéro chômeur de longue durée » soutenue par le ministère du Travail.

Le projet « Territoires zéro chômeur de longue durée » vise à embaucher en CDI des personnes au chômage depuis plus d'un an, sur des missions qui correspondent aux besoins de chaque territoire. Après six mois d'expérimentation, 280 demandeurs d'emplois de longue durée ont déjà retrouvé un travail.
Imaginée par ATD Quart Monde, officiellement lancée en janvier 2017 après une première loi votée en février 2016, cette expérimentation permet à des entreprises à but d'emploi (EBE) de recruter en contrat à durée indéterminée (CDI) des personnes éloignées de l'emploi sur dix territoires pilotes pendant cinq ans. L'idée est simple : le chômage de longue durée (allocations et prestations) et ses effets indirects (santé, échec scolaire, délinquance...) coûtent à l'Etat entre 15 000 et 19 000 euros par personne et par an, selon les porteurs du projet. Il s'agit donc de transférer ces « dépenses » à un fonds d'expérimentation, afin de créer sur dix territoires pilotes des emplois dans des activités non concurrentielles.

VIDÉO **Que proposent les candidats à la présidentielle pour lutter contre le chômage?**
lienmini.fr/e30705avt8

1 Résumez les programmes qui ont été proposés pour lutter contre le chômage.

François Fillon propose le « choc de compétitivité ». Il veut notamment alléger les charges sociales pour réduire le coût du travail et pour rendre les entreprises plus compétitives afin de générer de la croissance et donc des embauches.
Benoît Hamon propose le « choc de la relance ». Il souhaite notamment la création d'un revenu universel d'existence versé à tous les adultes de plus de 18 ans, qui permettrait d'augmenter les revenus de l'ensemble des Français, leur redonnant ainsi du pouvoir d'achat. Cela relancerait la consommation et permettrait de créer de l'activité, et donc de l'emploi.
Marine Le Pen propose le « grand plan de réindustrialisation ». Elle souhaite imposer à certains grands distributeurs l'achat d'un pourcentage minimum de production française. Cela inciterait la relocalisation d'industries délocalisées et favoriserait les entreprises françaises déjà installées.
Emmanuel Macron propose des « contrats plus stables et une formation rénovée ». Il veut lutter contre le chômage de récurrence, résultant d'alternances entre périodes d'inactivité et contrats courts. Pour encourager les contrats de longue durée, il souhaite mettre en place un système de « bonus-malus » sur les cotisations patronales de l'assurance chômage.
Jean-Luc Mélenchon propose « l'État employeur en dernier ressort ». Cela signifie que l'État proposerait un travail aux chômeurs de longue durée (plus de 12 mois), en fonction de leurs compétences et payé au salaire minimum.

2 Associez les programmes aux différentes formes de chômage étudiées dans le chapitre 6.

Le programme de François Fillon cible le chômage classique, celui de Benoît Hamon le chômage keynésien ou conjoncturel, celui de Marine Le Pen, Emmanuel Macron et Jean-Luc Mélenchon le chômage structurel.

1 Les politiques de lutte contre le chômage structurel

DOCUMENT 1 La crise et le développement des dépenses passives

1 Repérez l'origine de la mise en place des politiques dites « passives » de lutte contre le chômage.

Le développement des dépenses passives pour l'emploi est concomitant avec l'éclatement de la crise (suite au premier choc pétrolier en 1973) et l'augmentation du chômage.

2 Identifiez la nature de ces politiques passives initiales et présentez leurs objectifs.

Ce sont des politiques économiques conjoncturelles (voir chapitres 1 à 4) destinées à agir sur un chômage perçu comme transitoire. Dans ce contexte, l'indemnisation du chômage doit permettre d'atténuer les effets sociaux liés à la perte d'emploi (et accessoirement limiter la contestation sociale) et assurer la transition vers un nouvel emploi.

DOCUMENT 2 Les politiques passives face au chômage de masse

❶ Rappelez le sens de la notion d'offre de travail.

L'offre de travail émane des ménages qui mettent leur force de travail à disposition du marché.

❷ Présentez les mesures des récentes politiques passives de l'emploi et leur objectif.

Les politiques plus récentes se sont portées principalement sur les retraites anticipées et les dispenses de recherche d'emploi financées sur fonds publics.
Les actifs ne sont théoriquement pas autorisés à prendre leur retraite avant d'avoir atteint un certain âge. Dénommé « âge légal de départ à la retraite » dans le secteur privé ou « âge minimum d'ouverture des droits » dans le secteur public, il est fixé à 62 ans pour les assurés nés à compter de 1955. L'objectif de ce dispositif est de permettre aux actifs, qui ont commencé à travailler jeune et qui disposent du nombre de trimestres de cotisations vieillesse requis, de percevoir une pension de base sans décote.
La dispense de recherche d'emploi est une mesure qui n'existe plus aujourd'hui mais qui permettait aux personnes proches de l'âge de la retraite de percevoir une allocation chômage, sans rechercher d'emploi, jusqu'à l'ouverture de leurs droits à la retraite.

❸ Expliquez-en les limites.

Ces mesures paraissent toutefois contradictoires avec l'objectif d'augmenter le taux d'emploi des seniors afin de faciliter le financement des retraites et en raison du déficit des caisses de retraite. C'est la raison pour laquelle elles sont appelées à fortement reculer dans les prochaines années.

DOCUMENT 3 La réforme de l'Assurance chômage du 1er novembre 2019

❶ Présentez les nouvelles conditions d'accès à l'indemnisation du chômage depuis le 1er novembre 2019.

Avant le 1er novembre 2019, pour toucher une indemnisation, un chômeur devait avoir travaillé quatre mois sur les 28 derniers. Avec la réforme, il faudra désormais avoir cotisé six mois (130 jours ou 910 heures) sur les 24 derniers mois (période dite « de référence »). En d'autres termes, il faut avoir travaillé plus longtemps sur un laps de temps plus court, pour toucher des indemnités. Pour les salariés de plus de 53 ans, la période de référence reste de 36 mois.

❷ Expliquez pourquoi, à votre avis, cette réforme prévoit une mesure de dégressivité de l'indemnisation chômage pour les hauts revenus.

Les salariés qui touchaient un revenu du travail supérieur à 4 500 euros brut par mois verront leur indemnisation réduite de 30 % au début du 7e mois d'indemnisation, avec un plancher à 2 261 euros net. Ne seront toutefois pas concernés les salariés âgés de 57 ans ou plus. Le plafond de l'indemnisation maximale restera de 6 615 euros nets.
L'objectif de cette mesure est de faire des économies en ciblant les personnes ayant les plus hauts revenus.

❸ À l'aide de la vidéo, repérez la nouvelle mesure qui pourrait être avantageuse pour l'ensemble des personnes en activité.

Promesse de campagne d'Emmanuel Macron, l'indemnisation sera ouverte aux salariés démissionnaires ayant travaillé dans la même entreprise au cours des cinq dernières années. Elle sera toutefois conditionnée à la poursuite d'un projet de reconversion professionnelle nécessitant le suivi d'une formation ou un projet de création ou de reprise d'une entreprise. Ce projet devra être évalué par la commission paritaire interprofessionnelle (qui succède aux Fongecif) de la région du salarié, qui jugera notamment de la cohérence du projet de reconversion, de la disponibilité et la pertinence de la formation identifiée, et de la pertinence des modalités de financement envisagées. En cas d'acceptation, le salarié aura six mois pour déposer une demande d'allocation de chômage.

Les indépendants bénéficieront eux d'une allocation forfaitaire (800 euros par mois pendant six mois) en cas de liquidation judiciaire. Mais l'activité professionnelle devra avoir généré un revenu minimum de 10 000 euros par an sur les deux dernières années avant la liquidation.

DOCUMENT 4 L'activation des dépenses pour l'emploi

❶ Identifiez les mesures dites de « politiques actives » de lutte contre le chômage.

Les mesures actives ont pour objectif de remettre les chômeurs en emploi et d'augmenter le niveau d'emploi dans l'économie, soit de manière directe (création d'emplois publics temporaires, subventions à l'embauche), soit de manière indirecte (formation). Les mesures passives comprennent l'indemnisation du chômage et les dispositifs de cessation anticipée d'activité, dont l'objectif est d'atténuer les conséquences du chômage. Cette catégorisation pose toutefois problème, la frontière entre les deux types de dispositifs étant de plus en plus floue.
Selon la typologie de l'OCDE, il existe trois catégories principales de mesures actives : les mesures d'accompagnement et d'aide à la recherche d'emploi mises en place par le service public de l'emploi ; les mesures d'aide à l'emploi (emplois subventionnés dans les secteurs privé et public, aides aux chômeurs créateurs d'entreprises) ; les mesures de formation professionnelle.
Les dépenses dites « actives » comprennent la formation, l'accompagnement, les contrats aidés et les aides à la création d'entreprise.

❷ Déduisez-en une définition.

Les politiques actives pour les demandeurs d'emploi ont pour objectif d'intégrer plus de personnes sur le marché du travail. Pour cela, elles doivent (d'après l'OCDE) :
- s'assurer que les demandeurs d'emploi ont la motivation et les incitations nécessaires à la recherche d'emploi ;
- accroître l'employabilité des demandeurs d'emploi et les aider à trouver un emploi approprié ;
- améliorer les débouchés offerts aux demandeurs d'emploi et aux personnes inactives sur le marché du travail ;
- mettre en œuvre les politiques d'activation grâce à des institutions du marché du travail efficaces.

DOCUMENT 5 Les dépenses pour les politiques « actives » du marché du travail

❶ Repérez les politiques actives qui génèrent le plus de dépenses pour l'État depuis 2000.

Les politiques actives qui génèrent le plus de dépenses pour l'État depuis 2000 sont les mesures de formation professionnelle ainsi que d'incitation à l'emploi et créations d'emplois aidés.

❷ Illustrez par un exemple concret chaque type de « dépenses actives ».

- Formation professionnelle : financement d'une année d'études pour obtenir un diplôme en alternance.
- Incitation et création d'emplois : création de nouveaux emplois publics, comme des assistants d'éducation dans les collèges et les lycées (emplois d'avenir), subventions à l'embauche...
- Emplois protégés et de réadaptation : contrats de travail dérogatoires au droit commun comme les contrats d'insertion, pour lequel l'employeur bénéficie d'aides qui peuvent prendre la forme de subventions à l'embauche, d'exonérations de certaines cotisations sociales, d'aides à la formation.
- Aides à la création d'entreprises : exonération de cotisations sociales du dirigeant la 1re année, réduction d'impôt sur les sociétés.

❸ Analysez l'évolution des dépenses concernant l'emploi protégé et la création d'entreprises.

Ces deux catégories de dépenses sont les moins importantes parmi les politiques actives en France. Elles restent chacune en deçà de 2 milliards d'euros par an. Néanmoins, elles ont augmenté à la suite de la crise financière de 2007-2008 sous l'impulsion notamment de Nicolas Sarkozy qui a créé le statut d'auto-entrepreneur. Ce nouveau statut, cumulable avec d'autres statuts tels que celui de fonctionnaire ou de chômeur indemnisé, a obtenu un succès considérable auprès des Français.

DOCUMENT 6 Faut-il augmenter ou diminuer les emplois aidés ?

1 Définissez la notion d'emplois aidés.

Une définition étroite des emplois aidés est proposée dans le texte, qui inclut aujourd'hui notamment les contrats uniques d'insertion (d'accompagnement dans l'emploi et d'initiative emploi), les emplois d'avenir, et enfin les contrats d'insertion par l'activité économique. Ce sont des emplois subventionnés par l'État.

2 Indiquez le nombre d'actifs bénéficiant d'une des mesures d'emplois aidés.

Ces emplois concernaient, au premier trimestre 2017, 473 000 personnes. Ils appartenaient à un ensemble bien plus vaste d'emplois aidés qui recouvrent également les emplois en alternance (600 000) et une myriade d'autres dispositifs d'aide à l'embauche de jeunes en CDI ou aux chômeurs créateurs d'entreprise, par exemple. En tout, ce sont près d'un million et demi de personnes qui bénéficient d'un dispositif de soutien ou d'accompagnement.

3 À l'aide de la vidéo, précisez l'objectif principal des emplois aidés en matière de lutte contre le chômage.

Les emplois aidés servent plus basiquement à endiguer la montée d'un chômage de longue durée en période de crise et à éviter la casse de capital humain irréversible que ce type de situation entraîne. Ciblés souvent sur les plus jeunes, ces dispositifs visent aussi à atténuer l'effet de marquage à vie qu'entraîne une entrée trop tardive sur le marché du travail.

4 Concluez sur l'efficacité de cette politique.

Les études qui se sont penchées depuis 20 ans sur l'efficacité de ces dispositifs de soutien à l'emploi aboutissent à un bilan mitigé. Les chances de déboucher sur un emploi stable seraient plus fortes lorsque ces emplois sont exercés dans le secteur marchand. Les emplois aidés dans le secteur non marchand, majoritaires, seraient moins probants en termes d'insertion mais ils visent aussi un public plus vulnérable. Ils ont diminué par rapport aux années 1990.

Préparer sa synthèse

1 Définissez les notions de politiques actives et de politiques passives de l'emploi.

Les politiques actives sont des mesures ayant pour objectif de remettre les chômeurs en emploi et d'augmenter le niveau d'emploi dans l'économie.
Les politiques passives désignent un ensemble de mesures ayant pour objectif d'atténuer les conséquences sociales du chômage.

2 Répertoriez dans un tableau les différentes politiques passives et actives étudiées.

Politiques actives	Politiques passives
• Formation professionnelle • Création d'emplois publics • Subventions à l'embauche • Contrats dérogatoires de réadaptation à l'emploi • Aides à la création d'entreprises	• Indemnisation du chômage • Cessation anticipée d'activité (retraites anticipées) • Aides au retour au pays de travailleurs immigrés

2 Les politiques de lutte contre le chômage conjoncturel

DOCUMENT 7 Le mécanisme du multiplicateur keynésien et son effet sur l'emploi

1 Rappelez la définition de la notion de demande globale.

La demande globale, appelée également demande effective ou anticipée, représente la quantité de biens de consommation et d'investissements prévue par les entrepreneurs.

2 Indiquez la 1re étape du mécanisme du multiplicateur keynésien.

Selon Keynes, toute augmentation de la demande globale entraîne une augmentation plus que proportionnelle de la richesse produite. Il s'agit donc dans un premier temps pour l'État d'augmenter ses dépenses d'investissement et de fonctionnement.
Ainsi, toute augmentation de l'investissement, de la consommation ou des dépenses publiques, va entraîner une hausse plus que proportionnelle de la richesse produite dans le pays.

3 Repérez les étapes génératrices d'emplois nouveaux d'après ce mécanisme.

L'État doit soutenir l'économie en injectant des dépenses supplémentaires (politique budgétaire de relance). Dès cette étape, les investissements de l'État conduisent à l'embauche immédiate de salariés. Cette injection soutient la demande effective qui influe à son tour sur le niveau de production, et par voie de conséquence sur l'emploi.

4 Expliquez comment une augmentation initiale des dépenses publiques peut permettre de lutter contre le chômage conjoncturel.

Le multiplicateur keynésien implique qu'une dépense économique a des impacts qui s'accroissent par effet d'enchaînement. Si le gouvernement passe une commande de 100 euros à une entreprise, celle-ci va dépenser la majeure partie de cette somme pour acheter des fournitures et payer des salariés. Ceux-ci, à leur tour, vont utiliser la majorité de leur salaire pour consommer des produits, créant de la richesse pour d'autres entreprises, qui vont à leur tour employer des salariés, qui dépenseront leurs revenus... Au total, l'ensemble des richesses créées dépasse très largement les 100 euros injectés au départ et les entreprises auront créé de nouveaux emplois. Il s'agit d'une politique économique de relance.
L'efficacité du système dépend du comportement des ménages et des entreprises vis-à-vis de ces nouveaux revenus : soit ils épargnent, un mécanisme qui bloque la circulation de l'argent, soit ils dépensent et investissent.
Sur le multiplicateur keynésien, le professeur peut proposer aux élèves de visionner la vidéo suivante : www.dessinemoileco.com/austerite-ou-relance-comment-choisir/

DOCUMENT 8 Emplois : vive la demande !

1 Repérez les secteurs dynamiques en matière de création d'emplois en 2019.

Le dynamisme de l'emploi repose d'abord sur les services. Le trio de tête des plus fortes croissances en matière de créations de postes se trouve dans les services informatiques (+ 6,5 %), les services juridiques aux entreprises (+ 4,1 %), ainsi que l'information et la communication (+ 4 %). C'est-à-dire dans le « B to B » : les activités à destination d'autres entreprises.

❷ Expliquez comment l'État français a participé indirectement à ces créations d'emplois.

Suite au mouvement des gilets jaunes fin 2018, l'État français a dû augmenter ses dépenses budgétaires pour défiscaliser les primes de fin d'année (moins de rentrées fiscales pour l'État) ainsi que revenir sur l'augmentation des taxes sur les produits pétroliers.

DOCUMENT 9 Les banques centrales tentent le tout pour le tout

❶ Rappelez le nom de l'autorité en charge de la politique monétaire de la France.

La politique monétaire constitue l'une des composantes de la politique économique, complétant la politique budgétaire et fiscale ainsi que les politiques structurelles, qui sont du domaine de l'État. La politique monétaire est de la responsabilité de la BCE et des banques centrales nationales dans la zone euro.

❷ Précisez pourquoi la politique monétaire actuelle est dite « de relance ».

La politique monétaire est la principale mission des banques centrales ; elle consiste à agir sur le prix de la monnaie, c'est-à-dire le « loyer » de l'argent. Le principal outil de politique monétaire est le pilotage des taux d'intérêt de court terme qui influencent, à leur tour, les taux des crédits que font les banques aux acteurs économiques (entreprises, ménages...). En 2019, le principal taux directeur auquel emprunte les banques commerciales auprès de la BCE est de 0 %. Cette politique de taux est dite « de relance » ou « accommodante » car elle encourage les banques à emprunter auprès de la BCE, pour que celles-ci prêtent ensuite également à taux bas, afin d'encourager les ménages à emprunter pour consommer et les entreprises à emprunter pour investir.

❸ Montrez comment une politique de relance monétaire permet de lutter contre le chômage.

L'évolution des taux d'intérêt appliqués aux emprunts des banques commerciales a une influence majeure sur celle des taux des crédits distribués par les banques à l'économie. Ainsi, en zone euro, la politique monétaire s'appuie sur le système bancaire pour financer l'économie ; elle n'agit pas directement via un ajustement de la quantité de monnaie, mais indirectement par son action sur les taux d'intérêt. Une baisse des taux, surtout si elle est rapide, accélère les demandes de crédits, et donc les investissements et par conséquent les emplois.

DOCUMENT 10 L'évolution des taux directeurs de la BCE

❶ Rappelez le rôle du taux directeur pour la politique monétaire.

Tous les mardis, les banques peuvent emprunter à l'Eurosystème des liquidités pour une durée d'une semaine. Le taux d'intérêt est déterminé par appel d'offres, sur la base du principal taux directeur, le taux des opérations principales de refinancement. Ce taux, appelé « taux directeur », influence le taux des prêts des banques commerciales.

❷ Commentez l'évolution de ce taux, en particulier depuis 2008.

De 2008 à 2015, la BCE a diminué son principal taux directeur une dizaine de fois jusqu'à ce que celui soit nul. La dernière révision du taux date du 10 mars 2016 qui fixe le principal taux à zéro. Avec un taux à zéro, les banques peuvent se financer sans frais auprès de la BCE, et peuvent ainsi abaisser les taux qu'elles pratiquent auprès de leurs clients qui s'endettent.

DOCUMENT 11 L'intervention de la BCE

1 À l'aide du podcast, relevez les avantages et les inconvénients de la politique monétaire de relance adoptée par la Banque centrale européenne (BCE) depuis la crise de 2008, notamment pour l'emploi.

Avantages	Inconvénients
• Éviter la déflation. • Garantir la stabilité financière. • Maintenir la cohésion de la zone euro. • Relancer l'économie européenne face à une crise inédite. • Servir de bouclier, notamment pour les pays européens qui ont des difficultés à se financer sur les marchés financiers.	• Entraîner une inflation excessive qui baisse la valeur de la monnaie. • Compliquer les anticipations de prix et les décisions d'investissement et d'achat. • Favoriser les emprunteurs en diminuant la valeur relative des dettes et désavantager les épargnants en diminuant la valeur relative de l'épargne.

Préparer sa synthèse

1 Présentez les deux instruments de politique de relance de l'emploi.

Face à un chômage conjoncturel, un État peut s'engager dans des politiques de relance de la demande en augmentant, par exemple, les dépenses publiques ou en assouplissant la politique monétaire (baisse des taux d'intérêt, développement du crédit). Si cet État est dans la zone euro, sa politique monétaire est dévolue à la Banque centrale européenne, dont le premier objectif est la stabilité des prix ; la politique budgétaire fait l'objet d'une surveillance permanente par les autres États membres.

? Activités

1 Se tester

Répondez par vrai ou faux aux affirmations suivantes puis justifiez vos réponses.

1. Les politiques passives permettent aux chômeurs d'atténuer les effets sociaux liés à la perte d'emploi.
Vrai. Il s'agit de politiques d'indemnisation du chômage et d'incitation au retrait d'activité.

2. Les politiques passives ont été mises en place dès le début des Trente Glorieuses.
Faux. La création de l'Assurance chômage date de 1958 mais son essor date des années 1970 avec l'avènement du chômage de masse.

3. Les mesures de préretraites sont des mesures de politiques passives.
Vrai. Car elles incitent au retrait d'activité.

4. Les politiques actives sont mises en place pour limiter le chômage de longue durée.
Vrai. Car elles ont notamment pour objectif d'améliorer la formation professionnelle pour faire correspondre davantage les offres et les demandes d'emploi.

5. La formation professionnelle est une mesure de politique passive.
Faux. C'est une mesure de politique active.

6. L'indemnisation des chômeurs est une mesure de politique passive.
Vrai. Car l'indemnisation atténue les conséquences négatives du chômage.

7. La lutte contre le chômage structurel passe principalement par le biais de dépenses actives.
Vrai. Car les dépenses actives cherchent à améliorer le fonctionnement du marché du travail.

8. Une politique de relance a pour objectif de lutter contre le chômage conjoncturel.
Vrai. Elle a pour objectif de lutter à court terme contre le sous-emploi en agissant sur la demande globale.

9. Une diminution des dépenses publiques a pour effet d'augmenter la consommation et la production.
Faux. Au contraire, cela va contracter la consommation et, par effet de domino, la production.

10. Une baisse des taux directeurs a pour effet de diminuer le coût du crédit et de relancer l'investissement et l'emploi.
Vrai. Car le taux directeur est le taux de refinancement des banques commerciales.

2 Construire sa carte mentale

Il n'y a pas de corrigé type: chaque élève construit sa propre carte mentale en se reportant si nécessaire aux schémas de la p. 102 du manuel et à la fiche méthode 3 (p. 169 du manuel).

3 S'entraîner au Grand Oral

1. Préparez des arguments qui démontrent l'utilité des politiques passives dans la lutte contre le chômage.
Les politiques passives agissent en fonction de l'état du marché du travail et atténuent directement les effets du rationnement sur le marché du travail en apportant une aide sociale ou en essayant de limiter la population active. Mesures possibles :
- indemniser les chômeurs (allocations chômage) ;
- inciter au retrait d'activité (favoriser le temps partiel volontaire, financer les départs en pré-retraite, le retour au pays des immigrés) ;
- abaisser l'âge de la retraite (de 65 à 60 ans en France en 1982) ;
- partager le travail par la réduction du temps de travail (loi Aubry en France avec les 35 heures).

Ces mesures ont pour principal avantage de limiter la contestation sociale en permettant l'accès à des revenus aux populations privées d'emploi. Aujourd'hui, la mise en place d'un revenu universel est à l'étude dans les pays européens et pourrait entrer dans la catégorie des politiques passives. Ce revenu serait attribué à toute personne majeure sans condition de ressources ni obligation ou absence de travail. Ce revenu de subsistance encouragerait les personnes à se former pour pouvoir améliorer leur condition.

2. Préparez des arguments qui mettent en évidence les inconvénients de ces politiques passives.
Les mesures passives, comme les préretraites, l'allongement de la durée des études, voire l'indemnisation du chômage, ont été jugées trop coûteuses pour le budget de l'État et peu efficaces. Avec le développement d'un chômage de masse, ces politiques ont creusé le déficit budgétaire.
Ces politiques ont eu également pour effet de désigner des « boucs émissaires » accusés d'engorger le marché du travail : les immigrés, les seniors qu'il faudrait mettre en préretraite, les femmes qu'il faudrait remettre au foyer, etc.
Les politiques passives peuvent sembler une mauvaise solution également car la main-d'œuvre est une ressource à employer et c'est un gâchis de la maintenir dans l'oisiveté. Plus d'emplois, c'est plus de croissance économique et plus de richesses créées pour le pays.

4 Travailler la méthode : analyser un texte économique long

1. Repérez le niveau des dépenses en faveur du marché du travail en 2017.

Les dépenses ciblées en faveur du marché du travail s'élèvent à 66 milliards d'euros en 2017. Elles représentent 2,9 points de PIB en 2017, un niveau supérieur à celui de la période d'avant la crise.

2. Distinguez les politiques actives et les politiques passives pour l'emploi.

Les politiques actives sont des mesures ayant pour objectif de remettre les chômeurs en activité et d'augmenter le niveau d'emploi dans l'économie, tandis que les politiques passives ont pour objectif d'atténuer les conséquences sociales du chômage et de le rendre acceptable pour la population.

3. Classez les différentes dépenses citées dans le texte entre politiques actives et passives.

Politiques actives	Politiques passives
• Dépenses de formation professionnelle (rémunération des stagiaires, coûts pédagogiques) • Allocations du contrat de sécurisation professionnelle (CSP) • Dépenses d'apprentissage • Contrats aidés • Dépenses d'incitation à l'embauche et créations directes d'emploi • Aides à la création d'entreprise	• Allocations chômage • Allocation d'aide au retour à l'emploi (ARE) • Allocation de solidarité spécifique (ASS) • Allocation équivalent retraite (AER) • Dispositifs de retraites anticipées

4. Repérez les arguments qui permettent de répondre à la question suivante : Les dépenses actives pour l'emploi sont-elles privilégiées en France ?

Les arguments « pour » :

- Les dépenses associées aux politiques « actives » du marché du travail s'élèvent à 15,3 milliards d'euros en 2017, soit 0,7 point de PIB, et représentent 23 % des dépenses ciblées, soit presque un quart. Ces dépenses avaient fortement progressé en 2016 (+ 10 %). En 2017, elles diminuent sensiblement (- 4,9 %), comme d'ailleurs le taux de chômage, mais elles conservent néanmoins un niveau supérieur à celui de 2015.
- Si les dépenses passives d'indemnisation du chômage ont dominé dans les années 1970, on a vu apparaître, à partir des années 1990, une politique plus ciblée d'activation des dépenses, notamment en faveur des jeunes avec le développement de l'apprentissage. Le dispositif TPE Jeunes Apprentis poursuit sa montée en charge (+ 10 % à 198 millions d'euros en 2017).
- On note une tendance à l'activation des politiques que l'on résume par un transfert des dépenses passives vers les dépenses actives, ces dernières étant supposées permettre de réduire le chômage tandis que les politiques passives sont soupçonnées de contribuer à son augmentation. En France, l'activation repose sur une restriction des dépenses passives, avec la fermeture progressive des dispositifs de préretraite (- 60 % en 2017) et aussi une diminution des indemnités de chômage (légère diminution de 1,5 % en 2017).

Les arguments « contre » :

- Les dépenses passives (allocations chômage) atteignent 45,1 milliards d'euros en 2017, soit 2 points de PIB. Les dépenses ciblées en faveur du marché du travail s'élèvent à 66 milliards d'euros en 2017. Les dépenses passives représentent donc une grande part des dépenses en faveur du marché du travail et un poids largement plus important dans le PIB que les dépenses actives.
- Les politiques passives ont pour principal avantage de limiter la contestation sociale en permettant l'accès à des revenus aux populations privées d'emploi. Les demandeurs d'emplois n'acceptent des formations que parce qu'ils sont indemnisés et peuvent, par ailleurs, subvenir à leurs besoins. Les politiques passives restent donc autant indispensables dans la gestion du chômage que les politiques actives.

Objectif Bac

À partir de vos connaissances et de la documentation fournie dans les annexes 1 à 5 :

❶ Définissez la notion de politiques actives et illustrez-la par un exemple.

Les politiques actives ont l'ambition d'augmenter l'emploi des bénéficiaires, leur niveau de formation ou encore d'améliorer le fonctionnement du marché du travail. Il s'agit, par exemple, de prendre des mesures en faveur de l'apprentissage.

❷ Rapprochez l'évolution du nombre de chômeurs de celle des dépenses pour les politiques du marché du travail en France.

Les dépenses ciblées sur le marché du travail ont fortement augmenté après la crise de 2008 pour atteindre un pic en 2010. Depuis, ces dépenses diminuent et suivent partiellement l'évolution du taux de chômage qui a tendance à baisser en 2016 et en 2017 en France.
Par exemple, entre 2010 et 2015, on constate une diminution des dépenses actives qui passent de 15 119 milliards d'euros à 14 691 milliards d'euros (annexe 1) et une augmentation du nombre de chômeurs sur la période (annexe 2), ce qui semble paradoxal. Mais comme la population active continue d'augmenter en France, le taux de chômage diminue malgré tout ; ce qui peut expliquer la baisse des dépenses actives.

❸ Comparez le taux de chômage et les dépenses pour le marché du travail entre les pays de l'Union européenne.

Dans la plupart des pays de l'Union européenne, les dépenses ciblées sur le marché du travail ont fortement augmenté après la crise de 2008 pour atteindre un pic en 2010. On constate néanmoins que ces dépenses ne sont pas toujours proportionnelles au taux de chômage du pays membre. Deux pays s'opposent quant à leur niveau de dépenses par rapport à leur taux de chômage :
- le Danemark consacre une part importante de son PIB aux mesures ciblées sur le marché du travail (3 à 3,5 %) et possède un taux de chômage qui reste modéré (5 à 7 %) ;
- à l'inverse, l'Italie consacre seulement 2 % de son PIB aux politiques de l'emploi et possède un taux de chômage qui demeure élevé (12 à 13 %).

En France, le niveau des dépenses ciblées sur le marché du travail est assez élevé (un peu moins de 3 % du PIB) et le taux de chômage reste également parmi les plus élevés de l'UE (autour de 9 à 10 %).

❹ Rédigez une argumentation qui vous permette de répondre à la question suivante : Les politiques actives sont-elles efficaces pour lutter contre le chômage ?

Les politiques actives sont des mesures prises par l'État ayant pour objectif de remettre les chômeurs en emploi et d'augmenter le niveau d'emploi dans l'économie.

Les politiques actives sont efficaces pour lutter contre le chômage dans l'Union européenne
Dans la plupart des pays de l'Union européenne, les dépenses ciblées sur le marché du travail ont fortement augmenté après la crise de 2008 pour atteindre un pic en 2010. Depuis, ces dépenses diminuent tendanciellement et suivent partiellement l'évolution du taux de chômage qui baisse depuis 2013 au niveau européen. Le montant élevé de ces mesures actives semble donc avoir un impact sensible sur le niveau de chômage, comme le montre le cas du Danemark qui consacre une part importante de son PIB aux mesures ciblées sur le marché du travail (3 à 3,5 %) et possède un taux de chômage qui reste plus que modéré (5 à 7 %).
Au deuxième trimestre 2019, le taux de chômage a continué de baisser en France, en passant de 8,7 % à 8,5 %. Depuis le début du quinquennat d'Emmanuel Macron, le nombre de chômeurs a diminué de 300 000 personnes. Le taux de chômage est passé de 9,6 % à 8,5 %, soit le plus bas niveau depuis dix ans. Pour la ministre du Travail Muriel Pénicaud, c'est le résultat des mesures prises par le gou-

vernement, notamment en faveur de l'apprentissage et de la formation professionnelle. Ces mesures montrent donc l'efficacité des politiques actives dans la lutte contre le chômage.

Les politiques actives ne sont pas suffisantes pour lutter contre le chômage dans l'Union européenne
En termes de dépenses ciblées sur le marché du travail, la France se place à un niveau élevé avec une dépense qui atteint 2,9 % du PIB en 2017. Ce niveau est relativement stable depuis 2010, comme le taux de chômage. À niveau de dépenses similaire, le Danemark s'en sort beaucoup mieux. Ce qui remet en question l'efficacité des dépenses ciblées et notamment les mesures actives en France.
Les dépenses ciblées sont constituées en grande partie de revenus de remplacement, notamment des allocations chômage et d'allocations de préretraite. En effet, celles-ci représentent, en moyenne dans l'UE, près des deux tiers des dépenses ciblées en faveur du marché du travail. Ces politiques passives ont pour principal avantage de limiter la contestation sociale en permettant l'accès à des revenus aux populations privées d'emploi. Les demandeurs d'emplois n'acceptent des formations que parce qu'ils sont indemnisés et peuvent, par ailleurs, subvenir à leurs besoins. Les politiques passives restent donc autant indispensables dans la gestion du chômage que les politiques actives.

Synthèse

Les politiques de l'emploi peuvent se définir comme l'ensemble des mesures visant à agir sur l'offre et la demande de travail. En fonction de l'analyse qui est faite de l'origine du chômage, les politiques économiques engagées seront différentes et très contrastées selon les pays.

1. Les politiques de lutte contre le chômage structurel

Pour lutter contre le chômage structurel, deux types de politiques sont mis en œuvre :
- les politiques actives de l'emploi visent à améliorer le fonctionnement du marché du travail, par une mise en relation plus efficiente des offres et des demandes d'emploi ou par une meilleure formation professionnelle par exemple. L'OCDE a répertorié les différentes politiques qui rentrent dans cette classification : le service public de l'emploi, la formation professionnelle des adultes, les mesures en faveur des jeunes, les mesures en faveur des publics défavorisés et les aides à l'embauche ;
- les politiques passives de l'emploi ciblent la réduction des conséquences négatives du chômage sur la population, comme l'avancement de l'âge de la retraite ou le développement des aides sociales pour les personnes durablement exclues du marché du travail. Pour l'OCDE, deux politiques rentrent dans cette classification : l'indemnisation des chômeurs et les retraites anticipées.

2. Les politiques de lutte contre le chômage conjoncturel

Face à un chômage conjoncturel, un État peut s'engager dans des politiques de relance (qui consistent à encourager la croissance par des dépenses publiques supplémentaires et des réductions d'impôts) de la demande en augmentant, par exemple, les dépenses publiques ou en assouplissant la politique monétaire (baisse des taux d'intérêt, développement du crédit).

Si cet État est dans la zone euro, sa politique monétaire est dévolue à la Banque centrale européenne, dont le premier objectif est la stabilité des prix ; la politique budgétaire fait l'objet d'une surveillance permanente par les autres États membres.

CHAPITRE 9

Les transformations du commerce mondial

THÈME 8

Comment organiser le commerce international dans un contexte d'ouverture des échanges ?

NOTIONS ABORDÉES

- Les importations et les exportations de biens et services
- La segmentation
- Les produits intermédiaires, les produits finis
- La balance des biens et des services
- Les investissements directs à l'étranger (IDE)
- Les firmes multinationales (FMN)

CONTEXTE ET FINALITÉS

- L'ouverture des frontières, la baisse des coûts de transport et de communication, le développement des économies d'échelle ont transformé le commerce mondial. L'internationalisation de la chaîne de valeur des produits se concrétise par une segmentation croissante des processus de production : les entreprises sont aujourd'hui moins spécialisées dans la production d'un bien que dans une étape de sa fabrication. Il est important d'estimer la valeur ajoutée dégagée sur chacun des segments. Certains pays n'ont qu'un rôle d'assembleur et ne dégagent de ce fait qu'une faible valeur ajoutée du produit final ; d'autres se positionnent sur des segments à plus forte valeur ajoutée, par exemple dans les secteurs de l'innovation et de la recherche.
- Cette segmentation à l'échelle internationale se traduit par des importations de biens intermédiaires, qui représentent désormais plus de la moitié des échanges internationaux. Ces flux au niveau d'un pays sont mesurés par la balance des biens et services.
- L'un des principaux indicateurs de l'attractivité économique d'un pays est constitué par le niveau des investissements directs à l'étranger (IDE). Les IDE sont un élément moteur de la multinationalisation des entreprises. Les principales motivations à l'origine des IDE sont la réduction des coûts et la conquête de nouveaux marchés, difficiles à pénétrer par les seules exportations.
- L'IDE est à l'origine de la création des firmes multinationales (FMN). Si l'effet des IDE est généralement considéré comme positif sur la croissance des pays d'accueil, notamment grâce aux transferts de technologie induits, il est plus discuté sur le commerce international, sur l'emploi dans les pays investisseurs, sur les conditions de travail dans les pays d'accueil et sur l'environnement.

1 Présentez l'activité représentée sur la photographie de gauche.

La photographie représente un port. Il s'agit d'une activité de transport international avec le chargement et le déchargement de containers. Le container est une invention datant de 1956.

2 Expliquez ce qu'est la segmentation de la production et ses conséquences sur le commerce international.

La segmentation consiste à fragmenter les différentes opérations de production d'un bien dans différentes usines. Ces usines peuvent être localisées dans différents pays. Ainsi, la production du Boeing 787 Dreamliner est éclatée entre le Japon, la Corée, la Suède, l'Italie, la France, le Royaume-Uni, le Canada, l'Australie et les États-Unis. Cette production mobilise différentes entreprises. L'entreprise Boeing a choisi d'externaliser la production de différents composants à l'international.

Les conséquences de cette segmentation de la production à l'internationale sont que les flux d'exportations et les flux d'importations de produits intermédiaires ont augmenté dans le commerce mondial de marchandises et de services.

VIDÉO **Comment la France est devenue déficitaire : 25 années d'échanges extérieurs**
lienmini.fr/e30705avt9

❶ Expliquez les raisons du rétablissement du solde du commerce extérieur de biens en 1993.

Le solde du commerce extérieur de biens est la différence entre les flux d'exportations de biens et les flux d'importations de biens. En 1993, ce solde est excédentaire pour trois raisons :

- le prix du pétrole a baissé et le flux d'importation du pétrole diminue en valeur ;
- la demande intérieure française a diminué, ce qui se traduit par moins d'importations de produits étrangers ;
- la France exporte davantage.

La diminution des importations et l'augmentation des exportations concourent à un solde positif du commerce extérieur.

❷ Indiquez le solde du commerce extérieur de biens en 1997 et en 2011.

En 1997, le solde du commerce extérieur de biens français est excédentaire de 24 milliards d'euros. En 2011, il est déficitaire de 75 milliards d'euros.

❸ Repérez les périodes où le solde du commerce extérieur de biens est positif et celles où il est négatif.

Entre 1990 et 2016, le commerce extérieur français de biens est équilibré pour l'année 1992. Il est excédentaire de 1993 à 1999. Il est déficitaire en 1990 et 1991, et entre 2000 et 2016.

1 Quelles sont les caractéristiques des échanges commerciaux mondiaux ?

Les sources statistiques utilisées sont celles de l'OMC (www.wto.org) et de l'Union européenne (www.europa.eu). Le site de recherche français CEPII offre également de nombreuses ressources (www.cepii.fr). La lettre de la fondation Robert Schuman fournit aussi des informations sur l'UE (www.robert-schuman.eu). En France, les statistiques pour le commerce international de marchandises émanent des douanes, celles pour le commerce international des services de la Banque de France.

Les questions posées ont pour objectif d'aider les élèves dans la lecture des documents. Le professeur peut les modifier, les compléter. Certaines questions peuvent apporter des réponses orales, d'autres nécessitent un passage par l'écrit. Les réponses proposées visent à aider le professeur dans la préparation de sa séquence sur le chapitre.

DOCUMENT 1 L'évolution du commerce mondial de marchandises et du PIB

❶ Commentez l'évolution du commerce mondial de marchandises et l'évolution du PIB de 2008 à 2018.

Le professeur peut demander de rappeler ce qu'est le PIB au préalable.
Excepté pour l'année 2009 où le commerce mondial de marchandises a décroché par rapport au PIB, le commerce mondial évolue au même rythme que le PIB. Il est possible d'affirmer que le commerce mondial de marchandises et le PIB sont corrélés. Si en 2009 le commerce mondial chute fortement, il retrouve en 2010 le niveau qu'il avait en 2008.

DOCUMENT 2 Le commerce extérieur des biens des principaux pays engagés dans le commerce mondial en 2018

❶ Classez les pays (ou groupe de pays) ensemble : les plus exportateurs puis les plus importateurs.

- Les pays (ou groupe de pays) les plus exportateurs sont la Chine (le solde de la balance commerciale pour la Chine n'est pas connu dans les statistiques d'Eurostat, mais celui-ci est largement excédentaire), l'Union européenne, les États-Unis (auxquels on peut ajouter le Canada et le Mexique). Leurs exportations représentent presque 50 % des exportations mondiales.
  Le Japon, la Corée du Sud et Singapour représentent à eux trois plus de 12 % des exportations mondiales.
  Nous pouvons noter le poids des BRI(CS) : le Brésil, la Russie et l'Inde représentent à eux trois presque 7 % des exportations mondiales.
  L'ensemble de ces pays ou groupe de pays totalisent les deux tiers des exportations mondiales.
- Concernant les pays les plus importateurs, le classement diffère. Nous trouvons dans l'ordre : les États-Unis (auquel on peut ajouter le Canada et le Mexique), l'Union européenne puis la Chine. Leurs importations représentent 51,5 % des importations mondiales.
  Le Japon, la Corée du Sud et Singapour représentent à eux trois 10,8 % des importations mondiales.
  Le Brésil, la Russie et l'Inde représentent à eux trois 6,1 % des importations mondiales.
  L'ensemble de ces pays représentent plus des deux tiers des importations mondiales.

❷ Donnez une définition du solde de la balance commerciale.

Le solde de la balance commerciale est la différence entre les exportations de biens et les importations de biens. Si cette différence est négative, on parle d'un solde déficitaire ; si ce solde est positif, on parle d'un solde excédentaire.

❸ Relevez les pays (ou groupe de pays) ayant un solde excédentaire sur l'ensemble de la période et ceux ayant un solde déficitaire.

Les pays ayant un solde déficitaire de leur balance commerciale sont les États-Unis, l'Inde, l'Union européenne, le Mexique, le Japon et le Canada.
Les pays ayant un solde excédentaire de leur balance commerciale sont la Chine (qui a un solde de 317 406,2 milliers d'euros en 2017), la Russie, la Corée du Sud, le Brésil et Singapour.
Il est possible de demander aux élèves d'actualiser ces données en effectuant une recherche sur Eurostat.

DOCUMENT 3 Le commerce extérieur de biens dans quelques pays de l'UE

Pour répondre, les élèves peuvent utiliser un tableur. Ce document a aussi pour objectif d'aborder la question de la convergence et de la divergence des économies européennes. Les données pour chacun des pays correspondent à des flux commerciaux intracommunautaires et extracommunautaires ; les données pour l'UE à 28 correspondent uniquement à des flux commerciaux extracommunautaires.

❶ Calculez le taux de couverture du commerce des biens et le solde de la balance commerciale pour chaque pays de l'UE mentionné.

Pays	Taux de couverture	Solde (en millions d'euros)
UE 28	98,8 %	- 22 875,9
Allemagne	121,3 %	232 295,9
France	86,5 %	- 76 623,3
Italie	109,1 %	38 900,9
Espagne	88,9 %	- 36 363,4

Il est possible également de demander aux élèves de calculer le taux d'ouverture d'une économie nationale ; cela suppose de rechercher la valeur du PIB sur le site d'Eurostat.

❷ Comparez le commerce extérieur des biens de ces quatre pays de l'Union européenne.

Il est à noter que l'Allemagne présente des flux d'exportations et d'importations conséquents. Ses flux d'exportations sont 4,5 fois plus élevés que ceux de l'Espagne, 2,8 fois plus élevés que ceux de l'Italie et 2,6 fois plus élevés que ceux de la France. Ses flux d'importations sont 3,3 fois plus élevés que ceux de l'Espagne, 2,5 fois plus élevés que ceux de l'Italie et 1,9 fois plus élevés que ceux de la France. L'Allemagne présente un commerce extérieur de biens excédentaire avec un taux de couverture de 121,3 %, tout comme l'Italie dont le taux de couverture est de 109,1 %.
La France et l'Espagne ont quant à eux un commerce extérieur de biens déficitaire avec un taux de couverture de 86,5 % pour la France et 88,9 % pour l'Espagne.
Ces quatre pays appartiennent tous à la zone euro : la dévaluation de la monnaie ne peut être utilisée pour rééquilibrer le commerce extérieur.

DOCUMENT 4 Les types de marchandises échangées

❶ Quel type de biens occupe la plus grande part dans les échanges mondiaux ?

Les biens échangés sont des produits agricoles, des combustibles et des produits miniers, et des produits manufacturés. Ce sont ces derniers qui occupent la plus grande part des échanges mondiaux. Ils comprennent des produits finis et des produits intermédiaires.

❷ Commentez l'évolution des exportations mondiales de biens et services de 2008 à 2018.

Les exportations mondiales de biens et de services ont connu une croissance de 2008 à 2018. Il est à noter que, suite à la crise des subprimes de 2008, les exportations mondiales de biens et de services ont chuté en 2009. Il faut attendre 2011 pour qu'elles retrouvent et même dépassent leur niveau de 2008. De même, concernant la chute observée en 2015 pour les exportations de biens et de services, et en 2016 pour les seules exportations de biens, il faut attendre 2017 pour que celles-ci retrouvent et dépassent leur niveau de 2014 pour les services, et 2018 pour les exportations de biens. En 2014, les exportations de biens et de services sont au plus haut sur la période 2008-2014, et en 2018, les exportations mondiales de biens et de services sont au plus haut sur la période 2008-2018.

DOCUMENT 5 L'avenir de la mondialisation passe par les services

❶ Appréciez l'évolution de la part des services dans le commerce mondial.

Les services échangés internationalement sont très divers : production audiovisuelle, tourisme, conseils et prestations informatiques, services de conception des biens, transport, etc. La part des services dans le commerce mondial des biens et services ne cesse d'augmenter : 9 % en 1970, 20 % en 2019 et probablement 33 % vers 2040 d'après l'OMC.

❷ À partir des documents 4 et 5, donnez des exemples de services qui ont progressé dans les échanges.

On peut citer les voyages ou le tourisme, les autres services commerciaux comme les prestations informatiques ou les productions audiovisuelles, par exemple.

DOCUMENT 6 Les grands pôles d'échanges

La carte du document 6 peut être l'occasion de revenir sur le document 2 et peut conduire à l'activité 4 (p. 113 du manuel).

❶ Appréciez la place des pays africains dans le commerce mondial de marchandises en 2018.

Les pays africains sont peu engagés dans le commerce mondial de marchandises.

❷ Repérez les pays (ou groupe de pays) les plus actifs dans le commerce mondial de marchandises en 2018.

Il s'agit de l'Amérique du Nord (États-Unis, Mexique, Canada), de la Chine, de l'Inde, du Japon et de l'UE à 28.

DOCUMENT 7 L'évolution du commerce mondial des économies en développement et des économies développées

❶ Comparez l'évolution du commerce des marchandises et des services entre les pays en développement et les pays développés de 2008 à 2018.

Sur la période 2008-2018, le commerce mondial de marchandises et de services a connu une croissance plus importante pour les pays en développement que pour les pays développés.
Il est possible de compléter la question en demandant aux élèves de suggérer une ou des explications à ce fait économique.

DOCUMENT 8 La multiplication des accords commerciaux régionaux (ACR)

Le chapitre 10 comprend plusieurs vidéos sur les accords commerciaux régionaux.

❶ Recherchez la définition des expressions suivantes : une zone de libre-échange, une union douanière, un marché unique, une union économique, une union économique et monétaire.

- Une zone de libre-échange est une zone au sein de laquelle les marchandises circulent librement (absence de barrières tarifaires et non tarifaires), chaque pays membre conservant son système douanier vis-à-vis des pays tiers.
- Une union douanière est un accord commercial régional dont les États membres ont adopté une politique commerciale commune vis-à-vis des États tiers, plus particulièrement une réglementation et un tarif douanier commun.
- Le marché intérieur de l'Union européenne, aussi appelé marché unique, est une union douanière entre tous les États membres de l'UE, qui repose sur la libre circulation des biens et des services, des capitaux et des personnes. C'est le plus grand espace économique sans barrière du monde.
- Une union économique est un marché commun (libre circulation des personnes, des biens et services et des capitaux) doublé d'une harmonisation des politiques économiques.
- Une union économique et monétaire est un groupe de pays qui ont adopté une monnaie unique et ouvert leurs marchés économiques pour former une zone de libre-échange. La principale union économique et monétaire dans le monde est celle de l'UE, c'est-à-dire la zone euro.

❷ Indiquez la part du commerce mondial concerné par les ACR.

Le nombre d'accords commerciaux régionaux n'a pas cessé de croître passant de 11 en 1977 à 252 en 2015. Ces ACR couvraient 25 % du commerce mondial dans les années 1970, 40 % au début des années 1990 et 50 % aujourd'hui.

❸ Recherchez les pays signataires des accords ALENA et MERCOSUR.

L'accord commercial régional ALENA (ou NAFTA en anglais) est un accord de libre-échange entré en vigueur en 1994 entre les États-Unis, le Canada et le Mexique.
L'accord commercial régional MERCOSUR, créé en 1991, est un marché commun entre l'Argentine, le Brésil, le Paraguay, l'Uruguay, et le Venezuela. Les pays associés sont la Bolivie, le Chili, la Colombie, l'Équateur, le Guyana, le Pérou et le Suriname.

DOCUMENT 9 **L'importance de la part des échanges régionaux**

❶ Montrez que pour les pays membres des accords UE, ALCAN (ex-ALENA), ASEAN, le commerce extérieur est majoritairement un commerce régional.

L'essentiel du commerce mondial est un commerce régional : soit intra-ACR, soit intrarégional. Ainsi, l'UE commerce pour près des deux tiers au sein de l'UE ; seuls 30 % des échanges extérieurs de l'UE se font hors Europe. Concernant les pays membres de l'ALENA, 50 % des échanges extérieurs se font au sein de l'ALENA. Pour les pays asiatiques ayant conclus l'ACR ASEAN, seuls 33 % des échanges extérieurs se font hors Asie.

Préparer sa synthèse

❶ Appréciez l'évolution du commerce mondial de biens et de services depuis 10 ans.

Il est possible d'étudier le commerce extérieur d'un pays en observant le flux des exportations et des importations de biens et de services, de calculer le solde de son commerce extérieur (exportations - importations) ou encore le taux de couverture des échanges extérieurs (moyenne des exportations et des importations divisée par le PIB).

Le commerce mondial de biens et de services évolue au même rythme que le PIB. Ce commerce mondial est pour 50 % le fait de l'UE, des pays membres de l'ALENA, de la Chine.

La part des services dans le commerce mondial ne cesse de croître, représentant aujourd'hui 20 % du commerce mondial, et pourrait atteindre 33 % en 2040.

❷ Montrez le poids des échanges régionaux dans le commerce mondial.

Les ACR se sont multipliés passant de 11 en 1977 à 252 en 2015. L'essentiel des échanges mondiaux se fait dans le cadre de ces accords. Ainsi, pour l'UE, les deux tiers des échanges se font au sein de l'UE et 30 % hors Europe ; pour les pays membres de l'ALENA, 50 % des échanges se font à l'intérieur de cette zone de libre-échange. D'autres accords ont été conclus ou sont en cours, comme les accords commerciaux inter-régionaux du CETA ou l'accord MERCOSUR-UE.

2 Comment les entreprises deviennent-elles multinationales ?

Le site www.xerficanal.com propose des vidéos très riches qui permettent d'actualiser les connaissances et de développer des argumentations. Dans ses rapports, la CNUCED publie des données statistiques sur les firmes multinationales. Eurostat propose depuis quelques années des statistiques des flux d'échanges en prenant en compte le critère de la propriété et de la nationalité de la société mère, mais elles restent difficiles à exploiter par les élèves. La première phase de la multinationalisation est bien documentée (Suzanne Berger, Notre première mondialisation, leçons d'un échec oublié, *Seuil). Les phénomènes de multinationalisation ont été analysés par des auteurs comme François Perroux, Christian Palloix, Charles-Albert Michalet, Wladimir Andreff ou Jean-Louis Mucchielli. Les élèves connaissent tous les GAFAM (acronyme des géants du Web : Google, Apple, Facebook, Amazon et Microsoft).*

DOCUMENT 10 **L'Investissement direct à l'étranger (IDE) pour se multinationaliser**

❶ Précisez comment une entreprise devient une firme multinationale (FMN).

Une firme devient multinationale en réalisant un investissement direct à l'étranger (IDE). Cet IDE peut être la création ex nihilo d'une filiale à l'étranger *(green field investment)* ou la prise de contrôle par une entrée dans le capital social d'une entreprise déjà existante à l'étranger.

❷ Relevez les raisons des investissements directs à l'étranger.

Il est possible de distinguer trois raisons au fait qu'une entreprise cherche à se multinationaliser :

- les firmes cherchent à être plus compétitives (meilleures conditions d'offre) : soit en cherchant à réduire leurs coûts de production, soit en cherchant à innover et en s'implantant là où elles peuvent accéder à la technologie et aux connaissances nouvelles, soit en cherchant à sécuriser leurs approvisionnements en s'implantant près des sources de matières premières. Les fabricants de gants en caoutchouc, par exemple, sont ainsi tous implantés en Malaisie pour se rapprocher des plantations d'hévéas ;
- les firmes cherchent à satisfaire la demande partout dans le monde et donc à accéder aux marchés étrangers en contournant les barrières tarifaires et non tarifaires aux échanges, en se rapprochant du consommateur final pour mieux le connaître et répondre à ses besoins, ou enfin à se diversifier à l'international pour répartir les risques ;
- enfin, les firmes cherchent à faire face à la concurrence et, pour les firmes oligopolistiques, à conserver leur taille critique. Il est possible d'observer que l'implantation d'une FMN dans un pays est immédiatement suivie de l'implantation des firmes concurrentes.

DOCUMENT 11 Les principaux flux d'investissements directs dans le monde

La formulation des questions ne doit pas faire oublier que ce sont les entreprises qui investissent à l'étranger; le terme « pays » ne doit pas être confondu avec l'agent économique « État ».

❶ Calculez, par rapport au total monde, la part du flux d'IDE ainsi que le solde des IDE pour chaque pays.

Un tableur peut être utilisé pour répondre à la question. Cela permet de renforcer les compétences numériques des élèves (dans le cadre de la certification Pix). Il est possible de demander aux élèves de commenter le tableau.

	% des IDE entrants		% des IDE sortants		Solde des IDE (IDE entrants - IDE sortants)	
	2016	**2017**	**2016**	**2017**	**2016**	**2017**
Allemagne	0,9	2,4	3,5	5,7	- 34	- 47
Brésil	3,1	4,4	nc	nc	65	64
Chine	7,1	9,5	13,3	8,7	- 62	11
États-Unis	24,5	19,3	19,1	23,9	176	- 67
France	1,9	3,5	4,3	4,0	- 28	- 8
Hong-Kong	6,3	7,2	4,1	5,8	57	21
Japon	0,6	0,7	9,9	11,1	- 134	- 150
Singapour	4,1	4,3	1,9	1,7	49	37
UE	28,5	21,2	30,8	30,5	81	- 132
Monde	100	100	100	100		

❷ Établissez un classement des principaux pays qui accueillent des IDE.

Comme l'investissement est cyclique, les flux d'IDE connaissent des variations importantes d'une année sur l'autre.

L'UE et les États-Unis occupent une place de choix dans les flux d'IDE entrants : 53 % en 2016 et 40,5 % en 2017 du total Monde. Les économies développées continuent d'accueillir des flux conséquents d'IDE. La Chine accueille un flux d'IDE non négligeable, presque 10 % en 2017, lié à la décomposition internationale des processus de production (voir p. 110 du manuel).

❸ Citez les pays qui investissent le plus à l'étranger.

L'UE, les États-Unis, la Chine et le Japon sont les pays dont les entreprises investissent le plus à l'étranger. L'UE occupe une place prépondérante avec 30 % des IDE sortants.

DOCUMENT 12 Le poids des firmes multinationales

❶ Appréciez le poids des firmes multinationales dans le système productif et leur poids dans le commerce mondial.

Il y a environ 100 000 FMN en 2017 ; les 100 premières représentent 60 % de la valeur ajoutée mondiale. Leurs décisions concernent ce qui est produit, comment cela est produit, par quels travailleurs cela est produit, à quels coûts cela est produit, pour quels consommateurs cela est produit.
Leurs poids dans le système productif mondial et dans les décisions montre qu'elles sont très importantes dans le commerce mondial de biens et de services.

DOCUMENT 13 Les avantages et les inconvénients de l'IDE pour un pays

❶ Présentez sous forme de tableau les avantages et les inconvénients des IDE pour un pays.

Avantages	Inconvénients
• Un IDE entrant augmente l'investissement dans le pays d'accueil si l'IDE correspond à une création d'une unité de production ex nihilo. Cela permet de créer des emplois et d'augmenter la production dans le pays, toute chose égale par ailleurs. • Un IDE entrant permet un transfert de technologie et de compétences managériales dans le pays d'accueil. Cela permet, grâce au progrès technique, d'augmenter la productivité. Ce progrès technique et ces nouvelles compétences peuvent se diffuser dans l'économie.	• Un IDE sortant limite le flux d'investissements dans le pays et freine la création d'emplois à l'intérieur du pays. • Un IDE entrant va se traduire par un flux financier. Les profits des filiales des FMN peuvent être rapatriés vers la société mère, le nombre de postes de cadres offerts à la population autochtone peut diminuer du fait de l'arrivée de cadres expatriés. • Les IDE peuvent entraîner une perte de souveraineté dans les décisions d'investissements : les décisions étant pris par les dirigeants des FMN dans une perspective planétaire et non plus dans une perspective nationale.

DOCUMENT 14 Les IDE pour soutenir la croissance économique et sauver l'emploi

❶ Expliquez le lien établi dans le document entre la croissance économique d'un pays et l'IDE.

L'auteur du texte établit un lien entre l'IDE entrant et la croissance économique. L'IDE entrant est souvent le fait d'une entreprise performante, qui a un ou des avantages concurrentiels. Elle est capable d'augmenter la production parce qu'elle propose une nouvelle offre de biens ou de services répondant à la demande, par exemple. Cette production permet de satisfaire une demande nationale à partir d'une production locale et non des importations.
La FMN va offrir des emplois qui donneront lieu au versement d'une rémunération et permettront d'augmenter le revenu disponible des ménages qui utiliseront leur revenu pour consommer. Cette consommation supplémentaire tirera la croissance du PIB.
La FMN, en produisant à un coût moindre, va pouvoir distribuer des produits à un prix moindre (sauf à augmenter sa marge), et cela peut se traduire par des gains de pouvoir d'achat pour le consommateur, et donc finalement par une augmentation du PIB.

Préparer sa synthèse

❶ Appréciez le poids des firmes multinationales (FMN) dans le système productif et les échanges commerciaux.

Une firme multinationale est un groupe de sociétés dont le centre de décision est situé dans le pays d'origine et qui contrôle au moins une filiale à l'étranger (dans le pays hôte). Les firmes deviennent des FMN en investissant à l'étranger.

Il y a environ 100 000 FMN en 2017 ; les 100 premières représentent 60 % de la valeur ajoutée mondiale. Leurs décisions concernent ce qui est produit, comment cela est produit, par quels travailleurs cela est produit, à quels coûts cela est produit, pour quels consommateurs cela est produit.

Leurs poids dans le système productif mondial et dans les décisions montre qu'elles sont très importantes dans le commerce mondial de biens et de services.

❷ Expliquez l'importance des investissements directs à l'étranger (IDE) pour un pays.

Les IDE sont la résultante des décisions des FMN et répondent à leurs trois grands types de motivations. Pour les pays accueillant ces IDE, cela augmente le niveau d'investissement du pays, permet d'augmenter la croissance économique et de créer des emplois, tout en accédant à de nouvelles technologies et de nouvelles méthodes managériales.

3 Comment la segmentation des processus de production structure-t-elle les échanges internationaux ?

DOCUMENT 15 La segmentation du processus de production à l'échelle internationale par les FMN

❶ Repérez le deux décisions prises par les FMN qui aboutissent à une décomposition internationale du processus productif.

Les FMN prennent deux décisions :

- celle de segmenter leur processus de production, c'est-à-dire de séparer les opérations de production les unes des autres avant d'assembler tous les produits intermédiaires fabriqués ;
- celle de localiser certains segments de production dans différents pays.

On aboutit à une répartition du processus productif entre différentes usines dispersées à travers le monde. On parle alors de DIPP.

❷ Établissez le lien entre la localisation des segments de production et les facteurs de production.

Les différents segments de production sont localisés dans les pays où la firme va tirer un avantage compétitif pour produire. L'entreprise privilégiera la localisation dans un pays hôte où le facteur de production essentiel à l'avantage compétitif est abondant.

L'ouvrage de Suzanne Berger, Made in Monde *(éditions du Seuil), présente des choix stratégiques différents effectués par les entreprises. Le paradigme OLI – avantage spécifique de la firme (O), avantage à la localisation (L), avantage à l'internalisation (I) pour les termes français – offre une grille de lecture à cette DIPP.*

DOCUMENT 16 La chaîne de valeur : l'exemple d'Apple

❶ Retracez les flux d'exportations et d'importations pour un iPhone en distinguant les flux de produits intermédiaires et les flux de produits finis.

Les élèves peuvent répondre à cette question par un schéma ou un tableau. La vidéo qui donne l'exemple des vêtements made in Bangladesh peut être didactisée. Les informations contenues peuvent être réinvesties dans l'activité 3 et l'activité 4 (p. 112-113 du manuel).

Concernant l'iPhone, la production est éclatée dans le cadre d'une chaîne de valeur mondiale (CVM). On assiste à :

- des flux d'exportations de produits intermédiaires à destination de Taïwan et de l'Allemagne pour les semi-conducteurs, de la Corée du Sud et du Japon pour les mémoires, de pays d'Afrique pour les métaux rares et de Russie pour l'acier ;
- un flux d'exportations de produits finis : les iPhones produits par une FMN taïwanaise en Chine sont exportés vers les États-Unis (et très certainement vers les pays où les iPhones sont vendus).

Le flux d'exportations pour un pays correspond à un flux équivalent d'importations pour l'autre pays.

❷ Citez les technologies qui ont permis ce modèle productif et analysez les conséquences de ce modèle pour la planète.

La DIPP a été permise par la technologie du container (inventé en 1956), qui a permis d'abaisser le coût du transport, et par le développement des technologies de l'information et de la communication (TIC), qui permettent de transmettre rapidement des informations.

Mais avec la DIPP et la croissance des transports, on assiste à une croissance de la consommation d'énergie qui se traduit par des émissions de CO_2 supplémentaires.

DOCUMENT 17 L'augmentation des importations de biens intermédiaires

❶ Relevez et expliquez la part des produits intermédiaires dans le commerce mondial.

La part des produits intermédiaires dans le commerce mondial de marchandises et de services s'élève à plus de 50 %. Cela s'explique par la fragmentation des système productifs à l'échelle internationale et, de ce fait, par l'importance des échanges à l'intérieur des chaînes de valeur mondiales.

❷ À l'aide du graphique, justifiez que la participation de Singapour aux CVM est de 62 %.

La question vise à comprendre la lecture du graphique et peut être traitée oralement.

La valeur de 62 % pour Singapour est obtenue en additionnant la valeur qui figure sur chacun des axes : 21 % pour la participation aux CVM en aval et 41 % pour la participation aux CVM en amont.

DOCUMENT 18 La chaîne de valeur mondialisée et ses bienfaits économiques

❶ Analysez l'effet de la mondialisation des chaînes de valeur pour les consommateurs, pour les entreprises, pour les habitants et pour un pays.

Pour les consommateurs	• Baisse de prix des produits consommés
Pour les entreprises	• Augmentation du marché • Gains de productivité
Pour les habitants des pays en développement	• Augmentation du niveau de vie • Augmentation du revenu par habitant
Pour les pays en développement	• Création d'emplois • Augmentation de la richesse nationale • Meilleures conditions de vie pour la population

La mondialisation des chaînes de valeur mondiales a aussi des conséquences plus pernicieuses : elle accentue la dépendance entre les économies. La crise sanitaire liée au Covid-19 a mis en évidence les difficultés d'approvisionnement qui peuvent advenir, difficultés déjà soulignées avant cette crise sanitaire planétaire.

Préparer sa synthèse

1 Expliquez ce qu'est la segmentation des processus de production à l'échelle internationale.

La segmentation des processus de production à l'échelle internationale consiste à séparer les opérations de production pour un même bien et à répartir ces opérations de production entre différents pays en fonction des avantages compétitifs que l'entreprise peut en retirer. Cette DIPP est le fait de nombreuses firmes dans des secteurs aussi variés que l'habillement, l'automobile, l'informatique, etc.

2 Analysez les conséquences de cette segmentation sur les échanges commerciaux.

Cette DIPP se traduit par une augmentation des flux d'échanges commerciaux et par une augmentation de la part des produits intermédiaires dans le commerce mondial de biens et de services.

? Activités

1 Se tester

Répondez par vrai ou faux aux affirmations suivantes puis justifiez vos réponses.

1. La Chine et les États-Unis ont un commerce extérieur de biens excédentaire.
Faux. Les États-Unis ont un commerce extérieur de biens déficitaire (voir le document 2 p. 104).

2. Le solde de la balance des biens et services est le rapport entre les exportations et les importations.
Faux. Le solde de la balance des biens et services est la différence entre les exportations et les importations.

3. Le commerce mondial des biens et services a connu une croissance positive chaque année de 2008 à 2018.
Faux. Le commerce mondial des biens et services a connu une baisse en 2009, 2015 et 2016 (voir le document 4 p. 105).

4. La part des services dans le commerce mondial des biens et services est restée stable depuis 1970.
Faux. La part des services dans le commerce mondial des biens et services augmente (voir le document 5 p. 105).

5. Les économies en développement ont un commerce extérieur de biens et services plus dynamique que les pays développés.
Vrai. L'évolution du commerce extérieur des économies en développement est plus importante que celle des pays développés (voir le document 7 p. 106).

6. L'Union européenne est la troisième zone d'accueil des investissements directs à l'étranger (IDE) entrants.
Faux. L'Union européenne est la première zone d'accueil des IDE.

7. Les firmes multinationales (FMN) n'ont aucune incidence sur les systèmes productifs nationaux.
Faux. Par leurs choix de localisation, les FMN organisent la division internationale du travail et structurent le système productif mondial et donc les systèmes productifs nationaux.

8. Le contenu étranger des exportations est stable dans le temps.
Faux. Le contenu étranger des exportations a progressé compte tenu du commerce de produits intermédiaires. Les importations de produits intermédiaires sont incorporées aux produits finaux avant que ceux-ci soient exportés.

9. Le commerce mondial de produits intermédiaires représente 20 % du commerce mondial en 2015.
Faux. Le commerce mondial de produits intermédiaires représente plus de 50 % du commerce mondial de biens et de services.

10. Les décisions de segmenter et de délocaliser par les FMN sont à l'origine de la décomposition internationale des processus productifs.
Vrai. Par leurs choix de localisation, les FMN organisent la division internationale du travail et structurent le système productif mondial.

2 Construire sa carte mentale

La fiche méthode 3 (p. 169-170 du manuel) donne quelques indications utiles pour la construction de la carte mentale. Le professeur peut afficher les cartes mentales réalisées par les élèves dans la salle de classe et sauvegarder les meilleures réalisations. Les élèves peuvent également effectuer un exposé oral à partir de la réalisation de leur carte mentale. Il peut aussi leur être demandé de construire une carte mentale par groupe, ce qui leur permet de verbaliser le cours et de mieux le mémoriser.

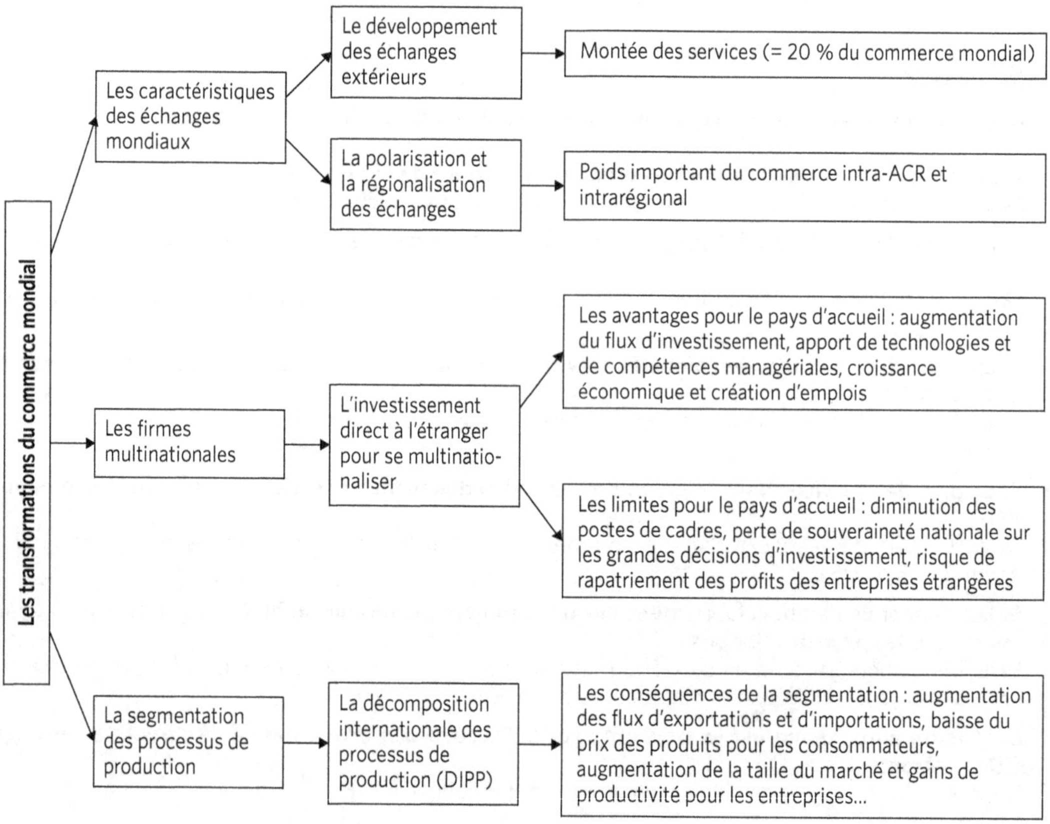

3 S'entraîner au Grand Oral

Il s'agit ici pour les élèves de structurer un court exposé. Le plan du texte est historique. Les élèves peuvent s'appuyer sur ce plan. Le document présenté se situe dans la lignée d'André Gunder Frank, Samir Amin ou encore Immanuel Wallerstein sur les questions de dépendance et d'interdépendance économiques.

Le commerce international s'appréhende à partir des flux d'exportations et d'importations de biens et de services, du solde du commerce extérieur et du taux de couverture des échanges extérieur. Le commerce international s'est profondément transformé.
L'invention du container en 1956 et l'abaissement des coûts de transport sont à l'origine d'un essor du commerce mondial de marchandises et de services. La première phase de multinationalisation des firmes date de la fin du XIXe siècle et du début du XXe siècle. On voit alors apparaître des firmes internationales dans le domaine du pétrole ou des firmes comme Michelin qui se multinationalisent pour contrôler les approvisionnements (l'hévéas dans le cas de Michelin).
À la fin du XXe siècle et en ce début de XXIe siècle, les raisons de se multinationaliser sont diverses et on assiste à une fragmentation du processus de production à l'échelle internationale : les firmes segmentent leur processus productif et localisent chaque segment dans le ou les pays où elles vont en tirer le meilleur avantage concurrentiel. Cette décomposition internationale des processus de production (DIPP) touche de nombreux secteurs d'activité : l'habillement, l'automobile, l'électronique... L'exemple le plus emblématique est celui d'Apple et la production de son iPhone éclatée le long d'une chaîne de valeur mondiale.
Cela se traduit par une augmentation des flux d'exportations et d'importations, mais aussi par une part croissante de produits intermédiaires dans les flux d'échanges qui représentent aujourd'hui plus de 50 % du commerce mondial de biens et de services. À la firme intégrée au sein du territoire national a succédé la firme qui a externalisé ses fonctions le long d'une chaîne de valeur mondiale. Le commerce mondial limité à des échanges de matières premières et de produits finis s'est élargi aux produits intermédiaires et aux services.

4 Travailler la méthode : exploiter une carte

Au préalable, il peut être demandé aux élèves de lister toutes les informations figurant sur la carte avant de répondre à la question. Les différents documents étudiés au cours du chapitre doivent permettre de leur donner quelques points de repères pour lire la carte et en proposer une interprétation.

À l'aide de la carte, relevez trois phénomènes importants qui ressortent de l'analyse des flux internationaux de marchandises. Construisez un paragraphe détaillé pour chacun d'eux.

La carte distingue 7 zones : l'Europe, l'Asie, l'Amérique du Nord, l'Amérique du Sud, l'Afrique, le Moyen-Orient et la CEI, et retrace les flux d'exportations entre ces zones.
On constate que le commerce mondial de marchandises est fortement polarisé autour de trois zones : l'Europe (qui dépasse les frontières de l'UE), l'Asie et l'Amérique du Nord. L'Europe représente presque 40 % du commerce mondial et l'Asie un tiers.
Ce commerce mondial est avant tout un commerce intra-zone. Ainsi, l'Europe échange avec l'Europe pour plus des deux tiers de ses échanges de marchandises, l'Asie pour plus de la moitié et l'Amérique du Nord pour moitié.
L'Asie a un commerce excédentaire avec l'ensemble des zones excepté le Moyen-Orient et la CEI. Avec ces deux dernières zones, l'Asie importe du pétrole et du gaz naturel. Cet excédent du commerce asiatique avec l'Europe et l'Amérique du Nord s'explique par la DIPP qui résulte de la segmentation du système productif à l'échelle internationale.

Objectif Bac

À partir de vos connaissances et de la documentation fournie dans les annexes 1 à 3 :

❶ Définissez les termes « solde extérieur » et « part de marché des exportations françaises », puis justifiez par le calcul le solde extérieur pour l'année 2018.

Le solde extérieur est la différence entre les exportations et les importations de biens et de services.
La part de marché des exportations françaises est le rapport entre les exportations françaises et les exportations Monde.
Pour l'année 2018, le solde extérieur est de : 751,2 - 776,9 = - 25,7 milliards d'euros.

❷ Commentez l'évolution du commerce extérieur français de 2000 à 2018.

Les graphiques des annexes 1 et 2 sont complexes puisqu'ils comportent deux échelles. Le graphique de l'annexe 1 représente l'évolution du commerce extérieur de biens et de services de la France de 2000 à 2018. Celui de l'annexe 2 ne considère que les échanges de services.
Si le commerce extérieur de services présente un solde excédentaire pour toute la période, il n'en est pas de même quand on s'intéresse à l'ensemble du commerce extérieur, c'est-à-dire le commerce extérieur de biens et de services.
Si le commerce extérieur de biens et de services présente un solde excédentaire de 2000 à 2004 (pour 2000 et 2004, lié au commerce des services), le solde est déficitaire pour les années comprises entre 2005 et 2018 : l'excédent du commerce extérieur de services n'arrive pas à combler le déficit du commerce extérieur de biens.
Tout au long de la période, excepté pour l'année 2009 où la crise des subprimes a affecté les exportations et les importations de biens et de services, les exportations et les importations connaissent une croissance régulière.
Le commerce extérieur de services représente en fin de période 33 % du commerce extérieur de biens et de services et 27 % pour les importations.

❸ Présentez et analysez les explications envisagées concernant l'atonie des exportations françaises.

On pourra préciser aux élèves que le terme atonie *signifie « manque de vigueur ».*
Plusieurs explications sont envisagées pour expliquer le manque de vigueur des exportations françaises. Ces explications s'avèrent peu étayées par les faits. La chute des parts de marché des exportations françaises touche tous les secteurs, excepté le secteur aéronautique.

- 1re explication : une spécialisation inadaptée de la France à la demande. L'offre de produits français à l'exportation ne correspondrait pas à la demande étrangère. Cette explication ne tient pas car les exportations françaises continuent de croître.
- 2e explication : une mauvaise spécialisation dans la qualité des produits (compétitivité hors prix). La France serait spécialisée dans la mauvaise gamme de qualité des produits. L'explication ne convainc pas car la structure des exportations des 4 grands pays de la zone euro est restée stable de 1999 à 2017 : la spécialisation dans le haut de gamme est de 50 % pour l'Allemagne, 40 % pour la France et l'Italie, et 30 % pour l'Espagne. La part de marché de l'Allemagne et de l'Espagne est identique en 2017 avec une différence de spécialisation dans le haut de gamme.
- 3e explication : la désindustrialisation du pays serait irréversible. Les FMN françaises ont vu croître leur chiffre d'affaires à l'étranger et leurs effectifs deux fois plus vite que les FMN allemandes et italiennes ; mais l'implantation à l'étranger ne se traduit pas par une moindre part dans les exportations : celle-ci est resté stable, la part des FMN dans les exportations est de l'ordre de 88 %.

❹ Rédigez une argumentation qui vous permette de répondre à la question suivante : La baisse des parts de marché des exportations françaises traduit-elle une moindre compétitivité des entreprises françaises ?

Nous proposons trois axes pour répondre à la question :

- *l'état du commerce extérieur français. Les élèves peuvent reprendre des informations de la réponse à la question 2 et présenter des faits : baisse des parts de marchés des exportations françaises de 1999 à 2017, commerce extérieur de services excédentaire de 2000 à 2018, commerce extérieur de biens et de services déficitaire de 2005 à 2018, croissance des exportations françaises ;*
- *les explications avancées pour expliquer la baisse des parts de marché des exportations françaises sont peu avérées par les faits. Les élèves peuvent reprendre les trois explications avancées dans la réponse à la question 3 ;*
- *les transformations du commerce mondial. Les élèves peuvent resituer la question posée dans un contexte plus large : la montée du commerce extérieur des économies en développement, et en particulier la montée du poids du commerce extérieur chinois ; la fragmentation des systèmes productifs qui se traduit par une augmentation des flux d'exportations mondiales et une part croissante du commerce extérieur de produits intermédiaires ; le poids des FMN dans le commerce mondial et leur rôle dans la structuration du système productif mondial.*

Le commerce extérieur traduit la spécialisation d'un pays et sa place dans le concert des nations. La France a perdu 40 % de parts de marché dans les exportations mondiales de biens et de services de 1999 à 2017.

Le commerce extérieur français de biens et de services est régulièrement déficitaire de 2005 à 2018. Si le commerce extérieur des services est excédentaire, c'est le commerce extérieur des biens portant sur les produits agricoles, les combustibles et produits miniers, les produits intermédiaires et les produits finis qui est déficitaire depuis 2005 et d'un montant plus élevé que l'excédent du commerce des services. Les exportations de services représentent en 2018 25 % des exportations de biens et de services. Sur la période 2000-2018, les exportations de biens sont passées de 412,7 milliards d'euros à 751,1 milliards d'euros et les exportations de services atteignent 244 milliards d'euros en 2018. Sur l'ensemble de la période 2000-2018 (exceptée pour l'année 2009), on assiste à une croissance des exportations françaises de biens et de services. Cette croissance des exportations va de pair avec une moindre part de marché dans les exportations mondiales.

Plusieurs hypothèses sont avancées pour expliquer cette perte de parts de marché des exportations françaises dans les exportations mondiales. La spécialisation française serait inadaptée à l'évolution de la demande mondiale. La perte de parts de marché des exportations françaises dans les exportations mondiales touche tous les secteurs à l'exception du secteur aéronautique. Mais cette baisse de parts de marché ne saurait être expliqué par une plus faible croissance des marchés des exportations françaises par rapport à la croissance de la demande mondiale. La gamme de qualité des produits exportés serait inadéquate par rapport à la demande. Or, sur la période, il n'y a pas de modification significative dans la structure par gamme de qualité des exportations pour les quatre principaux pays de l'UE27 : les exportations françaises comme les italiennes sont pour 40 % situées dans le haut de gamme, 50 % pour l'Allemagne et entre 28 % et 30 % pour l'Espagne. Or l'Espagne, qui a une spécialisation moindre dans le haut de gamme, a connu une chute de ses parts de marchés de 10 %, tout comme l'Allemagne. Il est donc difficile d'établir une corrélation entre la structure par gamme et la baisse de parts de marché. Dernière explication avancée : le poids plus important des FMN par rapport à l'Allemagne, l'Italie ou l'Espagne. Mais si le nombre de salariés et le chiffre d'affaires à l'étranger a progressé de plus de 60 % entre 2007 et 2014 pour les FMN, la part de ces FMN dans les exportations françaises est restée stable (88 %). Il est donc difficile d'en conclure que l'implantation à l'étranger s'est substituée à une production nationale exportée.

Mais, sur la période, le commerce extérieur des économies en développement s'est développé plus rapidement que celui des économies développées, et nous avons assisté à la montée de la Chine. Dans le même temps, les processus de production se sont fragmentés, les FMN ont segmenté leur processus de production et ont localisé chaque segment dans différents pays pour tenir compte des avantages concurrentiels qu'elles pouvaient en retirer. On a assisté à une décomposition internationale des processus productifs (DIPP) qui s'est traduite par une augmentation des flux d'échanges et une part croissante du commerce de produits intermédiaires dans le commerce de biens et de services, cette part représentant plus de 50 %. Cela pourrait constituer une explication à la baisse des parts de marché des exportations françaises dans les exportations mondiales.

Synthèse

1. Quelles sont les caractéristiques des échanges mondiaux ?

Les pays échangent des marchandises (des matières premières, des produits intermédiaires et des produits finis) et des services. Les échanges de service représentent aujourd'hui plus de 20 % du commerce mondial de biens et de services. En 2018, le commerce mondial de biens représente 19 670 milliards de dollars et celui des services 5 630 milliards de dollars.

Pour appréhender le commerce extérieur d'un pays, il faut distinguer les exportations, c'est-à-dire les flux de biens et de services d'un pays vers le reste du monde, et les importations, c'est-à-dire les flux de biens et de services du reste du monde vers un pays. Le solde du commerce extérieur de biens et de services est la différence entre les exportations et les importations.

Le rapport entre les exportations et les importations traduit le taux de couverture des échanges extérieurs.

Le degré d'ouverture est le rapport entre la somme des exportations et des importations, divisée par deux, et le PIB : [(exportations + importations) : 2] : PIB.

Des pays comme la Chine, le Brésil, l'Allemagne ou encore l'Italie ont un commerce extérieur excédentaire tandis que d'autres pays comme les États-Unis, l'Espagne ou la France ont un commerce extérieur déficitaire.

Les principaux pays participant au commerce mondial sont la Chine, les États-Unis ou encore l'Union européenne.

Le commerce mondial est d'abord un commerce intrarégional avant d'être un commerce interrégional. C'est le cas du commerce des pays de l'Union européenne, qui est pour près de 70 % intrarégional, ou encore du commerce des pays asiatiques signataires de l'ASEAN (pour 67 %).

Le commerce mondial se fait essentiellement entre pays ayant conclu des accords commerciaux régionaux (ACR). On en dénombre plus de 250, qui régulent plus de 50 % du commerce mondial.

2. Comment les entreprises deviennent-elles multinationales ?

Le commerce mondial est d'abord le fait de firmes multinationales (FMN) qui participent à plus de 60 % de la création de la valeur ajoutée mondiale.

Ces firmes réalisent des investissements directs à l'étranger (IDE) :
- soit pour profiter de meilleures conditions d'offre (bénéficier de moindres coûts de production, se rapprocher de ressources comme les centres de recherche et développement, pouvoir contrôler les matières premières, par exemple) ;

- soit pour profiter de meilleures conditions de demande en se rapprochant des consommateurs finaux ou accéder aux marchés étrangers et contourner les barrières protectionnistes ;
- soit pour maintenir leur position concurrentielle.

Ces IDE permettent aux pays d'accueil de voir les dépenses d'investissement augmenter tout en bénéficiant de transferts de technologies et de compétences managériales.

3. Comment la segmentation des processus de production structure-t-elle les échanges internationaux ?

Les FMN fragmentent ou segmentent leur processus de production, c'est-à-dire qu'elles découpent le processus de production en séparant les grandes fonctions de l'entreprise : recherche et développement, conception, différentes phases de production, assemblage, marketing et ventes.

Cette segmentation s'accompagne d'une localisation des différentes phases dans différents pays. C'est le cas, par exemple, des secteurs de l'aéronautique, de l'automobile, du textile et de l'habillement. L'exemple le plus connu est celui de la firme Apple où les semi-conducteurs sont fabriqués en Allemagne ou au Japon, les écrans en Corée ou à Taiwan, les métaux rares viennent d'Afrique ou d'Asie, l'assemblage étant effectué en Chine.

On assiste ainsi à une décomposition internationale du processus productif (DIPP) et à la constitution de chaînes de valeur mondiales (CVM).

Cette structuration des échanges commerciaux internationaux par la décomposition internationale du processus productif se traduit par un commerce mondial de produit intermédiaires qui représente 57 % du commerce de biens et services, et par une augmentation du contenu en importations des exportations.

Pour les pays en développement participant à ces chaînes de valeur mondiales, cela contribue à augmenter le revenu disponible des habitants, à créer de l'emploi et à améliorer la productivité. Pour les consommateurs du monde entier, cela permet de réduire les prix. Mais à quel coût environnemental ?

CHAPITRE

10 Des politiques commerciales divergentes

THÈME 8

Comment organiser le commerce international dans un contexte d'ouverture des échanges ?

NOTIONS ABORDÉES

- Les droits de douane
- Les restrictions quantitatives à l'importation (barrières non tarifaires)

CONTEXTE ET FINALITÉS

- Le commerce international a de nombreux effets : des gains en termes de baisse de prix, une réduction des inégalités entre pays, l'accroissement des inégalités de revenus au sein de chaque pays.
- Les pays peuvent mettre en œuvre des politiques d'ouverture aux échanges ou au contraire de plus grand contrôle de ceux-ci :
  - ils facilitent les échanges en éliminant ou en réduisant les droits d'importation ou d'exportation, en simplifiant les réglementations ou les procédures douanières, en éliminant de manière temporaire ou permanente des taxes à l'importation ou à l'exportation et en éliminant les restrictions quantitatives à l'importation et à l'exportation ;
  - ils restreignent le commerce en imposant de nouveaux droits d'importation ou d'exportation, en augmentant des droits existants, en mettant en place des interdictions ou des restrictions quantitatives à l'importation, en établissant des règles ou des procédures douanières plus complexes ou plus strictes, en appliquant des prescriptions relatives à la teneur en éléments locaux. Ces mesures peuvent être temporaires ou permanentes.

1 Qualifiez la stratégie de Colbert afin de mettre fin à l'hégémonie de la Hollande durant la guerre.

On pourra commencer cette activité en faisant un point sur le contexte historique : au XVIIe siècle, la Hollande (alors appelée « Provinces-Unies ») est une grande puissance commerciale. Grâce à sa flotte moderne de 6 000 navires, le port d'Amsterdam est le principal centre de redistribution en Europe pour les produits venus d'Asie ou des Amériques. Jean-Baptiste Colbert, ministre français chargé des affaires économiques et financières, pousse Louis XIV à ruiner par la guerre la puissance hollandaise.

En plus de la guerre, Colbert met en œuvre une politique protectionniste ambitieuse en agissant en défenseur du « patriotisme économique » par plusieurs moyens : en doublant les taxes sur les produits anglais et hollandais (en 1667), en subventionnant les exportations et en réglementant les produits français afin d'en améliorer la qualité pour qu'ils puissent concurrencer les produits étrangers.

Le professeur pourra signaler que cette politique a eu des conséquences plutôt négatives car elle entraîna des mesures de rétorsion de la part des Hollandais. Ces derniers prohibèrent notamment les eaux-de-vie et taxèrent les soieries venant de France.

2 Identifiez les potentiels impacts économiques de la place de leader des Pays-Bas sur le marché mondial des fleurs.

Les Pays-Bas occupent la première place sur le marché mondial des fleurs qu'ils exportent principalement en Europe et en Asie.

Les exportations néerlandaises se développent à des taux de croissance relativement élevés d'une année à l'autre par rapport aux autres pays, ce qui a pour conséquence d'améliorer la balance commerciale du pays (voir le chapitre 9).

De plus, ce secteur florissant renforce la puissance de grandes multinationales qui investissent en R&D biotechnologique ainsi qu'en innovations technologiques (serres « intelligentes », éclairages innovants) ce qui améliore encore davantage leur productivité.
Enfin, la production de fleurs est gourmande en main-d'œuvre, les Pays-Bas ont donc recours à des travailleurs étrangers, souvent Polonais, payés à un salaire inférieur au salaire minimum, ce qui leur permet de bénéficier d'une main-d'œuvre à faible coût.
Le professeur pourra expliquer que des traités de libre-échange et des pactes tarifaires augmentent la rentabilité des grandes multinationales du secteur. Il pourra également proposer aux élèves d'étudier le recours des Pays-Bas au système de réexportations. Ces derniers achètent des récoltes entières à des nations dont les salaires sont dérisoires et les exportent par le biais d'un système de vente aux enchères.

VIDÉO **Tout comprendre au CETA, traité transatlantique entre l'UE et le Canada**
lienmini.fr/e30705avt10

1 Citez les acteurs de ce traité.

Le Comprehensive Economic and Trade Agreement (CETA) est un accord de libre-échange conclu entre l'Union européenne et le Canada.

2 Définissez les objectifs du CETA.

Le CETA a pour objectif de renforcer les liens commerciaux entre l'Union européenne et le Canada en dynamisant les échanges entre ces deux partenaires. La mise en œuvre du CETA devrait permettre :
- une baisse des droits de douane ;
- une coopération réglementaire permettant une harmonisation des normes ;
- une augmentation des quotas d'importation ;
- un accès plus libre aux marchés publics afin de permettre aux entreprises européennes de candidater plus facilement aux marchés publics canadiens et inversement.

3 Déterminez quels secteurs d'activités vont connaître des bouleversements suite à cet accord.

La quasi-totalité des secteurs économiques seront impactés par ce traité (ouverture à la concurrence, hausse des débouchés, règles sanitaires divergentes...) mais on peut noter que les répercussions seront particulièrement fortes dans le domaine agricole (marché bovin, spiritueux, fromages...).

4 Relevez les arguments des détracteurs du CETA.

La fronde contre le CETA s'appuie sur différents arguments :
- la menace de concurrence déloyale (pointée du doigt par les agriculteurs européens) ;
- le démantèlement de règles prenant en compte l'environnement ;
- la suppression de la préférence locale en matière de marchés publics ;
- la mise en place de tribunaux d'arbitrage permettant à des entreprises d'attaquer des États si elles se sentent lésées.

1 Quels sont les effets de l'ouverture des échanges ?

DOCUMENT 1 Le commerce international, source d'avantages selon Smith et Ricardo

❶ Indiquez quels sont, selon Adam Smith et David Ricardo, les avantages de la libre circulation des biens et des services.

Selon les économistes classiques Adam Smith et David Ricardo, les nations ont intérêt à se spécialiser dans une production et à échanger entre elles. Pour eux, le libre-échange encouragerait la croissance économique en permettant aux États d'accéder à des marchandises peu coûteuses et variées. La hausse des exportations augmenterait les débouchés, favoriserait la division internationale du travail et l'innovation, et renforcerait les gains de productivité du secteur dans lequel le pays s'est spécialisé.

❷ Expliquez le sens des phrases soulignées.

Si chaque pays se spécialise dans une production dans laquelle il a un avantage en termes de coûts, les nations pourront avoir accès à des marchandises au meilleur prix en les exportant.

DOCUMENT 2 Le commerce international selon Krugman

❶ Dégagez en quoi les économies d'échelle présentent des gains pour les entreprises et les régions.

Une économie d'échelle désigne le fait qu'une augmentation des quantités produites entraîne une baisse des coûts unitaires moyens.
Dans une situation de libre-échange, les débouchés s'élargissent et permettent de produire des volumes plus importants. Grâce aux économies d'échelle, les entreprises et les régions gagnent donc en compétitivité et/ou en profit.

❷ Présentez pourquoi, selon Paul Krugman, les États ont intérêt à échanger même lorsqu'ils produisent des produits semblables.

Pour répondre à cette question, les élèves pourront réaliser des recherches sur Internet. Le professeur pourra également les renvoyer à la bande dessinée de Bontemps, Bauman et Klein, *L'Économie en BD : la macroéconomie* (aux éditions Eyrolles).
Selon Krugman, les consommateurs souhaitent accéder à une grande variété de produits d'une même branche (ce qu'il nomme la différenciation des produits). Cette préférence pour la variété et les économies d'échelle expliquent les échanges de produits d'une même branche entre deux pays (commerce intrabranche).

❸ Déduisez des documents 1 et 2 quels avantages le libre-échange comporte pour les consommateurs.

Le libre-échange comporte de nombreux avantages pour les consommateurs :
- ils bénéficient d'une offre plus large de produits et de services et de la baisse des prix ;
- face à la hausse de la concurrence, les entreprises sont contraintes de gagner en compétitivité et de proposer aux consommateurs des produits de meilleure qualité ou plus avancés d'un point de vue technologique.

DOCUMENT 3 L'évolution des inégalités mondiales de revenus

❶ Entre 1990 et 2010, le Theil global est passé de 0,95 à 0,72. Calculez l'évolution de ce coefficient et tirez-en des conclusions.

L'indice de Theil mesure l'écart entre une distribution égalitaire uniforme des revenus (même nombre d'individus pour chaque revenu) et la distribution réelle. Plus les revenus sont dispersés, donc éloignés d'une situation égalitaire, plus cet indice est élevé.
Le Theil global (en 2010 = 0,72) est la somme du Theil entre pays (0,48) et du Theil interne (0,24).
Calcul du taux d'évolution de l'indice de Theil global de 1990 à 2010 :
[(0,72 - 0,95) / 0,95] × 100 = - 24,21 %.
Entre 1990 et 2010, l'indice de Theil global est passé de 0,95 à 0,72, soit une diminution de 24 % des inégalités entre tous les habitants de la planète.
Ainsi, en 2010, le niveau d'inégalité mondiale a retrouvé un niveau comparable à celui de la fin du XIXe siècle.

❷ À l'aide du graphique, comparez l'évolution des inégalités entre pays et au sein des pays depuis 1870.

On constate qu'aujourd'hui les inégalités de revenus entre pays sont plus importantes que les inégalités à l'intérieur des pays, alors que jusqu'au début du XXe siècle on observait le contraire. Ce changement a eu lieu suite à la crise économique de 1930.
Mais, depuis 1990, les inégalités entre pays ont chuté. On assiste à un rattrapage Sud-Nord, tandis que les inégalités internes ont augmenté, ce qui a juste freiné la forte baisse de l'inégalité mondiale.

DOCUMENT 4 La mondialisation dans les pays émergents

❶ À l'aide de la vidéo, interprétez l'évolution de l'inégalité mondiale et de l'inégalité entre pays.

Après pratiquement deux siècles de hausse continue des inégalités entre les citoyens du monde à la suite de la révolution industrielle, ce processus s'est ralenti puis renversé depuis une vingtaine d'années. Cette rupture de tendance est le résultat d'une forte baisse des inégalités économiques entre pays, notamment entre pays développés et pays en développement, depuis les années 1990. Les exportations de produits manufacturés vers les pays riches ont constitué le modèle de développement de pays émergents tels que la Chine ou les « dragons asiatiques ».

DOCUMENT 5 Une mondialisation controversée dans les pays développés

❶ En vous appuyant sur les documents 3 et 5, expliquez les impacts de la mondialisation de l'économie sur le marché de l'emploi américain depuis les années 1980.

Après plusieurs décennies de stabilité, les inégalités à l'intérieur d'un grand nombre de pays, développés ou en développement, tendent à augmenter à nouveau. Les États-Unis connaissent ce phénomène car les emplois intermédiaires et, dans une moindre mesure, les emplois peu qualifiés ont souffert de la désindustrialisation du pays. Cette désindustrialisation découle des délocalisations vers des pays à faible coût de main-d'œuvre.

❷ Précisez les conséquences de la désindustrialisation des États-Unis sur la population.

Cette désindustrialisation a entraîné une baisse du pouvoir d'achat des classes populaires et moyennes américaines qui a eu un fort impact dans de nombreuses régions (par exemple, la ville de Détroit). Ce déclassement a été durement vécu par des populations déjà fragiles et a entraîné, entre autres, une augmentation des cas de décès par overdose d'opioïdes.

Préparer sa synthèse

1 Exposez les avantages attendus de la doctrine du libre-échange, puis montrez quelles peuvent être ses limites.

Le libre-échange est une doctrine qui prône l'abolition des obstacles aux échanges commerciaux entre les nations.
Un système économique libre-échangiste permet aux consommateurs d'un pays de bénéficier d'un large panel de biens et de services à prix plus compétitif et souvent de meilleure qualité.
De plus, l'ouverture des barrières entraîne une stimulation de la concurrence qui incite les entreprises à innover. Le libre-échange offre également des débouchés plus importants aux entreprises ce qui leur permet de bénéficier d'économies d'échelle.
Enfin, la mondialisation et l'accroissement des échanges internationaux ont permis une réduction des inégalités mondiales et plus spécifiquement des inégalités entre pays.
Néanmoins, ce système économique entraîne également des délocalisations responsables de phénomènes de désindustrialisation, particulièrement dans les pays développés. Ces désindustrialisations dégradent le marché de l'emploi et les revenus des classes populaires et intermédiaires des pays concernés.

2 Quelles mesures permettent la mise en œuvre de politiques d'ouverture aux échanges ?

DOCUMENT 6 **L'évolution des droits de douane**

1 Indiquez comment a évolué le niveau moyen des droits de douane de 2001 à 2013.

Les droits de douane sont généralement exprimés en pourcentage du prix, c'est le cas dans le graphique du document 6. Un droit de douane est une taxe appliquée à la frontière sur les produits importés.
En 2013, les droits de douane au niveau mondial ne représentaient, en moyenne, que 4,2 % du prix des biens et services importés contre 6,9 % en 2001. Cette baisse s'explique surtout par la chute des droits de douane appliqués par les pays en développement, les taxes ayant pratiquement été divisées par deux.
Pour conclure, en 2013, les droits de douane étaient d'autant plus faibles que le niveau de développement des économies était fort : 2,6 % pour les pays développés, 6,9 % pour les pays en développement et 9 % pour les pays les moins avancés.

2 Grâce à vos connaissances, expliquez les raisons de cette libéralisation accrue des échanges.

Le niveau moyen des droits de douane a considérablement diminué au cours des dernières décennies. Cette diminution est notamment due aux accords du GATT de 1947 (les cycles de Tokyo et d'Uruguay ont fait baisser les barrières tarifaires) et à la création de l'OMC en 1995. À cela se sont ajoutées la multiplication des accords bilatéraux ou régionaux (élargissement de l'Union européenne, ALENA, ASEAN, Mercosur...) et les libéralisations unilatérales de nombreux pays en développement.

DOCUMENT 7 L'accord de libre-échange entre l'UE et le Mercosur

1 Présentez en quoi consiste l'accord commercial conclu entre l'UE et le Mercosur.

L'accord commercial entre l'Union européenne et les pays du Mercosur (Brésil, Argentine, Uruguay et Paraguay) vise à faciliter les échanges entre les deux blocs. Il prévoit l'élimination, d'ici dix ans, de la quasi-totalité des droits de douane appliqués aujourd'hui sur les exportations d'un continent vers l'autre.

Le professeur pourra faire réaliser aux élèves des recherches sur cet accord. Il serait intéressant de noter que l'UE a accepté un quota annuel d'importation de 99 000 tonnes de viande bovine sud-américaine. En retour, elle a obtenu un meilleur accès de ses entreprises aux marchés publics des pays du Mercosur et une protection de ses IGP (indications géographiques protégées).

2 Justifiez quels sont les intérêts pour l'UE de mettre en place un accord commercial préférentiel avec d'autres pays.

Concrètement, cet accord permettra la suppression de plus de 4 milliards d'euros de droits de douane pour les entreprises européennes, ce qui devrait permettre un doublement des exportations de biens européens, notamment de voitures, de machines, de produits chimiques et pharmaceutiques ou de produits alimentaires.

Cet accord donnera accès aux entrepreneurs européens à un marché de 260 millions de consommateurs. L'UE deviendra ainsi un acteur de premier ordre sur les marchés latino-américains, ce qui offrira des débouchés importants aux entreprises européennes, dont les échanges commerciaux avec les États du Mercosur seront facilités.

Enfin, les consommateurs européens auront accès à de nouveaux produits sud-américains.

3 Repérez les risques émanant de cette entente pour les agriculteurs européens.

Cet accord inquiète les agriculteurs européens qui craignent que les différences de réglementation entre les deux continents ne déstabilisent le marché. Ils redoutent que l'Europe soit inondée de produits sud-américains.

On pourra noter que la Commission européenne assure que l'accord est équilibré. L'UE a bien dû faire des concessions sur le bœuf, le poulet et le sucre par exemple mais, en contrepartie, d'autres secteurs agricoles tels que le vin ou le malt sortiront gagnants.

DOCUMENT 8 L'évolution de la politique sucrière de l'UE

1 Montrez quelles opportunités étaient à saisir pour les producteurs de sucre suite à la fin des quotas sucriers.

Selon Agritel (société spécialiste des marchés agricoles), la demande mondiale de sucre devrait grimper de 30 à 40 millions de tonnes d'ici 2023, soit près de 40 % de hausse en Chine et 45 % en Afrique.

La fin des quotas sucriers devait permettre aux producteurs européens :
- de se développer à l'export sur le marché mondial et de gagner des parts de marché ;
- d'atteindre une taille critique leur permettant de réaliser des économies d'échelle ;
- d'améliorer leur appareil de production et de maîtriser leur chaîne logistique.

Les spécialistes prévoyaient qu'avec la fin des quotas, les exportations européennes devaient atteindre 5 à 6 millions de tonnes contre seulement 1,5 million en 2017.

2 Expliquez, en fin de compte, les effets de cette suppression.

Avec la fin des quotas sucriers, les prix européens se sont alignés progressivement sur les prix mondiaux. En effet, l'UE a dès lors été exposée à la forte instabilité du marché mondial. Cette crise du sucre provient du fait que deux excellentes années de récolte ont entraîné un excès de production planétaire. Cette surabondance a provoqué un effondrement des cours mondiaux, et les sucriers ont vu passer le prix de la tonne de sucre de 390 à 300 euros.

DOCUMENT 9 Qu'est-ce que le TAFTA ?

❶ Expliquez en quoi consiste le TAFTA.

Le TAFTA est un acronyme qui signifie « Transatlantic Free Trade agreement ». C'est un projet d'accord de libre-échange avec d'un côté les États-Unis et de l'autre l'Europe. L'objectif du TAFTA est de libéraliser le commerce. Pour cela, les droits de douane doivent baisser et les différences de réglementation vont être réduites au maximum.

❷ Repérez quels secteurs pourraient être touchés par cet accord de libre-échange et quelles conséquences ce dernier pourrait entraîner dans ces secteurs.

Le secteur agricole pourrait être le plus touché par cet accord de libre-échange. En effet, la convergence des normes entre les Américains et les Européens constitue un sujet de contentieux car en Europe le principe de précaution prime, alors qu'aux États-Unis c'est celui de la réparation.
Les consommateurs européens pourraient alors retrouver dans leurs assiettes du bœuf aux hormones, des OGM ou des résidus de pesticides dans les fruits et les légumes. Là où les Américains voient des « barrières commerciales » déguisées, les Européens voient un risque de remise en cause de leur modèle agricole et de la protection des consommateurs.

Préparer sa synthèse

❶ Synthétisez quelles mesures peuvent prendre les pays afin de mettre en place une politique commerciale d'ouverture.

Les pays peuvent mettre en place une politique commerciale d'ouverture par le biais de différentes mesures :
- en abaissant, voire en supprimant des tarifs douaniers (exemple : l'accord bilatéral entre l'UE et le Mercosur) ;
- en mettant fin aux quotas d'exportation ou d'importation (exemple : la fin des quotas sucriers) ;
- en harmonisant les normes avec d'autres pays afin de faciliter leurs échanges (exemple : l'harmonisation des normes par le TAFTA).

Le professeur pourra faire rappeler aux élèves les conséquences négatives de ces mesures étudiées précédemment : le secteur agricole mis en danger lors du TAFTA, les risques sanitaires et environnementaux...

3 Comment et pourquoi mettre en œuvre des politiques protectionnistes ?

DOCUMENT 10 Le protectionnisme : avantages et limites

❶ Développez en quoi consiste la théorie du protectionnisme éducateur et montrez que les mesures prises par les États-Unis à l'encontre de la Chine ne relèvent pas de ce type de doctrine.

List développe le concept de protectionnisme éducateur. Selon lui, un pays qui n'a pas atteint le dernier stade de son développement sera perdant s'il s'ouvre au commerce international car son industrie sera trop faible. Les importations auront pour effet de décourager le développement de l'industrie nationale. Ce pays doit donc adopter une politique protectionniste.
Les mesures prises par les États-Unis (droits de douane additionnels imposés au nom de la sécurité nationale sur les importations d'acier (25 %) et d'aluminium (10 %) et tarif additionnel de 25 % sur différents produits en provenance de Chine) ne relèvent pas de ce type de doctrine. En effet, l'industrie

des États-Unis est au premier rang mondial, on comprend donc que l'objet de cette décision n'est pas de protéger une industrie « naissante » mais bien de protéger leur position au niveau mondial.
Le professeur peut expliquer que les dirigeants appliquent les mesures protectionnistes pour répondre à la demande de divers groupes de pression. Il peut s'agir des syndicats qui souhaitent éviter les délocalisations. Le protectionnisme est souvent vu comme un moyen de protéger l'économie nationale et de lutter contre le chômage.

❷ Relevez dans quelle situation, selon List, la mise en place d'un protectionnisme éducateur ne serait plus pertinente.

Pour List, le protectionnisme éducateur doit être mis en place dans un pays le temps que ses industries « naissantes » se renforcent et puissent être compétitives sur le plan international. Une fois le retard comblé et un certain degré de développement atteint, on peut revenir au libre-échange.

❸ Identifiez les dangers du protectionnisme pour une économie.

Le protectionnisme entraîne des conséquences dangereuses :
- une augmentation des prix à la consommation qui résulte de trois facteurs :
  - une augmentation des prix de biens finaux importés davantage taxés,
  - une augmentation des prix des biens intermédiaires importés entraînant un surcoût de production,
  - une augmentation des prix induite par une concurrence amoindrie ;
- une production moins efficace qui pourrait avoir un impact sur l'emploi :
  - les économies ne se spécialiseront plus selon leurs avantages comparatifs,
  - les coûts des biens intermédiaires importés augmenteraient,
  - la concurrence serait entravée.

DOCUMENT 11 Les barrières non tarifaires

❶ Identifiez les différents instruments non tarifaires de la politique commerciale protectionniste.

Les mesures protectionnistes non tarifaires sont multiples : des quotas, des mesures administratives comme les normes nationales de qualité, des subventions…
Le professeur pourra rappeler la définition d'une subvention de l'État (aide financière de l'État afin de soutenir des entreprises ou des producteurs).

❷ Expliquez pourquoi les normes et les mesures administratives sont souvent considérées comme des formes de protectionnisme déguisé.

Les pays peuvent durcir l'accès à leur marché par des normes contraignantes (normes techniques, sanitaires…). Si ces pratiques peuvent avoir comme objectif de protéger les consommateurs et l'environnement, elles peuvent parfois s'apparenter à une forme de protectionnisme déguisé.
Les droits de douane étant faibles désormais, les pays mettent surtout en place des mesures non tarifaires. L'évaluation de ce type de « barrières » n'est pas facile mais, d'après des estimations, l'équivalent tarifaire de ces barrières serait de l'ordre de 40 % en moyenne au niveau mondial ; on comprend donc l'enjeu qu'elles représentent.

DOCUMENT 12 Les barrières tarifaires : les droits de douane

❶ Différenciez les deux types de droit de douane existants.

Les droits de douane peuvent être des droits spécifiques ou des droits *ad valorem*. Dans le cas d'un droit spécifique, une somme donnée est perçue pour une quantité donnée de marchandise, par exemple 1 dollar par article importé. En revanche, un droit *ad valorem* dépend de la valeur d'une marchandise. Dans ce système, la valeur en douane est multipliée par un taux de droit (par exemple 5 %) pour calculer le montant exigible sur un article importé.

❷ Indiquez quels avantages peuvent présenter les barrières tarifaires face à d'autres outils de protection.

Le droit de douane présente l'avantage de la transparence par rapport à d'autres formes de protection. En cas de tarif douanier, les exportateurs étrangers connaissent parfaitement l'ampleur de l'obstacle qui est fixé par le pays importateur. Ils peuvent donc déterminer, en toute clarté, leur politique de prix.

DOCUMENT 13 Les effets des droits de douane

❶ Rappelez en quoi consiste la loi de l'offre et de la demande. Que se passe-t-il pour les quantités offertes et demandées lorsque le prix d'équilibre Pl est atteint ?

La loi de l'offre et de la demande représente le modèle principal de l'économie de marché et repose sur l'équilibre de la quantité de bien offert et la demande d'un certain bien. Le tout ayant une influence sur le prix de ce bien suivant l'importance de l'offre ou de la demande.
Si la demande pour un produit augmente, le prix de celui-ci augmentera aussi et, inversement, si l'offre dépasse la demande pour un produit, le prix diminuera.
Lorsque le prix d'équilibre Pl est atteint à ce niveau de prix, la quantité que les acheteurs sont prêts à acheter est exactement égale à la quantité que les vendeurs sont prêts à vendre.

❷ Analysez les conséquences sur l'offre, la demande et les importations lorsque le prix mondial Pm est inférieur au prix du marché local.

Lorsque le marché s'ouvre et que le prix mondial Pm est inférieur au prix du marché local :
- les producteurs nationaux vont pratiquement disparaître ;
- les quantités demandées vont croître ;
- pour répondre à la demande qui n'est plus satisfaite par l'offre nationale, des produits seront importés, d'où une hausse des importations.

❸ Étudiez les effets de la mise en place d'un droit de douane.

La mise en place d'un droit de douane va entraîner différents effets :
- le prix des produits va croître : il passe de Pm à Pt ;
- les producteurs nationaux vont être protégés par cette taxe, les quantités offertes vont augmenter ;
- la consommation intérieure va diminuer ;
- le volume des importations va diminuer.

❹ Déterminez quels agents économiques bénéficieront d'une meilleure répartition des revenus suite à l'introduction d'une taxe.

Les producteurs profitent de prix plus élevés, ce qui les encourage à augmenter leur production et l'État perçoit des recettes grâce aux droits de douane. Les consommateurs sont perdants puisque le prix des produits augmente, ce qui les incite à réduire leur consommation.
Les droits de douane profitent donc aux producteurs et aux contribuables aux dépens des consommateurs.

Préparer sa synthèse

❶ Citez les avantages d'une restriction du commerce international selon la thèse du protectionnisme éducateur après avoir rappelé en quoi cette dernière consiste.

Selon List, la mise en place d'un protectionnisme éducateur permettrait à une nation ayant un retard de développement de protéger son « industrie naissante » le temps qu'elle rattrape les autres nations. Le principe et l'intérêt de ce protectionnisme est de protéger sur le moyen terme des secteurs industriels nationaux de la compétition internationale. Sur le long terme, il vise une intégration dans le libre-échange.

❷ Listez quelles limites la doctrine protectionniste comporte selon ses détracteurs.

Le protectionnisme est une doctrine qui comporte des dangers pour différents acteurs :

- les consommateurs :
  - subiront une hausse des prix,
  - verront le choix des produits se réduire,
  - connaîtront une redistribution de leurs revenus au profit des producteurs et de l'État ;
- les entreprises :
  - perdront en efficience productive du fait d'une moindre concurrence,
  - s'approvisionneront à des coûts plus élevés en achetant des biens intermédiaires étrangers ;
- la nation :
  - risque de subir une perte d'emplois,
  - peut entrer en guerre commerciale avec les autres nations.

❸ Distinguez les différents instruments protectionnistes.

On distingue deux grandes familles d'instruments protectionnistes :

- les obstacles tarifaires, qui consistent en l'intégration de droits de douane ;
- les obstacles non tarifaires, tels que les subventions, les quotas, les normes…

? Activités

1 Se tester

Répondez par vrai ou faux aux affirmations suivantes puis justifiez vos réponses.

1. Selon la théorie classique, la spécialisation permet aux pays de réaliser des économies d'échelle et de gagner en productivité pour la production du bien dans laquelle ils se sont spécialisés.
Vrai. Pour l'école classique, il est préférable pour les pays de se spécialiser dans les secteurs d'activité dans lesquels ils disposent d'un avantage. Cette spécialisation entraîne l'augmentation de la production, ce qui permet de réduire de façon considérable les coûts de production unitaires (on parle d'économies d'échelle).

2. Les pays n'ont intérêt à échanger que si leurs productions sont différentes.
Faux. Les importations et les exportations d'un même bien permettent de satisfaire le goût pour la variété des consommateurs.

3. Les délocalisations touchent seulement les emplois des classes populaires.
Faux. Elles impactent surtout les emplois intermédiaires.

4. Lors de la mise en place d'une entente commerciale entre régions, la baisse des droits de douane permet d'éviter la concurrence déloyale.
Faux. La concurrence peut se jouer sur des aspects environnementaux, sociaux ou sanitaires.

5. La suppression des quotas sucriers n'a pas entraîné pour l'Europe les effets escomptés.
Vrai. Les producteurs de sucre européens ont été confrontés à une vive concurrence internationale et ont vécu de plein fouet une forte baisse des prix suite à la fin des quotas.

6. List ne conçoit pas le protectionnisme comme un état permanent.
Vrai. Selon lui, le protectionnisme éducateur doit prendre fin une fois que le pays a rattrapé son retard dans un secteur économique.

7. La mise en place des droits de douane augmente le prix du bien visé de manière directe et indirecte.
Vrai. Le prix d'un produit augmente du fait de la mise en place des droits de douane directement et de manière indirecte en raison de l'augmentation des coûts de production.

8. Lorsque le prix mondial est inférieur au prix local, l'offre étrangère pallie la défaillance des producteurs locaux et l'excès de demande.
Vrai. Dans ce cas, les importations permettent d'assurer l'équilibre entre l'offre et la demande.

9. Les producteurs et les consommateurs d'un pays sont les seuls agents économiques touchés lors de l'introduction d'une taxe.
Faux. Car l'État perçoit cette taxe, ce qui augmente ses recettes.

10. Le traité de libre-échange TAFTA permettrait de réduire les quotas entre les États-Unis et l'Union européenne.
Vrai. Ce traité a pour visée d'annuler les barrières douanières à l'exportation entre les États-Unis et l'Union européenne mais également l'abaissement des restrictions non tarifaires (alignement des réglementations en matière d'alimentation, d'agriculture et d'environnement, ouverture des marchés publics...).

2 Construire sa carte mentale

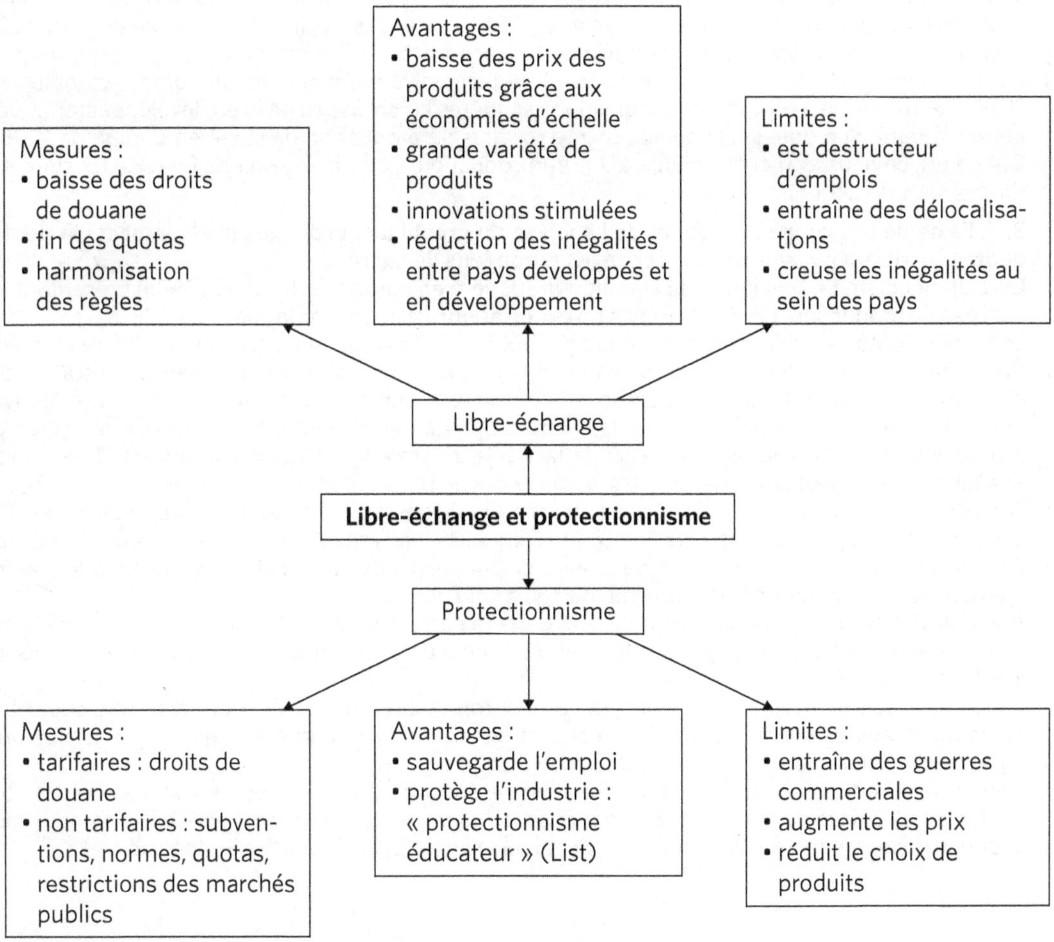

3 S'entraîner au Grand Oral

Il n'y a pas de corrigé type pour cet entraînement. L'enseignant acceptera tous les arguments cohérents et construits.

4 Travailler la méthode : analyser un graphique

1. Rappelez à quoi correspondent les quotas de production.
Un système de quotas se traduit par l'impossibilité de produire, d'exporter ou d'importer un bien sans contraintes de volumes.

2. Commentez l'évolution de la production de sucre en Europe depuis les années 1960.
Globalement, la production de sucre en Europe a connu un développement conséquent grâce à l'organisation commune du marché du sucre mis en place en 1968. La production de sucre sur le continent européen a triplé en près de 60 ans passant d'environ 6 millions de tonnes produites en 1960 à presque 19 millions en 2018. Les progrès techniques au niveau de la production et de la transformation ont permis une amélioration importante de la productivité dans le secteur qui explique en partie cette hausse.
On peut noter que la production de sucre en Europe a fortement augmenté en 2004 lors du passage de l'UE-15 à l'UE-25 (aujourd'hui l'UE compte 28 membres) mais qu'elle a connu un véritable frein suite à la réforme de 2006. Les objectifs de cette réforme étaient d'intégrer les principes de la nouvelle Politique agricole commune (PAC) dans l'OCM Sucre, c'est-à-dire tenir compte de l'ouverture accrue du marché européen pour multiplier les engagements de l'Union européenne auprès des pays en développement et appliquer une décision de l'Organisation mondiale du commerce obligeant l'Union européenne à réduire ses exportations sucrières au profit des pays en développement.
Enfin, on remarque que, grâce à d'excellente récoltes, la production de sucre en Europe de 2015 à 2017 a été en hausse, menant même à une surproduction. Cette hausse a pris fin en 2017 suite à la fin des quotas sucriers.

3. À l'aide de vos connaissances et de l'analyse du graphique, expliquez quels impacts la fin des quotas sucriers a pu avoir sur les échanges européens de sucre.
Ce graphique étudie l'évolution de la politique sucrière en Europe de 1960 à 2019 en présentant les courbes de production, d'importations et d'exportations de sucre par les pays de l'UE.
La fin des quotas sucriers est intervenue en octobre 2017 pendant une récolte excellente en quantité, autant en betteraves à sucre qu'en cannes à sucre. La production européenne n'étant alors plus limitée en quantité, les pays européens ont investi afin d'étendre leurs surfaces productives et cultiver des volumes plus importants. Cette stratégie devait permettre de baisser les coûts de production afin de gagner en compétitivité face à leurs grands concurrents étrangers (Brésil, Inde, Thaïlande...). On peut constater sur le graphique que le pic de production culmine à environ 21 millions de tonnes produites en 2017 contre environ 14 millions en 2014, soit une hausse de 50 %.
Les quantités importées ont chuté de moitié en 2019 par rapport à 2017 en passant d'environ 2,5 millions de tonnes à 1,25 million de tonnes, ce qui s'explique par le fait que les prix sur le marché intérieur se sont rapprochés des prix du marché mondial.
Au contraire, le niveau des exportations a augmenté entre 2015 et 2017 car ces dernières n'étaient plus limitées par les quotas, passant à environ 3,5 millions de tonnes exportées contre moins de 2 millions en 2015.
Il est également important de noter que cette surproduction mondiale a entraîné une chute des cours mondiaux du sucre. Cette chute a atteint les producteurs européens qui n'étaient plus protégés par l'encadrement des prix : c'est la crise du sucre.
Depuis, les producteurs ont réduit les surfaces productives afin d'ajuster les volumes cultivés (ce qui justifie la baisse de la courbe de production de sucre en 2018-2019) et songent à de nouveaux débouchés pour leurs récoltes : comme l'alcool ou le biocarburant pour les betteraves.

Objectif Bac

À partir de vos connaissances et de la documentation fournie dans les annexes 1 à 4 :

❶ Commentez l'évolution du commerce de marchandises entre la Chine et les États-Unis.

Globalement, le commerce de marchandises entre la Chine et les États-Unis n'a cessé de croître entre 2007 et 2017.
Les exportations chinoises aux États-Unis sont passées de 321 milliards de dollars en 2007 à 506 milliards de dollars en 2017, soit une augmentation de 57 %. En 2017, elles étaient 4 fois plus importantes que les exportations américaines en Chine qui, elles, ont plus que doublé en 10 ans passant de 63 milliards de dollars en 2007 à 130 milliards en 2017.

❷ Rappelez les différentes pratiques permettant la mise en place d'une politique de protection commerciale.

Une politique de protection commerciale, autrement appelée politique protectionniste, est mise en place par un pays lorsqu'il prend un ensemble de mesures restrictives ou prohibitives pour pénaliser l'introduction de produits ou de services étrangers.
Pour mettre en place cette politique, une nation peut s'appuyer sur des barrières tarifaires, en augmentant les droits de douane, ou non-tarifaires, en subventionnant ses industries, en fixant des quotas ou en durcissant la réglementation des produits importés, par exemple.

❸ Expliquez les raisons qui ont poussé les États-Unis à entamer une guerre commerciale à l'encontre de la Chine.

En 2018, les États-Unis ont frappé de nouvelles taxes douanières 16 milliards de dollars de produits chinois, entraînant une querelle commerciale avec la Chine qui n'a pas tardé à répliquer en taxant à son tour des importations américaines emblématiques : les motos Harley-Davidson, le bourbon... Ces taxes américaines ont été motivées par plusieurs raisons :
- Washington a peur que l'histoire ne se répète et que la Chine marche dans les pas du Japon qui avait ébranlé toute l'industrie automobile américaine dans les années 1970 ;
- le gouvernement de Trump accuse la Chine de vol de technologies ;
- enfin, les États-Unis dénoncent des « pratiques déloyales » chinoises (subventions accordées aux entreprises nationales, transferts de technologies).

Pour ces raisons, les États-Unis, en plus des nouvelles taxes, envisagent d'interdire aux Chinois d'investir dans des secteurs technologiques sur leur territoire et de défendre aux entreprises américaines de transférer des technologies lors d'IDE en Chine.

❹ Rédigez une argumentation qui vous permette de répondre à la question suivante : Les mesures protectionnistes entraînent-elles toujours des avantages pour les pays qui les mettent en place ?

Des obstacles tarifaires et non-tarifaires peuvent être mis en œuvre par des pays souhaitant bénéficier de certains avantages du protectionnisme : défense des industries naissantes, sauvegarde de l'emploi... Mais la mise en place d'un tel système peut également comporter des impacts négatifs pour plusieurs agents économiques.

Pour les consommateurs :
- l'introduction de nouveaux droits de douane augmente le prix des produits importés, la consommation est donc revue à la baisse. Par exemple, lorsque Pékin a augmenté les taxes douanières de 25 % sur 16 milliards de dollars de biens américains importés (motos Harley-Davidson, bourbon, jus d'orange...), ce sont les consommateurs chinois qui supportent cette hausse ;

- le choix des produits sur le marché se restreint également, ce qui va à l'encontre de la préférence pour la variété des consommateurs qui seront privés de certains produits ou marques.

Pour les entreprises :
- celles-ci vont voir leur efficacité productive diminuer du fait de surcoûts lors de leurs approvisionnements : les entreprises américaines seront impactées car des composants importés de Chine pour des productions sur le sol américain seront frappés par cette hausse des droits de douane, ce qui affaiblira leur rentabilité ;
- les mesures non-tarifaires mises en œuvre vont empêcher des synergies entre entreprises américaines et chinoises dans une économie mondialisée : la possibilité d'interdire aux entreprises américaines de transférer des technologies critiques aux entreprises chinoises lors de leurs IDE pourrait entraîner des complications pour toutes les entreprises du secteur.

Plus globalement, ce sont les économies de la Chine et des États-Unis toutes entières qui vont être impactées par cette guerre commerciale : les agriculteurs américains de soja sont pénalisés par ces mesures, la Chine ayant interrompu les achats des principales exportations américaines. Enfin, ce contexte de guerre douanière pourrait augmenter les prix à la consommation et générer une inflation.

Synthèse

1. Quels sont les effets de l'ouverture des échanges ?

Le libre-échange est une doctrine prônant l'instauration d'un système économique dans lequel les échanges commerciaux entre pays ne sont freinés par aucun obstacle.

Ce système comporte de nombreux avantages étayés, entre autres, par les économistes classiques (Adam Smith, Ricardo...) depuis la fin du XVIIIe siècle.

Tout d'abord, le libre-échange permet d'accroître les débouchés, ce qui a pour conséquence la hausse des volumes produits. Cette augmentation de la production entraîne pour les industries des économies d'échelle qui se caractérisent par une baisse du coût unitaire lorsque les quantités produites augmentent. *In fine*, c'est le prix pour le consommateur qui chute, ce qui accroît son pouvoir d'achat et donc la taille des marchés. C'est un cercle vertueux.

En outre, le libre-échange stimule la concurrence sur les marchés et favorise ainsi le progrès technique, les innovations et l'amélioration des méthodes de production.

Une autre raison pour laquelle le libre-échange a un impact bénéfique est qu'il offre aux consommateurs nationaux un choix de biens et de services auxquels ils n'auraient pas accès autrement (les mangues en Russie, par exemple).

Enfin, l'ouverture de leur économie sur le marché mondial est un facteur qui a permis à de nombreux pays en développement d'enregistrer une croissance rapide et une réduction plus prononcée de la pauvreté. Selon le FMI, en moyenne, les pays en développement qui ont fortement baissé leurs tarifs douaniers dans les années 1980 ont connu une croissance plus rapide que les autres au cours des années 1990. L'inégalité entre pays diminue globalement depuis 1990, ce qui reflète la croissance économique plus rapide des pays en développement, elle-même partiellement due à la libéralisation des échanges.

Néanmoins, la libéralisation des économies comporte certains aspects négatifs, notamment en termes d'impacts sur la quantité des emplois.

D'une part, dans les secteurs exposés tels que l'industrie ou l'agriculture, des emplois sont menacés. Les victimes sont le plus souvent des travailleurs peu qualifiés pour qui se réorienter dans un nouveau secteur d'activité est difficile, ce qui accroît les inégalités entre les populations au sein d'un pays.

D'autre part, la concurrence étant plus forte, les entreprises souhaitent améliorer leur compétitivité. Ces entreprises sont donc attirées par des pays à faible coût de main-d'œuvre afin d'y délocaliser leur production, ce qui a pour conséquence une destruction d'emplois.

2. Quelles mesures permettent la mise en œuvre de politiques d'ouverture aux échanges ?

Pour instaurer un système économique dans lequel les échanges commerciaux entre pays ne sont freinés par aucun obstacle, les droits de douane entre pays doivent être diminués. Les droits de douane sont des taxes appliquées par les pays sur les marchandises importées à leur entrée sur le territoire. Au final, c'est le consommateur qui les paye car l'importateur va les répercuter sur son prix de vente.

Les quotas ou contingentements doivent eux être supprimés. Un quota est une mesure protectionniste non tarifaire : il s'agit de n'autoriser qu'une quantité limitée d'un bien à entrer dans un pays.
Prenons l'exemple du textile chinois : en 1995 a été signé l'Accord sur le textile et l'habillement qui prévoyait l'ouverture totale du commerce mondial du textile le 1er janvier 2005. La baisse des quotas sur le textile chinois en Europe a alors provoqué un raz-de-marée d'importations (les importations de certains produits ont bondi de plus de 400 %), ce qui a poussé l'Union européenne à négocier la mise en place de nouveaux quotas temporaires jusqu'en 2008.

Enfin, les normes administratives, sanitaires ou techniques peuvent être simplifiées afin de faciliter les échanges. C'était notamment l'objectif des négociations du traité de libre-échange baptisé TAFTA (ou TIPP) qui prévoyait de s'attaquer aux procédures et entraves administratives liées aux échanges entre les États-Unis et l'UE dans de nombreux secteurs (alimentaire, sanitaire, environnemental, industriel, cosmétiques…).

3. Comment et pourquoi mettre en œuvre des politiques protectionnistes ?

Le protectionnisme désigne la politique d'un État qui met en place des mesures visant à pénaliser l'introduction dans le pays de produits ou de services étrangers.

Cette politique consiste à protéger l'économie d'un pays contre la concurrence étrangère grâce à deux leviers :
- par des mesures tarifaires via des droits de douane. En effet, sur le plan tarifaire, un pays protectionniste est un pays qui applique des droits de douane plus élevés que les autres. Le Brésil, par exemple, est plus protectionniste que l'Australie. Ainsi, en 2017, le Brésil a appliqué un taux moyen de droits de douane de 13,4 % aux importations de ses partenaires de l'OMC. Dans le même temps, le taux appliqué par l'Australie n'était que de 2,2 %. Autrement dit, pour un produit importé d'une valeur de 100 euros, le Brésil prélève 13,40 euros de taxes quand l'Australie ne prélève que 2,20 euros ;
- par des mesures non tarifaires via des quotas, des normes, des subventions… Ces mesures ne peuvent pas être mesurées par un indicateur statistique. On sait qu'elles sont aujourd'hui l'outil essentiel du protectionnisme.

Cette politique peut sembler tentante, ce fut notamment le cas du penseur allemand List qui, à contre-courant du libre-échangisme en vogue au XIXe siècle, prônait un protectionnisme « éducateur ». Selon lui, si un secteur d'activité en est à ses débuts et manque de compétitivité, il ne pourra pas survivre à la production internationale. Le gouvernement se doit donc de soutenir ses industries nationales le temps qu'elles aient les capacités d'affronter les entreprises étrangères.

Un protectionnisme « défensif » est aussi justifié par certains en cas de concurrence déloyale de certains pays en matière sociale afin de protéger l'emploi. Par exemple, la France réclame depuis longtemps davantage de garde-fous sur le statut des travailleurs détachés. Aujourd'hui, en Europe, un prestataire de services polonais, par exemple, peut envoyer des salariés travailler dans un autre pays de l'UE. S'ils viennent en France, ils sont assurés de percevoir le Smic français. En revanche, les charges sociales seront celles de la Pologne. De quoi réduire le coût du travail de 30 % pour l'employeur.

Néanmoins, les politiques protectionnistes d'un pays peuvent entraîner des représailles et engendrer une véritable guerre commerciale. Ainsi, après la décision de Donald Trump d'augmenter les droits de douane sur une grand nombre de produits chinois, Pékin a contre-attaqué en dévoilant en mars 2018 une liste de 128 produits américains qui pourraient se voir appliquer des droits des douanes de 15 % à 25 % en cas d'échec des négociations.

Enfin, un pays qui choisit de protéger son économie perd logiquement une grande partie des avantages du libre-échange comme les gains liés à la taille des marchés et à la concurrence.

CHAPITRE 11

Une organisation mondiale pour gérer les différends entre États dans les échanges internationaux

THÈME 8

Comment organiser le commerce international dans un contexte d'ouverture des échanges ?

- ⑨ Les transformations du commerce mondial
- ⑩ Des politiques commerciales divergentes
- ⑪ **Une organisation mondiale pour gérer les différends entre États dans les échanges internationaux**

NOTIONS ABORDÉES

- Les missions de l'OMC
- Les cycles de négociations d'abaissement des tarifs douaniers et des barrières non tarifaires
- L'organe de règlement des différends

CONTEXTE ET FINALITÉS

- Les éventuelles conséquences négatives du protectionnisme adopté par certains États ont poussé la communauté internationale à promouvoir une régulation mondiale des échanges de biens et de services. Celle-ci est aujourd'hui mise en œuvre par l'Organisation mondiale du commerce (OMC).
- Dans le cadre de cycles de négociations réguliers (*rounds*), des règles du commerce mondial sont négociées entre pays (clause de la nation la plus favorisée : NPF, principe du traitement national, principe de réciprocité). Une juridiction spécialisée, l'organe de règlement des différends (ORD), permet de traiter les litiges éventuels.
- L'OMC cherche à étendre les règles du libre-échange à de nouveaux domaines et à lutter contre les nouvelles mesures protectionnistes.

Lors de ce chapitre, le professeur pourra faire réaliser des recherches aux élèves de manière individuelle ou en groupes sur le site Internet de l'OMC (www.wto.org) afin d'approfondir les notions.

❶ En vous appuyant sur la première image, présentez les enjeux économiques du phénomène de mondialisation pour les différents pays.

La mondialisation entraîne une globalisation des économies. Dans ce contexte, on assiste à une internationalisation des entreprises qui délocalisent leurs usines, s'ouvrent à des marchés étrangers et décomposent leurs systèmes de production. Ce phénomène a eu de nombreux effets économiques, notamment :
- sur les emplois locaux ;
- pour les consommateurs, en termes de diversité des produits et des prix proposés ;
- pour les entreprises, qui ont vu la concurrence s'accroître et ont dû collaborer entre elles.

Les économies des pays sont donc liées les unes aux autres, notamment d'un point de vue commercial.

❷ Dans ce contexte, définissez quelles missions peuvent remplir les personnes présentes sur la seconde image.

Les personnes présentes sur la photographie participent à une conférence de l'Organisation mondiale du commerce (OMC) qui examine les politiques commerciales des pays membres. Dans ce contexte d'économie globale où les accords commerciaux se multiplient, il est nécessaire d'édicter des règles communes et de contrôler qu'elles sont appliquées afin d'éviter que la « loi du plus fort » ne s'impose.

VIDÉO **Du GATT à l'OMC**
lienmini.fr/e30705avt11

1 Expliquez pourquoi, au sortir de la Seconde Guerre mondiale, les échanges internationaux sont plébiscités.

Au sortir de la Seconde Guerre mondiale, les gouvernements veulent éviter une nouvelle guerre en favorisant la croissance mondiale par le biais du libre-échange. Le but est de mettre en place une meilleure coopération entre les pays et de réduire les entraves aux échanges internationaux.

2 Relevez le nom du traité ayant donné naissance à l'OMC.

L'OMC a pris la suite de l'Accord général sur les tarifs douaniers et le commerce (GATT), traité signé par 23 pays seulement à l'origine.

3 Citez les différents objectifs de cet accord.

Le GATT avait pour principaux objectifs d'édicter les règles du commerce mondial (par exemple, les pays ne pouvaient pas faire de discrimination entre leurs partenaires commerciaux), de régler les différends commerciaux entre pays et d'abaisser les barrières tarifaires.

4 Montrez quelles ont été les réussites du GATT.

En presque cinquante ans d'existence, le GATT a enregistré de nombreux succès :
- les obstacles aux échanges sont, pour la plupart, tombés ;
- le commerce mondial a connu une croissance sans précédent, ce qui a permis une augmentation des investissements et des créations d'emplois ;
- des pays en développement sont devenus membres du GATT et ont pu bénéficier d'un traitement spécial.

1 Comment accompagner le développement des échanges internationaux ?

DOCUMENT 1 La libéralisation des échanges internationaux

1 Rappelez la définition d'une récession et celle du protectionnisme.

Un phénomène de récession peut être défini comme une période de ralentissement ponctuel de l'activité économique d'un pays. Ce ralentissement est mesuré par le recul de l'agrégat du PIB sur au moins deux trimestres consécutifs selon l'Insee.
Le protectionnisme est la doctrine suivie par un État qui met des barrières, tarifaires ou non-tarifaires, à l'introduction de produits et/ou de services étrangers sur son territoire.
Le professeur pourra évoquer les raisons qui motivent la mise en place de politiques protectionnistes (volonté de protection des productions nationales, etc.). Il pourra également demander oralement aux élèves de rappeler la définition du libre-échange et celle de la croissance économique.

❷ Indiquez la relation qui existe entre la libéralisation des échanges et l'activité économique.

Il existe une corrélation positive entre la libéralisation des échanges et l'activité économique : les périodes de croissance économique sont propices au libre-échange et le renforcement de ce dernier permet une augmentation des richesses produites. Inversement, les périodes de récession sont favorables à la mise en place de politiques protectionnistes et le repli des pays sur eux-mêmes coïncide avec des périodes de l'histoire où la croissance économique s'est ralentie.

DOCUMENT 2 Les missions de l'OMC

❶ Indiquez de qui l'OMC est héritière.

L'Organisation mondiale du commerce est une organisation internationale qui a été créée en 1995. Cette institution est l'héritière de l'Accord général sur les tarifs douaniers et le commerce (GATT), traité signé entre 23 pays à la fin de la Seconde Guerre mondiale et qui, en raison de l'échec de la création de l'Organisation internationale du commerce, a été pérennisé.

❷ Citez les missions de l'OMC.

Le but de l'OMC est de favoriser le libre-échange, de maintenir la « bonne conduite » des négociations commerciales et d'édicter les règles en matière de biens, de services et de propriété intellectuelle. Pour ce faire, l'OMC se doit :
- de servir de cadre aux négociations commerciales entre les États membres ;
- d'arbitrer les litiges commerciaux par le biais de l'organe de règlement des différends (ORD) ;
- de renforcer le pouvoir commercial des pays en développement ;
- d'examiner les politiques commerciales dans le monde.

❸ Expliquez en quoi les années 2000 ont marqué un tournant concernant les États membres de l'OMC.

Les années 2000 ont été marquées par l'entrée de la Chine parmi les États membres de l'OMC. Cette entrée devait permettre à la Chine d'éviter les obstacles aux échanges et ainsi d'avoir accès à de riches et vastes marchés pour ses produits. Le reste du monde espérait que Pékin respecte tous les principes de base de l'OMC, que les produits chinois soient disponibles plus facilement et que le marché chinois s'ouvre.

Le professeur pourra aussi ajouter qu'après 19 ans de négociations, la Russie est devenue membre de l'OMC en 2012 et interroger les élèves sur les risques de cette entrée pour les industries héritées de l'époque soviétique.

DOCUMENT 3 Les cycles de négociations commerciales du GATT

❶ Rappelez ce qu'est un obstacle non tarifaire et donnez des exemples de ce type de mesure protectionniste.

Les obstacles non tarifaires correspondent à l'ensemble des mesures protectionnistes ne relevant pas des tarifs douaniers. On peut citer les quotas, les subventions, les normes sanitaires, techniques, administratives...

❷ Expliquez à quelles difficultés s'est peu à peu confronté le GATT lors de ses négociations.

Les négociations du GATT se sont peu à peu complexifiées :
- le nombre de pays participants aux négociations est passé de 23 en 1947 à 123 lors de l'Uruguay Round rendant un consensus difficile à atteindre ;
- les membres de l'OMC n'ont pas les mêmes intérêts et il existe de grandes fractures idéologiques entre pays ;
- les sujets abordés se sont élargis et sont devenus plus sensibles et techniques.

DOCUMENT 4 **Le cycle de Doha**

1 Identifiez les raisons expliquant l'échec du cycle de Doha.

Les négociations du cycle de Doha ont échoué car tous les États membres de l'OMC devaient parvenir à un consensus mais qu'ils n'y sont pas parvenus. En effet, les sujets abordés étaient complexes, comme la remédiation à certains des déséquilibres des règles commerciales qui font entrave aux exportations des pays en développement.
Le professeur pourra expliquer que le cycle de Doha est le premier cycle de négociations à prendre en compte les demandes des pays en développement pour un accès plus égal aux marchés agricoles et industriels des pays industrialisés. Mais les pays développés demandent en contrepartie que les pays en développement ouvrent leurs marchés aux services des pays développés, ce qu'ils refusent. On peut donc mentionner la grande disparité économique et sociétale des pays présents comme facteur explicatif de cet échec.

Préparer sa synthèse

1 Après avoir présenté l'OMC, citez ses principales missions.

L'OMC est une organisation mondiale, héritière du GATT, créée en 1995 et qui a pour objectif de s'occuper des règles régissant le commerce entre les pays.
Elle a pour missions :
- d'être le théâtre des négociations pour une plus grande libéralisation des échanges ;
- de régler les différends commerciaux internationaux ;
- de renforcer le pouvoir commercial des pays en développement ;
- de suivre et examiner les politiques commerciales des États membres et assurer la transparence des accords commerciaux régionaux et bilatéraux.

2 Présentez les résultats des différentes négociations commerciales du GATT et de l'OMC.

Les premiers cycles de négociations du GATT ont surtout porté sur des réductions de droits de douane. Puis, à partir du Kennedy Round, le champ des négociations s'est élargi (mesures non tarifaires, agriculture, services, propriété intellectuelle, le système de préférence généralisée pour les pays en développement…) en même temps qu'a augmenté le nombre de participants.

2 Comment l'OMC régule-t-elle les échanges mondiaux ?

DOCUMENT 5 **L'organisation et les règles de fonctionnement de l'OMC**

1 Présentez les moyens dont dispose l'OMC pour remplir son rôle.

Le professeur indiquera aux élèves qu'il faut s'aider de la vidéo pour répondre à la question.
L'OMC est une organisation dont le budget est financé par ses pays membres selon le poids de leurs activités économiques.

2 Indiquez qui siège au Conseil général de l'OMC.

Le Conseil général de l'OMC rassemble des ambassadeurs et des chefs de délégation, voire des fonctionnaires des différents États membres.

❸ Expliquez les deux principes suivants : l'engagement unique et le consensus.

Les négociations à l'OMC respectent deux grands principes :
- l'engagement unique : lors d'un cycle de négociations, les participants doivent se mettre d'accord sur l'ensemble des sujets traités ;
- le consensus : chaque pays comptant pour une voix, un seul participant peut entraver l'accord.

DOCUMENT 6 La promotion du libre-échange par l'OMC

❶ Expliquez en quoi consiste le principe de réciprocité.

L'OMC s'appuie sur trois grands principes permettant la promotion du libre-échange : les principes de transparence, de non-discrimination et de réciprocité.
Le principe de réciprocité précise qu'un pays doit réduire ses barrières tarifaires si ses partenaires réduisent les leurs, l'objectif étant d'éviter les comportements de « passager clandestin » de certains pays.
Le professeur pourra également approfondir le principe de la nation la plus favorisée en faisant visionner cette vidéo aux élèves : www.wto.org/french/res_f/webcas_f/ltt_f/ltt1_f.htm

❷ Présentez les raisons de la mise en place du traitement spécial et différencié accordé aux pays en développement.

Le traitement spécial et différencié (TSD) permet aux pays en développement d'être traités plus favorablement que les pays développés (dérogations, délais plus longs pour mettre en œuvre leurs obligations, accès à de l'assistance technique...). Ce TSD est une exception au principe de réciprocité pour favoriser la croissance économique des pays en voie de développement.

DOCUMENT 7 Le multilatéralisme contre le bilatéralisme

❶ Rappelez les deux fonctions de l'OMC.

L'OMC fait la promotion du libre-échange :
- en s'assurant que les engagements pris par les États membres qui ont accepté les accords régulant le commerce mondial sont respectés ;
- en organisant des négociations visant à libéraliser davantage les échanges.

❷ Expliquez pourquoi il est plus facile de conclure des accords bilatéraux de libre-échange entre États que des accords multilatéraux dans le cadre de l'OMC.

L'échec du cycle de Doha a montré les limites des négociations commerciales multilatérales dans le cadre de l'OMC ; en cause : la règle du consensus lors de l'augmentation du nombre de participants. Dans ce contexte, on comprend que la conclusion d'accords régionaux ou bilatéraux soit plus aisée du fait du nombre limité d'acteurs engagés dans la négociation.

DOCUMENT 8 Un système commercial international fragilisé

❶ Indiquez les raisons qui laissent à penser que l'OMC doit se réformer.

Plusieurs arguments laissent à penser que l'OMC doit se réformer :
- aujourd'hui, les échanges de services à l'international (support technique, secteur de la traduction, achat de logiciel, réservations touristiques...) progressent plus rapidement que ceux de biens alors que les règles régissant le commerce international ne les prennent pas ou peu en compte ;
- le traitement spécial et différencié (TSD) accordé aux pays en développement est contesté car la définition même de « pays en développement » est critiquée. La Chine, par exemple, bénéficierait de ce statut de manière injuste selon certains pays ;
- enfin, les textes régissant l'utilisation des subventions seraient également dépassés.

❷ Expliquez pourquoi la politique commerciale américaine déstabilise le commerce international.

Les États-Unis ont justifié de nouvelles taxes en s'appuyant sur un article autorisant le président à limiter les importations de certains produits pour protéger la sécurité nationale du pays. L'OMC craint que l'acceptation de cet argument ouvre la voie à une politique du chacun pour soi en contradiction avec sa mission première.

Préparer sa synthèse

❶ Explicitez sur quels concepts se base le mode de négociation de l'OMC.

Le mode de négociation de l'OMC s'appuie sur deux grands principes :
- l'engagement unique, qui signifie que les acteurs de la négociation doivent se mettre d'accord sur l'ensemble des sujets traités ;
- le consensus, qui implique que l'ensemble des acteurs de la négociation doivent se mettre d'accord ; chaque État membre ayant une voix, une seule opposition fera échouer les négociations.

Dans un contexte où le nombre de participants aux négociations ne cesse d'augmenter, où les intérêts des États membres n'ont jamais été si divergents et où les thèmes traités ne cessent de se complexifier, ces principes rendent les négociations ardues (en témoigne l'exemple du cycle de Doha).

❷ Citez les grands principes fondateurs de l'OMC et donnez un exemple d'exception à ces principes.

L'OMC repose sur trois grands principes : les principes de transparence, de non-discrimination (comprenant la clause de la nation la plus favorisée et le traitement national) et de réciprocité.
Le traitement spécial et différencié (TSD) est une exception au principe de réciprocité. En effet, ses dispositions permettent aux pays en développement de bénéficier de préférences tarifaires et non-tarifaires de manière unilatérale.

❸ Montrez que l'OMC est actuellement une organisation qui traverse une crise profonde.

L'OMC connaît actuellement une crise du fait de la montée des accords bilatéraux et de critiques profondes de la part d'États membres piliers qui remettent en cause son efficacité. Le statut de pays en développement de la Chine, bénéficiant d'un traitement spécial et différencié (TSD), est notamment dans le viseur des détracteurs de l'OMC.

3 Comment sont réglés les différends commerciaux ?

DOCUMENT 9 Les étapes de la procédure

❶ Indiquez dans quel cas un État membre de l'OMC peut saisir l'ORD.

Un membre de l'OMC peut saisir l'ORD en cas de litige commercial avec un autre membre.

❷ Précisez les missions de l'organe de règlement des différends.

L'organe de règlement des différends est une juridiction spécialisée dont le rôle est de régler les contentieux économiques commerciaux des membres de l'OMC.

❸ Montrez qu'en matière de règlement des différends, l'ORD privilégie la médiation entre les pays.

L'ORD privilégie la médiation car, à tous les stades du processus de règlement des différends, les pays parties prenantes du différend sont encouragés à se consulter pour régler l'affaire « à l'amiable ». De plus, les parties disposent de 60 jours de médiation au début du processus pour se consulter et parvenir à un accord.

❹ Identifiez quelles issues peuvent connaître les conflits portés devant l'ORD.

Le pays « vaincu » doit mettre fin au comportement condamné. Si ce n'est pas le cas, deux cas de figure se présentent :
- le pays « vaincu » peut offrir une compensation au plaignant ;
- le pays « vainqueur » est en droit de prendre des mesures de rétorsion.

Si le pays « vaincu » ne met pas fin au comportement condamné, l'ORD dispose d'un pouvoir de sanction financière en augmentant les droits de douane des importations en provenance du pays fautif.

DOCUMENT 10 La bataille entre Airbus et Boeing

❶ À l'aide de la vidéo, qualifiez la nature du différend commercial entre les États-Unis et la France, le Royaume-Uni, l'Allemagne et l'Espagne.

Le litige sur les aides illégales accordées par l'Europe à l'avionneur Airbus a commencé en 2004. Washington s'est plaint que les subventions versées par la France, l'Allemagne, l'Espagne et le Royaume-Uni pénalisaient Boeing.

❷ Identifiez à quel pays l'OMC a finalement donné raison et quelles sont les conséquences de cette décision.

L'OMC a finalement donné gain de cause aux États-Unis qui vont pouvoir augmenter les droits de douane sur des importations en provenance de la France, l'Allemagne, l'Espagne et le Royaume-Uni. Des produits emblématiques de ces pays sont visés : les vins et les fromages français, l'huile d'olive espagnole...

DOCUMENT 11 L'OMC en crise

❶ Identifiez quelle menace pèse sur l'OMC et expliquez ses potentielles conséquences sur le bon fonctionnement de cette organisation.

L'OMC connaît une crise car l'ORD, l'organe chargé de régler les litiges commerciaux entre deux États, est en péril. En effet, l'administration américaine s'oppose à toute nomination de juges remplaçants alors que les mandats des juges actuels arrivent à échéance. Ce faisant, c'est la procédure même de règlement des différends qui est enrayée, entraînant le risque que le chaos s'installe en matière de commerce international.

DOCUMENT 12 La menace américaine sur le budget de l'OMC

❶ Rappelez le mode de calcul du budget de l'OMC ainsi que le principal pays contributeur.

Le budget de l'OMC est financé par ses États membres selon une formule qui prend en compte leur place dans les échanges commerciaux mondiaux. Les huit plus grandes puissances commerciales représentent à elles seules 50 % des contributions à ce budget. Les États-Unis participent à hauteur de 12 %, ce qui en fait le premier pays contributeur. Donc, lorsque les États-Unis menacent de geler leur contribution financière, c'est tout l'avenir de l'OMC qui est remis en cause.

❷ Relevez les différentes critiques émises par les États-Unis à l'encontre de l'ORD.

Washington dénonce de nombreux dysfonctionnements de l'organe d'appel de l'ORD :
- le non-respect des délais pour rendre le rapport des experts ;
- le fait que l'ORD tranche sur les faits et non sur le fond ;
- la rémunération de ses juges est estimée excessive ;
- le fait qu'un juge dont le mandat est expiré puisse rendre un rapport.

Préparer sa synthèse

❶ Développez le rôle de l'organe de règlement des différends (ORD).

L'ORD est un organe régi par l'OMC dont la mission est de régler les contentieux de nature commerciale entre États membres.

❷ Décrivez les différentes étapes de la procédure de règlement des conflits.

- Durant une période de 60 jours, les parties se consultent pour parvenir à un accord.
- En cas d'échec, un groupe d'expert examine la demande du plaignant et remet un rapport aux parties.
- Adoption du rapport par l'ORD s'il n'est contesté par aucune des parties.
- Si une des parties fait appel, le rapport est examiné par l'Organe d'appel de l'ORD qui rendra un nouveau rapport.
- La partie perdante doit mettre en œuvre le rapport dans un délai raisonnable. Si ce n'est pas le cas :
  - les parties négocient une compensation en attendant la mise en œuvre ;
  - s'il n'y a pas d'accord sur une compensation, l'ORD autorise des mesures de rétorsion.

❸ Montrez que l'ORD est un système menacé.

L'ORD est un système en danger car, actuellement, les États-Unis s'opposent à la nomination de nouveaux juges de l'Organe d'appel, ce qui entrave tout le processus de règlement des différends.

? Activités

1 Se tester

Répondez par vrai ou faux aux affirmations suivantes puis justifiez vos réponses.

1. L'OMC est un accord garantissant le libre-échange.
Faux. C'est une organisation (l'Organisation mondiale du commerce).

2. L'OMC a été instituée en 1947.
Faux. Le GATT a été signé en 1947. L'OMC, elle, a été instituée en 1995.

3. L'OMC encourage la liberté des échanges.
Vrai. Sa mission première est d'encourager le libre-échange entre ses États membres.

4. Le budget de l'OMC est financé par ses membres selon une formule tenant compte de la part de chacun dans le commerce international.
Vrai. Le budget de l'OMC est principalement financé par ses pays membres selon leur poids économique.

5. Le Tokyo Round a eu comme principal objectif l'abaissement des barrières tarifaires.
Faux. Le principal objectif de ce cycle de négociations a été la remédiation des obstacles non tarifaires.

6. La prise de décision lors des accords se base sur le principe du consensus.
Vrai. Un seul pays négociateur peut mettre son veto lors de la prise de décision.

7. La clause de la nation la plus favorisée a pour objectif de favoriser les mesures protectionnistes.
Faux. Elle repose sur l'égalité de traitement entre les pays membres de l'OMC, c'est donc un principe de non-discrimination qui encourage le libre-échange.

8. L'organe de règlement des différends (ORD) peut décider d'augmenter les droits de douane d'un pays en cas de conflit commercial.
Vrai. L'ORD peut décider de mettre en place une augmentation des droits de douane sur les importations en provenance d'un pays fautif qui ne s'est pas mis en conformité.

9. Le conflit entre Airbus et Boeing porte sur l'attribution de subventions.
Vrai. Les États-Unis accusent la France, le Royaume-Uni, l'Allemagne et l'Espagne d'accorder des subventions illégales à l'avionneur Airbus, créant une concurrence déloyale envers Boeing.

10. Les rapports rendus par les experts de l'ORD sont irrévocables.
Faux. Il existe un organe d'appel qui peut rendre un nouveau rapport. Cet organe est aujourd'hui menacé car les États-Unis bloquent la nomination de ses juges.

2 Construire sa carte mentale

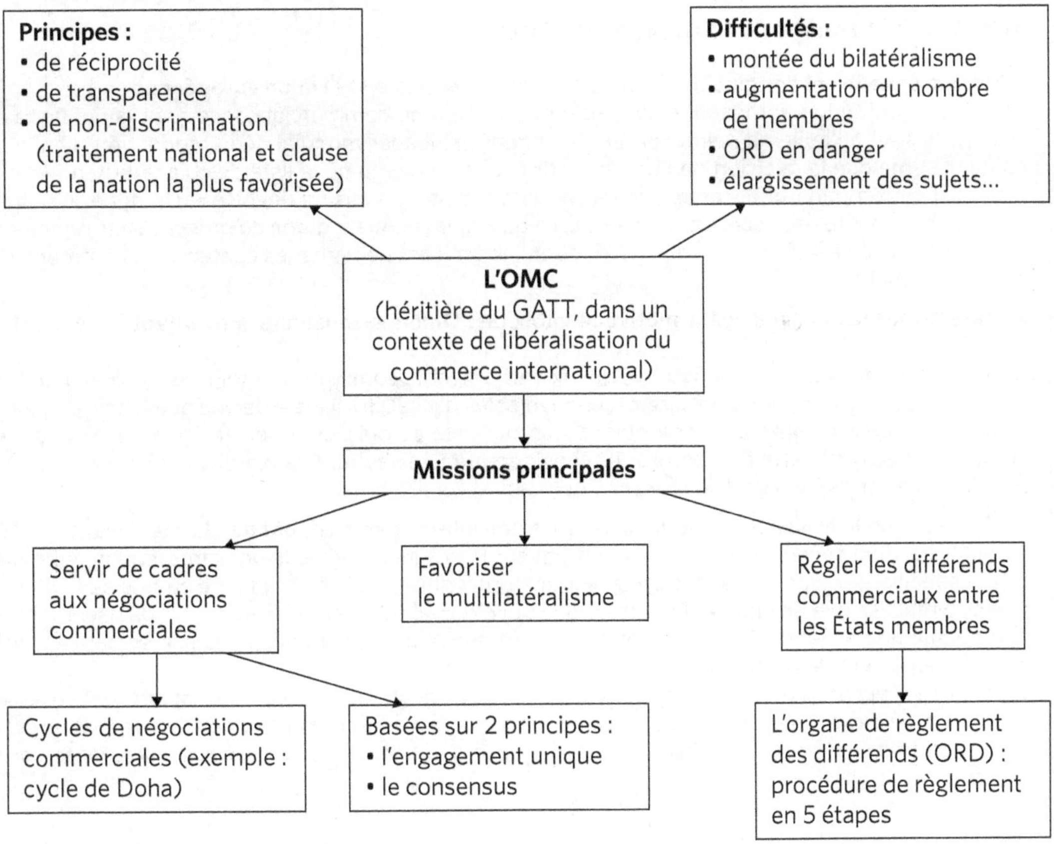

3 S'entraîner au Grand Oral

Il n'y a pas de corrigé type pour cet entraînement. L'enseignant acceptera tous les arguments cohérents et construits, par exemple :

Arguments des laboratoires pharmaceutiques	Arguments des pays en développement
• Il faut encourager les investissements en R&D nécessaires au développement de médicaments. • Il faut protéger les firmes en leur procurant un monopole temporaire afin d'encourager l'innovation. • Les maladies deviennent de plus en plus complexes et les coûts de R&D augmentent donc il est nécessaire de protéger les médicaments par des brevets afin de rentabiliser ces coûts…	• Les médicaments ne peuvent être protégés par des brevets comme des produits ordinaires car ils concernent le bien-être des populations. • Les médicaments doivent être accessibles, cela signifie que les produits pharmaceutiques doivent être disponibles à un prix abordable, ce qui est contradictoire avec un marché monopolistique. • L'Organisation mondiale de la santé considère que l'accès aux médicaments fait aujourd'hui partie du droit à la santé…

4 Travailler la méthode : analyser un texte

1. Indiquez quelle est l'origine du désaccord entre l'Indonésie et l'Union européenne.
L'Indonésie et l'Union européenne connaissent un différend commercial concernant la politique de l'UE ayant trait à l'huile de palme. En effet, l'Indonésie, leader mondial de la production d'huile de palme, estime que la décision de l'UE de sortir l'huile de palme de la liste des biocarburants d'ici à 2030 est « discriminatoire » et qu'elle relève d'un « protectionnisme déguisé ». L'Indonésie a donc envoyé une requête pour consultation à l'UE, ce qui est la première étape du processus de règlement des différends de l'ORD, organe de l'OMC dont l'objectif est de régler les contentieux commerciaux entre États membres.

2. Déterminez les raisons ayant motivé le choix de l'Union européenne concernant les biocarburants.
Dans le cadre de la directive « Red II », qui fixe les objectifs communs à atteindre au niveau de l'UE en termes de consommation d'énergies renouvelables d'ici 2030, il a été décidé que l'huile de palme serait considérée comme un biocarburant non durable, ce qui devrait en restreindre l'usage. Les Européens justifient cette décision car ils considèrent que la culture de palmiers pour la production d'huile de palme est une grande menace pour la biodiversité.

3. Montrez que la Malaisie souhaite privilégier une alternative au dépôt de plainte devant l'OMC.
La Malaisie, dont l'économie repose également sur la production d'huile de palme, souhaite privilégier la conciliation avec l'UE avant d'engager une procédure de dépôt de plainte auprès de l'ORD. La ministre malaisienne en charge du secteur de l'huile de palme va en effet tenter un déplacement en Europe afin de parvenir à un règlement amiable et débloquer la situation sans passer par la procédure de règlement des différends.
Le professeur pourra préciser les avancées de ce dossier : des enquêtes ont récemment révélé que des entreprises auraient commercialisé de l'huile de palme « neuve » sous couvert de recourir à de l'« huile de cuisson usagée » pour leurs biocarburants. Or, l'incorporation de ces dernières est encouragée par la directive « Red II ».

Objectif Bac

À partir de vos connaissances et de la documentation fournie dans les annexes 1 à 4 :

❶ Analysez l'évolution de la part des exportations françaises de vin à destination des États-Unis.

Selon le Global Trade Atlas (annexe 1), les exportations françaises de vin aux États-Unis n'ont cessé de croître entre 2013 et 2018. Elles sont passées de 8 % des parts de marché en 2013 à 12 % en 2018, ce qui fait des États-Unis la deuxième destination de vins français ex-aequo avec le Royaume-Uni, derrière l'Allemagne. Notons qu'en 2018, les États-Unis représentaient le principal marché importateur de vins français en valeur, avec une part de marché de 18 %.
On peut donc conclure que le marché américain est un débouché crucial pour le vin français ; le perdre remettrait en cause la pérennité de la filière.

❷ Rappelez le rôle de l'ORD ainsi que les étapes de la procédure de règlement des différends.

L'ORD est une institution politique de l'OMC ayant pour rôle de régler les litiges commerciaux entre États membres. Lorsqu'un pays s'estime lésé commercialement, il peut déposer une plainte auprès de cet organe, ce qui enclenche la procédure de règlement des différends. Cette procédure peut connaître plusieurs étapes :

- une première période de 60 jours durant laquelle les deux parties tentent de trouver un accord à l'amiable ;
- si aucun accord n'est trouvé, un groupe d'experts est formé pour examiner la plainte avant de rendre un rapport ;
- si ce rapport n'est pas contesté, il vaut décision de l'ORD ;
- si le rapport est contesté, il est examiné par l'Organe d'appel de l'ORD qui rendra un nouveau rapport dont les dispositions devront être mises en œuvre par le pays « vaincu ».

❸ Expliquez quelles issues peut connaître le conflit entre les États-Unis et l'Union européenne.

L'ORD a reconnu l'UE coupable d'avoir attribué des subventions illicites lors du conflit entre Boeing et Airbus. Suite à cette décision, des sanctions douanières américaines vont être mises en place à l'encontre de la France, du Royaume-Uni, de l'Allemagne et de l'Espagne. Les États-Unis ont donc annoncé de nouvelles taxes sur près de 7,5 milliards de dollars de biens et de services en provenance de ces pays, dont des produits emblématiques comme les vins français, les olives italiennes, le whisky écossais... Le risque est que l'application de cette sanction entraîne une guerre commerciale entre les États-Unis et l'UE avec une escalade des sanctions tarifaires qui nuirait aux deux économies.

❹ Rédigez une argumentation qui vous permette de répondre à la question suivante : Quels sont les impacts économiques d'une sanction de l'ORD prise à l'encontre d'un pays ?

En 2018, les États-Unis ont été le deuxième plus gros importateur de vins français, la part de marché de ces derniers en volume s'est élevée à 12 %. Début octobre 2019, l'ORD a donné son autorisation à Washington d'augmenter les taxes sur de nombreux produits européens importés (dont les vins français) en représailles aux subventions illicites accordées à Airbus.
Au regard de l'importance du marché américain pour les exportations françaises, on peut s'interroger sur les conséquences d'une telle décision de l'ORD.
Nous étudierons dans un premier temps quels impacts négatifs ces taxations supplémentaires auront pour l'économie hexagonale puis, dans un second temps, nous verrons que cette décision n'est pas exempte de conséquences pour les États-Unis.

Les sanctions de l'ORD ont des conséquences négatives sur l'économie du pays « perdant »...
Dans une balance commerciale déficitaire, le secteur viticole tire les exportations françaises vers le haut. Le marché américain est un débouché clé pour les exportations françaises de vin avec 18 % des parts de marché en valeur en 2018. Dans ce contexte, la décision de l'ORD de permettre aux États-Unis de sanctionner certains pays européens, et notamment la France, en taxant davantage les importations de vins pourrait augmenter le prix de ces derniers, amoindrir la demande américaine et donc dégrader la balance commerciale française.
Plusieurs secteurs sont menacés : le vin, le fromage, les cosmétiques... avec le risque d'une perte de revenus, notamment dans le secteur agricole qui peine déjà à rémunérer ses travailleurs. Cette décision pourrait donc avoir des conséquences sur le pouvoir d'achat des agriculteurs, voire entraîner une destruction d'emplois dans un secteur déjà à la peine.
Enfin, les Européens ont renchéri en portant également plainte auprès de l'OMC pour des subventions octroyées à Boeing. Dans ce contexte de tensions avec Washington, une guerre commerciale est à craindre. Les politiques tentent d'éviter la surenchère de taxes qui pourraient nuire à la compétitivité des pays Européens dans le secteur de l'aéronautique à l'heure où la Chine renforce son industrie dans le domaine.

... mais également sur l'économie du pays « vainqueur »
Néanmoins, ces sanctions tarifaires à l'encontre de l'Europe ne seraient pas forcément profitables à l'économie américaine. En effet, du fait de la décomposition des systèmes de production et du recours à des sous-traitants internationaux, les destins des compagnies aériennes américaines sont étroitement liés à celui d'Airbus. Les sanctions supportées par le constructeur aérien européen ont eu comme conséquences la chute du cours des actions de compagnies comme American Airlines, Delta Airlines... De plus, la taxation affecte les prix des vins français qui connaissent parfois une hausse de 100 %. Face à ces prix devenus prohibitifs, les consommateurs se tournent vers des produits de substitution moins chers tels que les vins australiens. Cette décision de l'ORD aura finalement des conséquences sur le marché de l'emploi américain. Selon l'organisation professionnelle des entreprises américaines des spiritueux, près de 80 000 emplois pourraient être détruits si les taxes américaines sont maintenues ou augmentées.

Synthèse

1. Comment accompagner le développement des échanges internationaux ?

Après la Seconde Guerre mondiale, les États-Unis défendent l'idée d'un commerce international fondé sur le libre-échange. Cela se traduit par le projet de création d'une Organisation internationale du commerce (OIC) sous l'égide de l'ONU qui n'aboutira jamais et par une conférence internationale pour une réduction multilatérale des obstacles aux échanges internationaux avec le GATT (Accord général sur les tarifs douaniers et le commerce). Le GATT, traité signé par 23 nations à l'origine, compte 123 pays en 1994.

Sous la direction du GATT, des cycles de négociations comme le Kennedy Round, le Tokyo Round ou l'Uruguay round, aboutissent à une réduction des droits de douane, des mesures antidumping ou encore à une réduction des barrières non tarifaires.

En 1995, l'Organisation mondiale du commerce (OMC) est créée. Elle a pour objectif de faciliter les échanges internationaux en réduisant ou en éliminant les obstacles au commerce.

2. Comment l'OMC régule-t-elle les échanges mondiaux ?

L'OMC, dont le siège se situe à Genève, est pilotée par ses membres (164 en 2019, dont la Chine depuis 2001). L'organisation a pour but de s'occuper des règles régissant le commerce entre les pays en prenant des décisions basées sur deux grands principes :
- l'engagement unique, ce qui signifie que les membres doivent se mettre d'accord sur l'ensemble des points d'une négociation ;
- le consensus, qui signifie que tous les membres de la négociation doivent être d'accord.

L'OMC s'occupe des règles :
- du commerce des marchandises ;
- du commerce des services ;
- des échanges de droits de propriété industrielle.

Les principes de l'OMC favorisant le libre échange :
- la réciprocité : les concessions accordées entre pays doivent être équivalentes ;
- la transparence : les mesures commerciales mises en place doivent être prévisibles ;
- la non-discrimination :
  - la clause de la nation la plus favorisée : les pays membres ne peuvent pas établir de discrimination entre leurs partenaires commerciaux,
  - le traitement national : les produits importés ne doivent pas subir un traitement moins favorable que celui réservé aux produits nationaux.

Aujourd'hui, l'OMC est en crise :
- elle rencontre des difficultés pour conclure des accords multilatéraux en raison, notamment, de la multiplication des accords commerciaux régionaux (ACR) bilatéraux ;
- l'organisation est confrontée à des problèmes de coordination (dus au nombre de ses membres) ;
- les règles de l'OMC concernent très peu les échanges de services qui se développent ;
- le statut de pays en développement pour les grands pays émergents comme la Chine est contesté car il leur permet de bénéficier d'un traitement spécial et différencié ;
- la question des subventions, qui faussent les conditions de la concurrence, se pose ;
- les États-Unis refusent de valider la nomination des juges qui œuvrent au sein de l'organe de règlement des différends.

3. Comment sont réglés les différends commerciaux ?

L'OMC veille au respect des engagements pris par ses membres. L'organe de règlement des différends (ORD) est chargé de régler les différends commerciaux, comme le conflit entre Boeing et Airbus qui oppose les États-Unis et quatre pays de l'Union européenne.

Lorsqu'un membre de l'OMC considère qu'un autre membre ne respecte pas un accord, il peut saisir l'ORD. La procédure comporte plusieurs étapes :
- étape 1 : une négociation entre les pays concernés est engagée ;
- étape 2 : en cas d'échec, un groupe d'experts est constitué et présente un rapport ;
- le pays concerné a alors la possibilité de faire appel de la décision, un nouveau rapport est alors rendu par l'organe d'appel ;
- étape 3 : l'ORD adopte le rapport ;
- étape 4 : les décisions du rapport sont appliquées ;
- étape 5 : des sanctions sont prises en cas de non-application.

CHAPITRE

12 Les sources d'une croissance économique soutenable

THÈME 9

Comment concilier la croissance économique et le développement durable ?

⑫ **Les sources d'une croissance économique soutenable**

⑬ La réduction de la pauvreté et le rôle de l'éducation et de la formation

NOTIONS ABORDÉES

- La croissance
- Les ressources renouvelables et les ressources non renouvelables
- Le développement durable
- Le progrès technique
- L'innovation
- Les droits de propriété
- L'économie circulaire
- L'économie collaborative
- L'économie sociale et solidaire (ESS)

CONTEXTE ET FINALITÉS

- Le processus de croissance économique et les sources de la croissance correspondent à l'accumulation des facteurs et à l'accroissement de la productivité globale des facteurs.
- Le progrès technique et l'accroissement de la productivité globale des facteurs sont étroitement liés dans la croissance économique.
- Ce progrès technique provient en particulier de l'innovation qui est créée de façon endogène dans l'économie.
- Les institutions (notamment les droits de propriété) et le système financier influent également sur la croissance en affectant l'incitation à investir et à innover.
- La croissance économique se heurte à des limites écologiques (notamment l'épuisement des ressources et la pollution).
- Le développement durable prend en compte non seulement les défis écologiques mais également les défis économiques et sociaux.
- L'économie circulaire peut répondre à certains enjeux de la transition écologique en valorisant et en recyclant les produits usagés et les déchets. Il en est de même de l'économie collaborative qui permet une mutualisation des ressources.
- Ces dernières années, un nouveau secteur s'est développé autour de l'économie sociale et solidaire (ESS). En France, les organisations relevant de l'ESS sont les associations, les coopératives, les mutuelles, les fondations ainsi que les entreprises sociales.

❶ Décrivez le dessin.

Le dessin montre un fils et son père dont les décisions ont réussi à détruire l'environnement et qui ne peut pas nourrir son enfant, même s'il s'est enrichi, car tout est détruit autour d'eux.

❷ Faites le lien entre ce dessin et le développement durable.

Ce dessin nous montre la nécessité de réfléchir à un développement qui, tout en cherchant à favoriser la croissance économique, préserve notre environnement selon les principes du développement durable.

❸ Présentez les principaux secteurs de l'économie sociale et solidaire (ESS).

Il s'agit des secteurs relevant de l'action sociale, des sports et des loisirs, des activités bancaires et financières, des arts et de la culture, de l'enseignement et de la santé.

VIDÉO **Croissance économique et développement durable**
lienmini.fr/e30705avt12

1 Comment mesure-t-on la bonne santé d'un pays ?

Pour mesurer la croissance et la bonne santé économique d'un pays, on utilise un indicateur comme le produit intérieur brut (PIB).

2 La croissance économique et la préservation de l'environnement sont-elles compatibles ?

La croissance économique et la préservation de l'environnement pourraient être compatibles à condition d'utiliser des indicateurs de mesure de l'activité économique qui se basent sur le développement durable, par exemple : l'indice de développement humain (IDH), le PIB vert, etc.

1 Quelles sont les sources de la croissance et ses limites ?

DOCUMENT 1 Qu'est-ce que la croissance ?

1 Donnez une définition de la croissance économique.

La croissance économique se traduit par l'augmentation durable de l'activité économique d'un pays, constatée à travers l'évolution des prix, de la production et des revenus.

2 Précisez l'indicateur utilisé pour mesurer la croissance.

L'indicateur utilisé pour mesurer la croissance économique est le produit intérieur brut (PIB) qui est la somme des richesses créées dans un pays.

3 Analysez les avantages de la croissance pour un pays.

La croissance est indispensable pour faire face à bon nombre de problèmes économiques et sociaux, celui du chômage en premier. Elle permet l'élévation du niveau de vie général.

DOCUMENT 2 L'accumulation des facteurs de production

1 Rappelez la définition de la combinaison productive.

La combinaison productive est la proportion de capital et de travail utilisée pour produire un bien ou un service.

2 Identifiez les facteurs de la croissance économique.

Les facteurs de la croissance économique sont : le travail (au travers du taux d'emploi, des heures travaillées et de la population), le capital (via l'intensité capitalistique) et la productivité globale des facteurs.

3 Indiquez le facteur le plus déterminant de la croissance.

Le facteur le plus déterminant de la croissance est la productivité globale des facteurs (PGF).

❹ Déduisez-en le type de croissance favorisé en France sur la période.

Le type de croissance privilégié en France est la croissance intensive car le facteur déterminant est la productivité globale des facteurs.

DOCUMENT 3 L'accroissement de la productivité

❶ Définissez la productivité globale des facteurs.

La productivité globale des facteurs est la capacité d'un pays à créer de la richesse non pas seulement en accumulant des facteurs de production (capital, travail), mais en les combinant de la manière la plus efficace possible.

❷ Identifiez les déterminants de la productivité globale des facteurs.

Les déterminants de la PGF sont : le progrès technique (l'effort d'innovation, l'amélioration de la qualité des produits et des processus de production), l'amélioration du capital humain (l'effort d'éducation) mais aussi la structure sectorielle de l'économie, l'organisation de la production dans les usines et dans les bureaux.

DOCUMENT 4 Progrès technique et innovation : des leviers de la PGF

❶ Rappelez les définitions de progrès technique et d'innovation.

Le progrès technique est défini comme l'ensemble des innovations entraînant des changements significatifs dans le processus de production. Quant à l'innovation, c'est la mise en œuvre dans la sphère productive d'une invention, elle-même envisagée comme une découverte scientifique ou technique. En conséquence, l'innovation procède de l'invention, mais l'invention ne se transforme pas systématiquement en innovation ou pas toujours immédiatement.

❷ Citez les différents types d'innovations.

Nous pouvons citer les innovations de processus (dites aussi de process), impactant les méthodes de production (comme la robotisation) ou de distribution (comme l'e-commerce), les innovations organisationnelles affectant l'organisation du travail (comme le toyotisme), ou les innovations de produit consistant en l'apparition de nouveaux produits (comme les téléphones portables) ou l'amélioration de la qualité des produits existants (la dernière version de l'iPhone).

❸ D'après la vidéo, identifiez les innovations mises en place par Renault au niveau de sa chaîne de production.

Renault a mis en place des innovations en matière de robotisation (par exemple, des chariots qui suivent les opérateurs pour le transport du matériel), des innovations digitales en termes de transmission de l'information (des tablettes qui donnent des informations en fonction du véhicule qui se présente), le robot collaboratif qui aide les salariés à contrôler la qualité du travail, l'impression 3D, le scan 3D, etc.

❹ Analysez comment le progrès technique et l'innovation peuvent agir sur l'éducation, la formation et, par conséquent, sur la productivité globale des facteurs.

Le progrès technique est l'ensemble des innovations entraînant des changements significatifs dans le processus de production, alors qu'une innovation est la mise en œuvre dans la sphère productive d'une invention, elle-même envisagée comme une découverte scientifique ou technique. L'invention peut donc ainsi entraîner l'innovation, source de progrès technique par le processus d'apprentissage consécutif à la transmission du savoir. En effet, pour qu'une invention devienne une innovation, cela nécessite un transfert de savoir entre l'inventeur et le processus productif mettant en œuvre l'innovation. Ce transfert de savoir va enrichir les modules de formation qui, à leur tour, vont améliorer les processus productifs qui, à leur tour, vont augmenter l'efficacité de la productivité globale des facteurs.

DOCUMENT 5 Les droits de propriété

❶ Donnez une définition de la propriété intellectuelle en mettant en avant son intérêt.

L'expression « propriété intellectuelle » désigne les œuvres de l'esprit : les inventions ; les œuvres littéraires et artistiques ; les dessins et les modèles ; les emblèmes, les noms et les images utilisés dans le commerce. La propriété intellectuelle est protégée par la loi, par exemple au moyen de brevets, de droits d'auteur et d'enregistrements de marques, qui permettent aux créateurs de tirer une reconnaissance ou un avantage financier de leurs inventions ou créations. En conciliant de manière appropriée les intérêts des innovateurs et ceux du grand public, le système de la propriété intellectuelle vise à favoriser un environnement propice à l'épanouissement de la créativité et de l'innovation.

❷ Repérez les domaines de présence de la propriété intellectuelle.

La propriété intellectuelle prend plusieurs formes :
- le droit d'auteur protège les œuvres des artistes, des musiciens et des écrivains ;
- les brevets protègent les inventions ;
- les dessins et les modèles enregistrés protègent l'apparence, la forme et l'aspect visuel des produits ;
- les marques protègent les logos, les noms et les marques.

❸ Indiquez à quoi sert un brevet et quels sont ses avantages.

Le brevet est un titre de propriété industrielle qui donne à la personne physique ou morale (le déposant) le droit de jouir de l'invention et d'interdire ou d'autoriser son exploitation par d'autres personnes. Le brevet protège l'invention de la reproduction et de l'exploitation de celle-ci sans l'assentiment de son auteur (ou de ses ayant-droits).
Le brevet permet de soutenir les entreprises innovantes en protégeant leurs avancées, même si la validité d'un brevet est limitée dans le temps.

DOCUMENT 6 Le PIB, indicateur de richesse obsolète.

❶ Rappelez le mode de calcul du PIB.

Le produit intérieur brut se calcule généralement en additionnant les valeurs ajoutées des différents agents économiques.

❷ Expliquez l'expression soulignée.

Cette expression montre le paradoxe du PIB. En effet, les accidents de la route, qui ont normalement des conséquences néfastes sur le bien-être d'une population, enrichissent pourtant le PIB qui est l'indicateur de la croissance économique.

❸ Identifiez les limites du PIB.

Le PIB n'intègre pas les dégâts causés à l'environnement, les richesses naturelles ou leur épuisement. Cet indicateur ignore aussi l'aspect qualitatif de certaines activités comme l'entraide qui génère pourtant du bien-être.

DOCUMENT 7 La consommation massive et l'épuisement des ressources

❶ Indiquez à quel type de ressources appartiennent les métaux rares.

Les métaux rares appartiennent aux ressources non renouvelables.

❷ Estimez la consommation d'énergie et l'émission de gaz à effet de serre des téléphones portables de la classe.

Pour une classe de 37 élèves :
- la consommation d'énergie représente l'équivalent de : $57 \times 37 = 2\,109$ km en avion ;
- l'émission de gaz à effet de serre représente l'équivalent de : $85 \times 37 = 3\,145$ km en voiture.

DOCUMENT 8 La nécessité de préserver les biens publics mondiaux

❶ Expliquez l'origine de la notion de bien public mondial.

La notion de bien public mondial vient des échecs de la régulation mondiale qui vont de l'instabilité financière à la dégradation de l'environnement.

❷ Discutez de la nécessité de l'intervention publique internationale pour la gestion des biens publics mondiaux.

Par définition, un bien public mondial ne peut pas être produit par un seul pays. Les États doivent donc se regrouper pour assurer la production des biens publics mondiaux. Pour cela, le recours à des institutions supranationales est nécessaire. L'enjeu des biens publics mondiaux dépasse en effet le cadre des frontières nationales et pose la double question de la faible incitation des États à les prendre en compte individuellement, mais également de leur insuffisante production. Ces biens supposent, dès lors, une action collective internationale.

Ainsi, pour conserver une stabilité climatique au niveau mondial, les États se sont concertés et ont défini des objectifs à atteindre dans le cadre du protocole de Kyoto, en laissant à chaque État le droit d'y adhérer ou non, ainsi que la liberté des moyens pour atteindre les objectifs. L'accord de Paris est construit sur la somme des réductions volontaires que les États se disent prêts à réaliser. Ratifié en 2017 (par au moins 55 pays représentant au moins 55 % des émissions mondiales de gaz à effet de serre), il doit entrer en vigueur en 2020.

Préparer sa synthèse

❶ Rappelez les facteurs de la croissance économique.

Les facteurs de la croissance économique sont le travail, le capital et la productivité globale des facteurs.

❷ Identifiez les limites de la croissance.

La croissance économique, qui est mesurée par le PIB, ne prend pas en compte la production domestique ni les activités bénévoles, or celles-ci représentent une création de richesse équivalente à un quart ou la moitié du PIB français. Les nuisances, les dommages à l'environnement et leurs réparations sont comptabilisés donc, plus il y en a, plus le PIB augmente.

La croissance, parce qu'elle est génératrice de pollution et de déchets, et parce qu'elle participe à l'épuisement de ressources non renouvelables (dégradation des sols, épuisement de ressources minérales...), peut appauvrir tout ou partie de l'humanité en même temps qu'elle enrichit certains.

2 Comment mettre en place une croissance soutenable ?

DOCUMENT 9 Qu'est-ce que le développement durable ?

❶ Définissez le développement durable et son principal objectif.

Le développement durable est l'idée que les sociétés humaines doivent vivre et répondre à leurs besoins sans compromettre la capacité des générations futures à répondre à leurs propres besoins. L'objectif principal du développement durable est de prendre en compte à la fois les impératifs présents mais aussi ceux du futur, comme la préservation de l'environnement et des ressources naturelles ou l'équité sociale et économique.

❷ Identifiez les deux domaines que le développement durable prend en compte contrairement au PIB.

Il s'agit du domaine social et du domaine écologique ou environnemental.

DOCUMENT 10 Les indicateurs du développement durable

❶ Énumérez les indicateurs du développement durable.

Les indicateurs du développement durable sont :
- l'indice de développement humain (IDH), qui permet d'évaluer le taux de développement humain d'un pays en prenant en compte l'espérance de vie à la naissance, l'accès à l'éducation et le niveau de vie ;
- le PIB vert, qui s'intéresse au flux de production d'un pays mais aussi à l'impact de cette production sur l'environnement ;
- l'empreinte écologique, qui mesure la quantité de surface terrestre nécessaire pour produire les biens et les services que nous consommons et absorber les déchets que nous produisons.

❷ Expliquez ce que sous-entend la mesure de l'empreinte écologique.

L'empreinte écologique montre la pression qu'exerce l'homme sur l'environnement. C'est une manière de montrer que l'humanité dépasse chaque année la capacité de la nature à se régénérer.

❸ Rendez-vous sur le site www.wwf.ch/fr (rubrique « Calculateur d'empreinte écologique ») et calculez votre empreinte écologique.

Réponses variables en fonction des élèves.

DOCUMENT 11 Transition écologique : de quoi parle-t-on ?

❶ Identifiez les enjeux de la transition écologique.

Les enjeux de la transition écologique sont les suivants :
- la lutte contre le changement climatique ;
- la réduction des pollutions ;
- la préservation de la biodiversité ;
- une gestion durable des ressources ;
- la réduction de la production des déchets et des déplacements motorisés ;
- la mise en œuvre de modes de production et de consommation responsables.

❷ Expliquez la notion d'anthropocène.

C'est une nouvelle ère géologique marquée par l'impact irréversible des activités humaines sur l'ensemble de l'écosystème terrestre. Cette notion désigne l'ère géologique actuelle, qui se caractérise par des signes visibles de l'influence de l'être humain sur son environnement, notamment sur le climat et la biosphère.

❸ Analysez le lien existant entre transition écologique et développement durable.

La transition écologique qui se traduit par des actions dans différents domaines (voir les réponses de la 1re question) est la voie vers le développement durable.

DOCUMENT 12 Le principe de l'économie circulaire

❶ Indiquez les 7 piliers de l'économie circulaire.

Les 7 piliers de l'économie circulaire sont : l'écologie industrielle, l'économie de la fonctionnalité, le réemploi, la réparation, la réutilisation, le recyclage et l'éco-conception.

❷ Analysez le lien entre économie circulaire et croissance économique.

L'économie circulaire est une économie basée sur la transformation du déchet en ressource : on recycle et on limite le gaspillage en donnant une seconde vie aux objets, aux déchets ou plus largement aux produits. Elle repose sur les principes du développement durable, parce qu'elle a le moins possible recours aux processus polluants ou gourmands en énergie, et récupère les matières premières pour les transformer. L'économie circulaire est donc un outil du développement durable.

DOCUMENT 13 Le recyclage du papier, un pilier de l'économie circulaire

❶ Décrivez le cycle de vie du papier collecté par Paprec Group.

Une fois qu'il est collecté, le papier est trié puis recyclé avant d'être transformé en papier qui est à nouveau redistribué.

❷ Rappelez les bonnes pratiques à adopter en tant que consommateur.

Tout consommateur doit penser au tri de ses déchet et à leur réutilisation. Les déchets ainsi triés peuvent être recyclés comme nous le montre l'exemple de Paprec.

DOCUMENT 14 Qu'est-ce que l'économie collaborative ?

❶ Définissez l'économie collaborative.

L'économie collaborative est une économie de pair à pair. Elle repose sur le partage ou l'échange par l'intermédiaire d'une plateforme numérique de mise en relation.

❷ Expliquez ce qu'apporte l'économie collaborative à la préservation de l'environnement.

L'économie collaborative évite la surproduction et la surconsommation. Il s'agit en effet d'une pratique qui augmente l'usage d'un bien ou d'un service par le partage, l'échange, le troc, la vente ou la location de celui-ci, avec et entre particuliers, ce qui préserve l'environnement.

DOCUMENT 15 Shopopop, le BlaBlaCar de la livraison

❶ Présentez l'activité de Shopopop et présentez ses avantages pour les participants.

Shopopop est une sorte de BlaBlaCar de la livraison. Cette entreprise propose à chaque individu de profiter d'un déplacement pour embarquer avec lui un colis à livrer sur sa route. Celui-ci fait une offre (6 euros minimum) et la personne livrée choisit l'offre qui lui convient (le moins cher ou le plus rapide) sur la plateforme.
Pour les participants, les avantages sont les suivants : un gain de temps, des économies d'énergie car ce système nécessite moins de déplacement et le partage des coûts de livraison.

❷ Citez quelques exemples d'entreprises évoluant dans l'économie collaborative.

On peut citer : BlaBlacar, Airbnb, le réseau des AMAP (associations pour le maintien d'une agriculture paysanne), etc.

DOCUMENT 16 L'ESS et la croissance

❶ Expliquez ce qu'est l'économie sociale et solidaire.

L'économie sociale et solidaire (ESS) désigne un ensemble d'entreprises organisées sous différentes formes statutaires : les coopératives, les mutuelles, les associations, les fondations et les sociétés commerciales de l'ESS.

❷ Précisez les objectifs poursuivis par les organisations évoluant dans l'ESS.

Ces entreprises cherchent à concilier activité économique et utilité sociale, avec pour ambition de créer des emplois et de développer une plus grande cohésion sociale. Ces entreprises poursuivent des objectifs sociétaux, tout en favorisant le développement local à travers la création de richesse (activité, emploi, lien social).

❸ Identifiez les apports de l'ESS dans l'économie française.

L'économie sociale et solidaire représente 10 % du PIB français, réalisé par 200 000 entreprises, 12,7 % de l'emploi privé, une progression de 24 % dans l'emploi privé depuis 2000.

DOCUMENT 17 L'association Moino 91, un exemple d'initiative de l'ESS

❶ Présentez l'activité de l'association Moino 91.

L'association Moino 91 a été créée pour récupérer les invendus de pain afin de les transformer et de les vendre aux éleveurs de la région.

❷ Expliquez comment cette association participe à l'insertion sociale.

L'association participe à l'insertion sociale en embauchant des personnes en difficulté (bénéficiaires du RSA, chômeurs de longue durée, jeunes sans qualification, travailleurs en situation de handicap, femmes isolées…), ce qui leur permet de retrouver une activité professionnelle valorisante.

Préparer sa synthèse

❶ Rappelez la définition du développement durable et ses indicateurs.

Le développement durable est l'idée que les sociétés humaines doivent vivre et répondre à leurs besoins sans compromettre la capacité des générations futures à répondre à leurs propres besoins. L'objectif du développement durable est prendre en compte à la fois les impératifs présents mais aussi ceux du futur, comme la préservation de l'environnement et des ressources naturelles ou l'équité sociale et économique. Le développement durable est mesuré par différents indicateurs :

- l'indice de développement humain (IDH), qui permet d'évaluer le taux de développement humain d'un pays en prenant en compte l'espérance de vie à la naissance, l'accès à l'éducation et le niveau de vie ;
- le PIB vert, qui s'intéresse au flux de production d'un pays mais aussi à l'impact de cette production sur l'environnement ;
- l'empreinte écologique, qui mesure la quantité de surface terrestre nécessaire pour produire les biens et les services que nous consommons et absorber les déchets que nous produisons.

❷ Présentez les notions suivantes : économie collaborative, économie circulaire, économie sociale et solidaire.

- L'économie collaborative est une forme d'échange basée sur le partage et la collaboration. Elle peut se baser sur du troc ou un échange monétaire. L'essor d'Internet a permis à l'économie collaborative de connaître une vraie montée en puissance, notamment grâce à l'émergence de plateformes.
- L'émergence de l'économie circulaire fait suite à la prise de conscience des ressources limitées de la planète et du besoin de les économiser. L'économie circulaire désigne un modèle économique dont l'objectif est de produire des biens et des services de manière durable, en limitant la consommation et les gaspillages de ressources (matières premières, eau, énergie) ainsi que la production des déchets. Il s'agit de rompre avec le modèle de l'économie linéaire (extraire, fabriquer, consommer, jeter) pour un modèle économique « circulaire ». C'est en ce sens que le gouvernement s'est engagé avec les 50 mesures de la feuille de route pour l'économie circulaire (FREC).
- Le concept d'économie sociale et solidaire (ESS) désigne un ensemble d'entreprises organisées sous forme de coopératives, de mutuelles, d'associations ou de fondations, dont le fonctionnement interne et les activités sont fondés sur un principe de solidarité et d'utilité sociale. Ces entreprises adoptent des modes de gestion démocratiques et participatifs. Elles encadrent strictement l'utilisation des bénéfices qu'elles réalisent : le profit individuel est proscrit et les résultats sont réinvestis. Leurs ressources financières sont généralement en partie publiques.

Activités

1 Se tester

Choisissez la ou les bonnes réponses. *(Les bonnes réponses sont en gras.)*

1. La productivité globale des facteurs :
- mesure le nombre de flux d'informations dans l'entreprise ;
- mesure la quantité des facteurs de production ;
- **mesure l'efficacité des facteurs de production ;**
- mesure la richesse créée.

2. Le progrès technique est encouragé par :
- **les droits de propriété ;**
- les droits de douane.

3. Un bien public mondial est un bien collectif :
- rival et non exclusif ;
- exclusif et non rival ;
- **non exclusif et non rival ;**
- rival et exclusif.

4. La croissance économique est :
- **l'augmentation soutenue de la production de biens et de services d'un pays sur une période longue ;**
- la diminution de la production de biens et de services d'un pays sur une période longue ;
- l'augmentation soutenue de la production de biens et de services d'un pays sur une courte période ;
- l'augmentation de la population active d'un pays.

5. L'indicateur utilisé pour mesurer l'évolution de la croissance économique d'un pays est :
- l'IDH ;
- l'indice de Gini ;
- le PNB ;
- **le PIB.**

2 Construire sa carte mentale

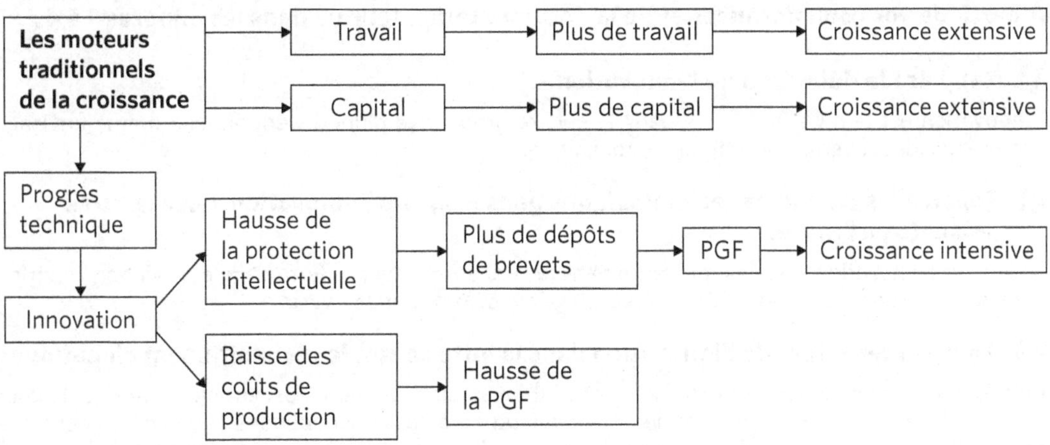

3 S'entraîner au Grand Oral

Le professeur pourra demander à chaque groupe :
- de distribuer le temps de parole ;
- d'organiser les tours de parole en inscrivant les interventions sur une liste ;
- d'organiser l'écoute de ceux qui parlent en veillant à ce que personne ne soit interrompu et en nommant un animateur chargé de distribuer la parole.

4 Travailler la méthode : analyser une infographie

1. Identifiez le contexte temporel et spatial du document.
Ce document a été publié en janvier 2019 par le FMI et analyse les perspectives de la croissance mondiale en distinguant les perspectives des pays avancés et celles des pays émergents et en développement.

2. Comparez les projections de croissance des pays avancés avec celles des pays émergents.
Les perspectives de croissance des pays avancés sont en baisse, de 2 % en 2019 à 1,7 % en 2020, contrairement à celles des pays émergents qui sont à la hausse de 0,4 point.

3. Analysez les perspectives d'évolution de la croissance mondiale.
L'expansion mondiale s'essouffle. Selon les prévisions de l'édition d'octobre 2018 des Perspectives de l'économie mondiale (PEM), la croissance mondiale en 2018 est estimée à 3,7 % malgré les résultats plus faibles de certains pays, notamment en Europe et en Asie. D'après cette infographie, l'économie mondiale devrait connaître une croissance de 3,6 % en 2020.
Ces perspectives étant réalisées avant la crise sanitaire du Covid-19, la réalité sera sans doute autre. Cependant, d'après les spécialistes de la société d'analyse britannique Oxford Economics, qui ont analysé l'impact des épidémies à court terme sur la croissance économique mondiale, la reprise économique mondiale pourrait être assez rapide une fois que le coronavirus sera sous contrôle. Se basant sur les exemples de l'épidémie de pneumonie atypique SRAS en 2003 et la pandémie de grippe porcine en 2009, ils ont conclu qu'après avoir enregistré une baisse à court terme, l'économie mondiale avait connu une reprise rapide et importante.

Objectif Bac

À partir de vos connaissances et de la documentation fournie dans les annexes 1 à 4 :

1 Rappelez la définition de l'innovation.

L'innovation est la mise en œuvre dans la sphère productive d'une invention, elle-même envisagée comme une découverte scientifique ou technique.

2 Repérez les domaines technologiques dans lesquels l'innovation verte est très présente en France.

En France, l'innovation verte est présente dans les transports avec le ferroviaire et l'aviation électrique pour la propulsion, et les domaines du recyclage avec les matériaux verts.

3 Analyser les effets de l'innovation dans la lutte contre le réchauffement climatique.

Considérée comme un facteur exogène, l'innovation serait seulement susceptible d'atténuer le changement climatique et de permettre de nous « adapter » à ses conséquences. L'innovation permet en théorie de surmonter les contraintes de ressources limitées et d'assurer une croissance durable. En effet, la théorie correspondante, « schumpétérienne », postule que l'innovation est le principal moteur de croissance à long terme ; qu'elle résulte d'activités entrepreneuriales (R&D...) récompensées par des rentes temporaires de monopole ; et enfin que les nouvelles innovations rendent les anciennes technologies, les anciennes activités ou les anciens produits obsolètes. Par conséquent, l'innovation permettra aux économies de trouver des moyens de production propres qui réduisent le réchauffement climatique.

❹ Expliquez pourquoi l'innovation verte est peu développée en France.

Il y a plusieurs raisons à cela :
- d'abord, du fait de l'externalité environnementale, cela veut dire que les producteurs, qui cherchent à maximiser leur profit, peuvent ne pas prendre en compte les dommages qu'ils font subir au climat dans leurs activités. Ils n'ont, dans ce cadre, aucun intérêt de court terme à réduire leur pollution et à innover seuls ;
- ensuite, du fait de l'externalité de connaissance : dans une situation de laisser-faire, les entreprises ont tendance à orienter leurs efforts d'innovation en direction des secteurs dans lesquels elles disposent déjà d'un avantage technologique. Autrement dit, elles innovent dans les domaines dans lesquels elles sont déjà bonnes. La plupart du temps, il s'agit malheureusement de secteurs émetteurs de CO_2 ;
- de plus, l'innovation est souvent freinée à cause d'un problème d'appropriabililé : les entreprises refusent d'innover si elles ne peuvent pas bénéficier pleinement des retombées financières de leurs découvertes. Les nouvelles technologies environnementales courent le risque d'être insuffisamment protégées par le droit traditionnel des brevets si celui-ci n'est pas renforcé par des mécanismes d'appropriation complémentaires ;
- enfin, un dernier obstacle à l'innovation n'est autre que la difficulté d'accéder à des financements adéquats, en raison de l'imperfection des marchés financiers. Cette contrainte est d'autant plus forte pour les innovations environnementales que celles-ci sont, d'un point de vue technique, particulièrement risquées - notamment les plus radicales d'entre elles.

❺ Trouvez les arguments qui permettent de répondre à la question suivante : L'innovation ouverte peut-elle être un atout pour une croissance durable ?

L'innovation dite ouverte est un modèle commercial qui encourage les entreprises à se connecter à des sources extérieures (fournisseurs, clients, universités, startups, plateformes...) afin de tirer profit de nouvelles opportunités de produits, de collaborer avec d'autres pour développer une innovation inédite.
La notion de croissance durable renvoie à une forme de croissance économique qui se développerait sans affecter les écosystèmes. En d'autres termes, il s'agit d'une croissance qui prend en compte ses impacts environnementaux.
Dans ce contexte, l'innovation ouverte peut-elle constituer une opportunité pour une croissance durable ?

Plusieurs arguments plaident en faveur d'une réponse positive car l'innovation ouverte peut :
- réduire les coûts de R&D ;
- conduire à de meilleurs résultats ;
- réduire les délais de commercialisation (dans certains secteurs, les délais de mise sur le marché sont toujours plus courts) ;
- augmenter le potentiel de différenciation sur le marché ;
- permettre de partager les risques ;
- créer de nouveaux flux de revenus.

Mais pour y parvenir, il sera nécessaire de :
- motiver les équipes vers de nouveaux objectifs collectifs et individuels ;
- décloisonner les services pour stimuler l'intelligence collective ;
- savoir acquérir et cultiver de nouvelles compétences ;
- refondre la communication de l'entreprise pour attirer de nouveaux profils, talents et idées ;
- ajuster les pratiques managériales et le partage des responsabilités ;

- réfléchir aux nouveaux rapports collaboratifs entre les différents acteurs de l'écosystème entrepreneurial ;
- mettre en place un cadre juridique agile et protecteur.

Synthèse

1. Quelles sont les sources de la croissance et ses limites ?

La croissance économique est l'augmentation soutenue, sur une période longue, de la production de biens et de services d'un pays. Sa mesure se fait à travers le taux de croissance du produit intérieur brut (PIB).

La croissance résulte tout d'abord de l'augmentation des deux facteurs de production que sont le travail et le capital. Mais leur contribution n'explique pas toute l'augmentation des richesses créées. Robert Solow a mis en évidence une troisième source : la productivité globale des facteurs (PGF). Il s'agit de la part de la croissance qui ne s'explique pas par l'augmentation du capital et du travail. C'est essentiellement le progrès technique qui favorise l'amélioration de la productivité globale des facteurs, contribuant à une meilleure efficacité de la combinaison productive. Il s'agit aujourd'hui de la source majeure de croissance.

Si la croissance est un outil économique majeur permettant de mesurer la puissance économique d'un pays, elle reste toutefois sujette à critique, notamment parce qu'en restant focalisée sur les seules activités productives, elle ne prend pas en compte leurs impacts sur l'environnement (qui ont un coût) ou la redistribution des richesses en matière d'éducation ou de santé de la population.

2. Comment mettre en place une croissance soutenable ?

Pour arriver à une croissance dite soutenable, le développement durable, mesuré par des indicateurs tels que l'indice de développement humain (IDH), l'empreinte écologique ou le PIB vert, propose une façon d'organiser la société de manière à lui permettre d'exister sur le long terme.

Dans une perspective de développement durable, les sociétés humaines doivent vivre et répondre à leurs besoins sans compromettre la capacité des générations futures à répondre aux leurs. En d'autres termes, le développement durable est la notion qui définit la transition et le changement dont ont besoin notre planète et ses habitants pour vivre dans un monde plus équitable, en bonne santé et en respectant l'environnement.

Ce nouveau mode d'organisation passe par une transition écologique. Celle-ci désigne une transformation profonde, mais progressive de nos économies et de nos sociétés, conduite par différents acteurs (pouvoirs publics, citoyens, associations, entreprises...) pour réduire l'empreinte des activités humaines sur l'environnement et parvenir à un développement durable.

La transition écologique se traduit par des actions dans différents domaines : lutte contre le changement climatique et adaptation, réduction des pollutions, préservation de la biodiversité, gestion durable des ressources, réduction de la production de déchets et des déplacements motorisés, mise en œuvre de modes de production et de consommation responsables.

C'est dans ce cadre que de nouvelles pratiques ont vu le jour telles que :
- l'économie circulaire, qui désigne un modèle économique dont l'objectif est de produire des biens et des services de manière durable, en limitant la consommation et les gaspillages de ressources (matières premières, eau, énergie), ainsi que la production des déchets ;
- l'économie collaborative, également appelée économie du partage, est une économie de pair à pair qui repose sur le partage ou l'échange entre particuliers de biens (voiture, logement, parking, outils, etc.), de services (covoiturage, bricolage, etc.) ou de connaissances (cours d'informatique, communautés d'apprentissage, etc.), avec échange monétaire (vente, location, prestation de service) ou sans échange monétaire (dons, troc, volontariat), par l'intermédiaire d'une plateforme numérique de mise en relation ;
- l'économie sociale et solidaire (ESS), qui regroupe un ensemble de structures qui cherchent à concilier utilité sociale, solidarité, performance économique et gouvernance démocratique, avec pour ambition de créer des emplois et de développer une plus grande cohésion sociale.

CHAPITRE 13

La réduction de la pauvreté et le rôle de l'éducation et de la formation

THÈME 9

Comment concilier la croissance économique et le développement durable ?

NOTIONS ABORDÉES

- La pauvreté absolue
- La pauvreté relative

CONTEXTE ET FINALITÉS

- La croissance économique reste un objectif de la plupart des politiques économiques afin d'améliorer l'emploi, le niveau de vie des individus et le niveau d'éducation des populations.
- La réduction de la pauvreté absolue dans le monde a été extrêmement importante, notamment dans un contexte historique d'augmentation de la population mondiale. On constate cependant dans la majorité des pays une forte augmentation des inégalités et un maintien de la pauvreté relative.
- L'éducation et la formation constituent un des premiers moteurs du développement économique des pays et de lutte contre la pauvreté.

1 Commentez chacune de ces images.

La première image montre le rôle de la scolarité dans la lutte contre la pauvreté en mettant l'accent sur la scolarité des filles. La seconde image fait le lien entre le chômage et la pauvreté et montre aussi que de nombreux seniors sont touchés par le chômage.

2 Quel lien faites-vous entre elles ?

Plus les filles sont scolarisées, plus elles pourront faire face au chômage.

3 Expliquez comment l'éducation permet de réduire la pauvreté.

L'éducation peut être un rempart contre le chômage et donc contre la pauvreté.

VIDÉO La pauvreté dans le monde
lienmini.fr/e30705avt13

1 Indiquez les types de pauvreté identifiés par le PNUD.

Le PNUD a identifié trois types de pauvreté :
- l'extrême pauvreté, qui concerne les personnes qui n'arrivent pas à subvenir à leurs besoins alimentaires essentiels ;
- la pauvreté générale, qui concerne les personnes qui ne disposent pas de revenus suffisants pour satisfaire leurs besoins essentiels non alimentaires ;
- la pauvreté humaine, qui concerne l'analphabétisme, la malnutrition, une longévité réduite, etc.

2 Rappelez les principaux pays d'Europe où sévit la pauvreté.

Les principaux pays d'Europe où sévit la pauvreté sont la Grèce, l'Espagne, l'Italie et le Portugal.

3 Identifiez le pays qui se classe au 1er rang des pays riches en matière de pauvreté.

Il s'agit des États-Unis, qui comptent 24 % de pauvres.

1 Qu'est-ce que la pauvreté ?

DOCUMENT 1 La pauvreté relative et la pauvreté absolue

1 Rappelez ce qu'est le niveau de vie médian.

Le niveau de vie est égal au revenu disponible du ménage divisé par le nombre d'unités de consommation (UC). Le niveau de vie médian est donc le niveau de vie qui divise la population considérée en deux parties égales tel que la moitié de la population considérée ait un niveau de vie supérieur et l'autre moitié un niveau de vie inférieur.

2 Distinguez la pauvreté absolue et la pauvreté relative.

La pauvreté absolue est déterminée par un niveau de revenu en dessous duquel les besoins fondamentaux de l'individu ne sont pas satisfaits : nourriture, logement, habillement... La Banque mondiale retient un seuil d'extrême pauvreté de 1,90 dollar par jour.
La pauvreté relative se mesure quant à elle par une inégalité importante entre les individus d'une même société qui a un modèle de consommation considéré comme « normal ». L'incapacité pour une partie des individus de pouvoir consommer « normalement » détermine leur pauvreté.
L'Union européenne considère comme pauvre un individu gagnant moins de la moitié du revenu moyen disponible.

3 Présentez les différents seuils de pauvreté et identifiez celui qui est retenu en France.

La Banque mondiale retient par exemple un seuil d'extrême pauvreté de 1,90 dollar (1,63 euro) par jour, tandis que les États-Unis font passer la ligne de pauvreté à 25 100 dollars par an pour une famille de quatre personnes. En France, est considéré comme pauvre tout individu vivant dans un ménage dont le niveau de vie est inférieur à 60 % du niveau de vie médian (1 015 euros par mois pour une personne isolée en 2015, soit 14,2 % de la population).

DOCUMENT 2 Les causes de la pauvreté

1 Identifiez la cause principale de la pauvreté.

La cause principale de la pauvreté est le manque de revenus suffisants pour assurer la subsistance des individus.

2 Rappelez les autres causes de la pauvreté.

Le chômage partiel, les contrats de travail temporaires, l'absence de places de prise en charge extra familiale des enfants ou leur prix excessif, engendrent souvent de la pauvreté.

DOCUMENT 3 Les visages de la pauvreté en France

1 Identifiez les groupes de personnes les plus touchés par la pauvreté en France.

Les groupes les plus touchés par la pauvreté en France sont les ouvriers ou les employés, les moins diplômés, les personnes vivant dans les grandes agglomérations, les familles nombreuses ou monoparentales, les jeunes...

2 Donnez la définition de travailleur pauvre.

Est qualifiée de travailleur pauvre une personne qui a un travail mais dont le revenu est insuffisant pour subvenir à ses besoins.

DOCUMENT 4 La pauvreté dans le monde

1 Indiquez les régions du monde où se concentre la pauvreté.

La pauvreté se concentre en Afrique subsaharienne, en Asie de l'Est et Pacifique.

2 Précisez comment évolue la pauvreté dans le monde.

Toutes les régions du monde ont vu l'extrême pauvreté reculer au cours des trente dernières années.

3 Analysez le paradoxe de la situation actuelle de la pauvreté dans le monde.

Toutes les régions du monde ont vu l'extrême pauvreté reculer alors même qu'elles sont confrontées à une pression démographique souvent considérable. Cela veut dire que, malgré l'augmentation de la démographie mondiale, la pauvreté recule.

DOCUMENT 5 Des riches toujours plus riches

1 Justifiez le recul de la pauvreté dans le monde.

La redistribution des richesses a favorisé les plus riches mais aussi les plus pauvres, ce qui explique le recul de l'extrême pauvreté dans le monde.

2 Identifiez le facteur principal d'explication des écarts de revenus au sein des pays.

Les écarts de revenus au sein des pays s'expliquent par la classe sociale.

3 Commentez l'évolution des inégalités dans le monde.

Les inégalités sont en hausse dans le monde même si la redistribution des richesses a favorisé les plus riches mais aussi les plus pauvres, ce qui explique le recul de l'extrême pauvreté. Ce sont les classes moyennes qui ont en revanche beaucoup perdu à l'échelle globale. Mises à part trois régions : le Proche-Orient, le Brésil et l'Afrique subsaharienne, toutes les autres régions du monde ont vu leurs inégalités augmenter.

Préparer sa synthèse

❶ Rappelez les différentes formes de pauvreté.

La pauvreté absolue est déterminée par un niveau de revenu en dessous duquel les besoins fondamentaux de l'individu ne sont pas satisfaits : nourriture, logement, habillement... La Banque mondiale retient un seuil d'extrême pauvreté de 1,90 dollar par jour.
La pauvreté relative se mesure quant à elle par une inégalité importante entre les individus d'une même société qui a un modèle de consommation considéré comme « normal ». L'incapacité pour une partie des individus de pouvoir consommer « normalement » détermine leur pauvreté.
L'Union européenne considère comme pauvre un individu gagnant moins de la moitié du revenu moyen disponible.

❷ Analysez la situation de la pauvreté dans le monde.

L'extrême pauvreté baisse partout dans le monde malgré une forte pression démographique. La pauvreté reste cependant concentrée essentiellement dans deux régions : l'Afrique subsaharienne et l'Asie de l'Est et Pacifique.

2 Comment réduire la pauvreté dans le monde ?

DOCUMENT 6 Les aides sociales pour réduire la pauvreté

❶ Citez les différentes prestations sociales dans le revenu des ménages pauvres.

On peut citer les allocations logement, les minima sociaux, les prestations familiales, la prime pour l'emploi et le RSA.

❷ Comparez les taux de seuil de pauvreté avant et après redistribution.

Le taux de pauvreté avant redistribution est supérieur de 8,1 points à celui après redistribution. Il passe en effet de 22,3 % à 14,2 %. Le nombre de pauvres est ainsi réduit de 13,7 à 8,7 millions de personnes en 2014.

❸ Déduisez-en le rôle de la redistribution dans la lutte contre la pauvreté.

La redistribution permet de sortir certaines personnes de la pauvreté. En effet, comme on peut le voir dans le rapport sur la pauvreté en France, le nombre de personnes touchées par la pauvreté réduit fortement entre la comptabilisation avant et après redistribution. La redistribution, par les différentes prestations qu'elle fournit aux familles, permet à ces dernières d'élever leur niveau de vie.

DOCUMENT 7 L'éducation, une arme contre la pauvreté

❶ Commentez le graphique.

Ce graphique, intitulé « Taux de chômage selon le niveau de diplôme et la durée depuis la sortie de formation initiale en 2018 », a été publié par l'Insee dans le cadre de son enquête Emploi. Il montre l'importance de l'éducation dans la lutte contre le chômage mais aussi contre la pauvreté.
Quelle que soit la durée depuis la sortie de la formation initiale, on voit que les personnes sont plus touchées par le chômage lorsqu'elles sont sorties très tôt du système scolaire. Ainsi, lorsqu'on considère les personnes sorties du système éducatif depuis 4 ans, environ 43 % de celles sans diplôme sont

au chômage contre 22 % pour celles qui ont le Bac, un CAP ou un BEP, et seulement 9 % pour les personnes diplômées du supérieur. On voit donc bien que le diplôme est un rempart contre le chômage.

❷ Analysez l'impact de l'éducation dans la lutte contre la pauvreté.

L'éducation est par conséquent un moyen de lutte contre la pauvreté. En effet, en évitant aux personnes de se retrouver au chômage, elle leur permet d'avoir des revenus suffisants pour subvenir à leurs besoins et ne pas tomber dans la pauvreté.

❸ Discutez le lien entre connaissance et éducation.

L'éducation est l'action de développer un ensemble de connaissances et de valeurs morales, physiques, intellectuelles, scientifiques... considérées comme essentielles pour atteindre le niveau de culture souhaité. Par conséquent, l'éducation permet de transmettre d'une génération à l'autre les connaissances nécessaires au développement de la personnalité et à l'intégration sociale des individus.

DOCUMENT 8 Le parcours de formation garanti par le gouvernement français

❶ Citez les mesures prises par le gouvernement français pour améliorer l'éducation des jeunes.

Le gouvernement a décidé d'investir massivement dans la formation des jeunes en instaurant notamment une obligation de formation jusqu'à 18 ans, d'accompagner les jeunes vers l'emploi, de mobiliser ceux qui sont en risque d'exclusion.

❷ Imaginez comment les objectifs visés par ce plan peuvent lutter contre la pauvreté.

Ces mesures peuvent aider à lutter contre la pauvreté car elles cherchent à réduire le chômage, qui est l'une des causes principales de la pauvreté. La formation et l'éducation, par la possibilité qu'elles offrent aux individus d'avoir un diplôme, permettent de les mettre à l'abri du chômage.

DOCUMENT 9 Le capital humain et la formation des actifs

❶ Repérez l'impact de la formation des actifs sur la lutte contre le chômage.

La formation influence tout aussi positivement que l'éducation, les possibilités d'emploi et l'intégration sociale des personnes. Elle s'avère indispensable pour les entreprises et les travailleurs car elle leur permet de préserver leur capacité productive face au développement technologique et au changement industriel. Il s'agit de façon générale d'améliorer et de mieux adapter les actifs aux besoins du marché du travail, et d'aider les personnes à développer leurs compétences tout au long de leur cycle de vie professionnel. L'accès à la formation est ainsi un aspect important de la qualité d'un emploi et de la lutte contre le chômage.

❷ Précisez en quoi l'enrichissement du capital humain peut protéger les individus de la pauvreté.

En enrichissant leur capital humain par l'éducation et la formation tout au long de la vie, les individus adaptent ainsi leurs compétences aux évolutions du monde du travail, ce qui leur évite le chômage et par conséquent les risques de tomber dans la pauvreté.

DOCUMENT 10 La réforme du compte personnel de formation

❶ Expliquez ce qu'est le CPF.

Le compte personnel de formation est un dispositif de l'État qui permet à chaque actif de cumuler des droits à la formation tout au long de sa carrière, quel que soit son statut (salarié, demandeur d'emploi, travailleur indépendant...).

2 Justifiez l'écart de crédit constaté entre les salariés qualifiés et non qualifiés.

L'écart de crédit entre les salariés qualifiés et non qualifiés se justifie par le fait que les salariés non qualifiés ont besoin de plus d'heures de formation pour faire face au risque de chômage.

3 Montrez comment la formation peut être un rempart à la pauvreté.

La formation, en aidant les individus à s'adapter aux évolutions du marché du travail, les protège contre le risque de chômage qui conduit à la pauvreté. La formation permet donc de lutter contre la pauvreté.

Préparer sa synthèse

1 Rappelez la définition de capital humain.

Le capital humain est l'ensemble des compétences, des talents, des qualifications et des expériences accumulés par une personne et qui déterminent en partie sa capacité à travailler ou à produire.

2 Citez les différents moyens de lutte contre la pauvreté.

Les différents moyens de lutte contre la pauvreté sont : la redistribution, l'éducation, la formation et l'enrichissement du capital humain.

? Activités

1 Se tester

Choisissez la ou les bonnes réponses. *(Les bonnes réponses sont en gras.)*

1. Les critères pour décrire la pauvreté d'une population sont :
- le logement ;
- les revenus ;
- la santé ;
- **les conditions de vie faciles ;**
- l'éducation.

2. Les populations pauvres sont le plus souvent :
- bien soignées ;
- **mal soignées ;**
- correctement alphabétisées ;
- **analphabètes ;**
- correctement nourries mais mal habillées.

3. Les populations pauvres rencontrent des difficultés à :
- **se nourrir correctement ;**
- trouver un travail peu qualifié ;
- **accéder à des emplois qualifiés et bien payés ;**
- **rester en bonne santé ;**
- **se loger décemment.**

4. Le seuil de pauvreté mondial :
- **diminue ;**
- stagne ;
- augmente.

5. Est considéré comme pauvre celui ou celle dont le revenu est inférieur à :
- **1,90 dollar par jour ;**
- 20 dollars par jour ;
- 200 dollars par jour ;
- 2 000 dollars par jour ;
- 20 000 dollars par jour.

2 Construire sa carte mentale

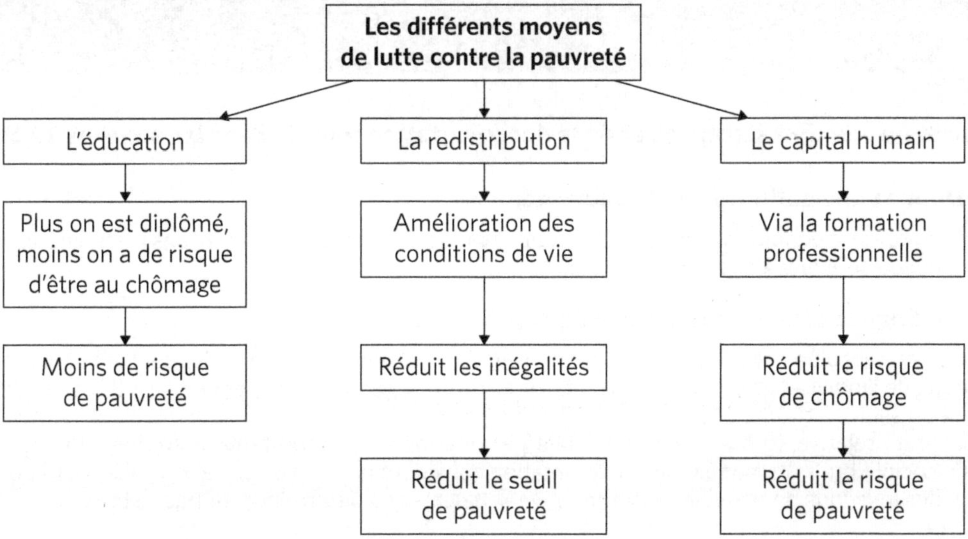

3 S'entraîner au Grand Oral

Le professeur pourra demander à chaque groupe :
- *de distribuer le temps de parole ;*
- *d'organiser les tours de parole en inscrivant les interventions sur une liste ;*
- *d'organiser l'écoute de ceux qui parlent en veillant à ce que personne ne soit interrompu et en nommant un animateur chargé de distribuer la parole.*

4 Travailler la méthode : construire un graphique et l'analyser

Construire le graphique

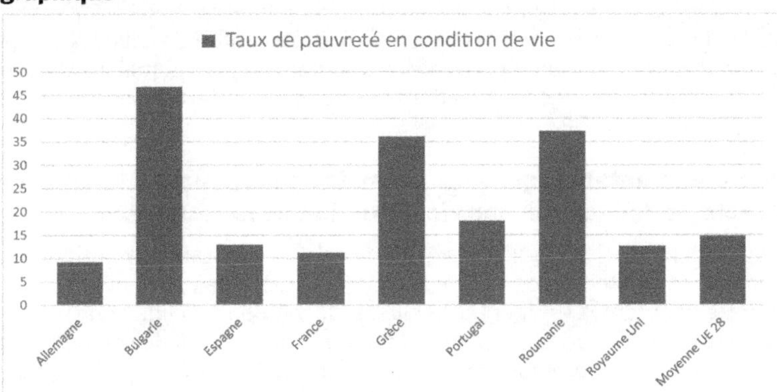

Analyser le graphique

Ce graphique regroupe les données relatives au taux de pauvreté en condition de vie de quelques pays européens en 2017.

La Bulgarie est le pays qui enregistre le taux le plus élevé, suivie de la Roumanie et de la Grèce. Quatre pays sont en dessous de la moyenne européenne qui est de 14 %, parmi eux se trouve la France. L'Allemagne enregistre le taux de pauvreté en condition de vie le plus faible.

Objectif Bac

À partir de vos connaissances et de la documentation fournie dans les annexes 1 à 5 :

1 Donnez une définition de la pauvreté.

La pauvreté est la condition d'une personne qui manque de ressources, de moyens matériels suffisants pour pouvoir subvenir à ses besoins vitaux.

2 Distinguez la pauvreté relative de la pauvreté absolue.

La pauvreté absolue est déterminée par un niveau de revenu en dessous duquel les besoins fondamentaux de l'individu ne sont pas satisfaits : nourriture, logement, habillement... La Banque mondiale retient un seuil d'extrême pauvreté de 1,90 dollar par jour.

La pauvreté relative se mesure quant à elle par une inégalité importante entre les individus d'une même société qui a un modèle de consommation considéré comme « normal ». L'incapacité pour une partie des individus de pouvoir consommer « normalement » détermine leur pauvreté.

3 Analysez le lien entre pauvreté et privation.

La privation est un moyen de déterminer la pauvreté d'un individu. La question qui se pose est de savoir quelles privations prendre en compte dans la définition de la pauvreté. L'annexe 2 montre toutes les privations susceptibles de définir la situation de pauvreté. L'approche par les « capabilités » d'Amartya Sen a permis un nouvel éclairage en montrant que les privations liées à l'accès aux ressources par les individus devaient être prises en compte.

4 Montrez comment l'accueil en crèche peut réduire les inégalités en France.

L'accueil dans les crèches ou par les assistantes maternelles est un levier efficace de réduction des inégalités liées à l'origine sociale. On estime en effet qu'à 4 ans, l'écart de pratique familiale du langage est d'environ de 1 000 heures selon les origines sociales et, qu'à l'entrée au CP à 6 ans, il existe une différence de 1 000 mots maîtrisés à l'avantage des enfants issus de milieux favorisés. Une différence qu'on constate aussi avant la scolarisation : 5 % des enfants défavorisés sont accueillis en crèche contre 22 % des enfants favorisés (Crédoc, 2016). Les enfants accueillis en crèche bénéficient d'un socle commun d'apprentissages qui permet aux enfants issus de milieux défavorisés de réduire les écarts de niveau de langage avec leurs camarades issus de milieux aisés, ce qui permet de réduire l'écart linguistique à l'entrée au CP.

5 Rédigez une argumentation qui vous permette de répondre à la question suivante : Quel est le rôle de l'éducation dans la réduction de la pauvreté ?

L'éducation est un outil d'insertion sociale dans un monde en constante évolution. Les enfants sortant de l'école en ayant les compétences de base échappent à l'extrême pauvreté.

L'éducation permet également d'augmenter le niveau de vie des individus en leur permettant d'avoir un salaire plus élevé (un an d'études supplémentaire équivaut à 10 % de salaire en plus). Enfin, l'éducation réduit les inégalités économiques car elle permet à tous ceux qui y ont accès d'avoir le même niveau et donc de prétendre aux mêmes prétentions salariales.

Synthèse

1. Qu'est-ce que la pauvreté ?

Un individu (ou un ménage) est considéré comme pauvre lorsque son niveau de vie est inférieur au seuil de pauvreté. L'Insee, comme Eurostat et les autres pays européens, mesure la pauvreté monétaire de manière relative alors que d'autres pays, comme les États-Unis ou le Canada, ont une approche absolue.

Dans l'approche en termes relatifs, le seuil de pauvreté est déterminé par rapport à la distribution des niveaux de vie de l'ensemble de la population. Eurostat et les pays européens utilisent en général un seuil à 60 % de la médiane des niveaux de vie.

La pauvreté absolue correspond quant à elle à un niveau de revenu nécessaire pour assurer la survie des personnes. En général, ce seuil est calculé en fonction d'un régime alimentaire de base. Le seuil fixé par la Banque mondiale est de 1,9 dollar.

En France, la pauvreté touche plus souvent les jeunes, les chômeurs, les familles monoparentales, les familles nombreuses, les immigrés, etc.

Dans le monde, elle est souvent concentrée dans des zones comme l'Afrique subsaharienne ou encore l'Asie du Sud-Est.

2. Comment réduire la pauvreté dans le monde ?

L'éducation, la formation et la réduction des inégalités occupent une place essentielle dans la lutte contre la pauvreté dans le monde.

Les études montrent que l'éducation a des effets directs et indirects tant sur la croissance économique que sur la pauvreté. L'enseignement délivre des compétences qui augmentent les possibilités d'emploi et les revenus, tout en contribuant à mettre les individus à l'abri des risques socio-économiques conduisant à la pauvreté. Un développement plus équitable de l'éducation est de nature à réduire les inégalités, permettant aux pauvres de s'élever dans l'échelle sociale.

Le capital humain correspond à l'ensemble des connaissances et des compétences qu'un individu accumule tout au long de sa vie, ainsi qu'à ses conditions de santé, et qui lui permettent de réaliser pleinement son potentiel en devenant un membre productif de la société. Le développement du capital humain joue un rôle déterminant pour mettre fin à l'extrême pauvreté et renforcer l'inclusion sociale. Pour cela, il faut investir dans la formation, la santé et l'éducation.

Au sein d'un même pays, les richesses sont inégalement réparties. Ces inégalités se traduisent par des conditions de vie différentes d'une région à une autre, d'un quartier à un autre. À l'échelle mondiale, les richesses sont très concentrées. La réduction des inégalités, notamment grâce à la redistribution, permet de réduire la pauvreté, en facilitant notamment l'accès aux soins, à l'éducation et à la formation.

Comment l'État peut-il intervenir dans l'économie ?

À partir de vos connaissances et de la documentation fournie dans les annexes 1 à 4 :

❶ Rappelez la notion d'inégalités socio-économiques.

Les inégalités socio-économiques désignent les différences de situation entre individus ou groupes sociaux concernant les ressources, l'accès à certains biens et services ou à certaines pratiques.

❷ Montrez que le mécanisme de redistribution diminue les inégalités de revenus.

Avant la redistribution, le niveau de vie des 10 % les plus pauvres s'élève à 281 euros contre 5 939 euros pour les 10 % les plus riches (annexe 2).

Les prélèvements obligatoires déduits des revenus primaires sont beaucoup plus importants pour les plus riches :
- 785 euros d'impôts sur le revenu contre un reversement de 5 euros pour les plus pauvres ;
- 65 euros de taxe d'habitation contre 4 euros pour les plus pauvres.

Les revenus de transferts, ou prestations sociales, sont nettement plus élevées pour les 10 % des ménages les plus pauvres. Ainsi, ils perçoivent :
- 172 euros d'aides au logement contre 1 euro pour les plus riches ;
- 217 euros de RSA et de minima sociaux contre 4 euros pour les plus aisés.

Après redistribution, le niveau de vie des ménages les 10 % les plus pauvres a été multiplié pratiquement par 3 : passant de 281 euros à 821 euros.
À l'inverse, les 10 % des ménages les plus riches ont vu leur niveau de vie diminuer de plus de 1 200 euros. Le mécanisme de redistribution a donc bien réduit les inégalités de revenus.

❸ Expliquez si les dépenses publiques engagées dans le cadre de la garde des enfants sont une redistribution efficace pour réduire les inégalités entre les ménages.

Une partie des dépenses publiques engagées par la Sécurité sociale vise à préserver les familles des risques sociaux, et notamment les charges liées aux frais de garde des enfants. Ces dépenses publiques s'inscrivent dans une redistribution horizontale : un groupe de personnes finance les services et/ou les besoins d'un autre groupe. Cette redistribution n'a pas pour objectif de réduire les inégalités. En effet, malgré ces prestations pécuniaires, ce sont les ménages les plus aisés qui peuvent avoir recours aux différents modes de garde : 80 % des enfants issus des ménages les plus modestes sont gardés par leurs parents contre 29 % des enfants issus des ménages les plus riches (annexe 3).

❹ Rédigez une argumentation qui vous permette de répondre à la question suivante : Les mesures de politique budgétaire à court terme permettent-elles de réduire les inégalités socio-économiques ?

La politique budgétaire d'un État peut se définir comme l'ensemble des mesures qui ont des conséquences sur son budget (dépenses et recettes publiques) et qui sont prises pour orienter l'activité économique. Le court terme désigne un cycle conjoncturel.
Les inégalités socio-économiques traduisent les différences de situation entre individus ou groupes sociaux concernant les ressources, l'accès à certains biens et services ou à certaines pratiques.
On peut s'interroger sur l'efficacité des mesures de politique budgétaire à court terme pour réduire les inégalités socio-économiques.

Les mesures de politique budgétaire à court terme favorisent la réduction des inégalités socio-économiques

L'État peut décider d'augmenter ses dépenses publiques dans le cadre de son budget. Cette décision peut accroître le montant des revenus de transfert envers les ménages les plus modestes et ainsi réduire les inégalités. De plus, augmenter le revenu disponible peut soutenir la consommation et donc la production des entreprises. Une augmentation de l'activité économique peut encourager la création d'emplois pour davantage de ménages et leur assurer un revenu plus important et régulier.

Les recettes publiques sont l'autre volet de la politique budgétaire : si l'État fait le choix d'augmenter les prélèvements obligatoires des ménages les plus riches, alors l'écart de revenus sera réduit entre les plus aisés et les plus pauvres. Cette hausse doit concerner les prélèvements obligatoires progressifs car ce sont eux qui permettent une redistribution verticale et donc une réduction des inégalités.

La politique budgétaire sert à financer les services publics et la protection sociale (maladie, chômage, charge de famille...). Cette fonction redistributive de l'État représente sa politique sociale : il s'agit de préserver les ménages des risques sociaux (verser un revenu aux ménages sans ressources en raison de la retraite ou du chômage) mais aussi d'offrir des services gratuits ou quasi-gratuits pour tous les ménages sans tenir compte de leur niveau de revenus (accéder aux soins, à l'éducation). Il s'agit donc de n'exclure personne et de réduire les inégalités d'accès à certains biens et services.

Les mesures de politique budgétaire sont soumises à des contraintes et rencontrent des limites

La politique sociale est financée par les prélèvements obligatoires. Si la pression fiscale est trop élevée, alors elle peut freiner la demande globale : les ménages vont moins consommer et les entreprises seront contraintes de proposer des prix plus élevés pour compenser la charge fiscale. Cette baisse de la demande et la perte de compétitivité des entreprises françaises peuvent avoir des conséquences négatives sur les grands agrégats macroéconomiques (le PIB et l'emploi notamment) et accentuer les situations de pauvreté pour certains ménages.

Si les mesures de politique budgétaire ne portent que sur une redistribution horizontale, elles préserveront certes les ménages des risques sociaux, mais elles ne réduiront pas les inégalités socio-économiques car c'est l'objectif de la redistribution verticale. Ainsi, les prestations sociales pour la garde des enfants profitent aux ménages les plus aisés car les ménages les plus modestes ne peuvent financer le reste à charge.

Les inégalités sont multifactorielles, il faut donc engager des politiques structurelles pour réduire durablement les inégalités entre les ménages. L'État doit ainsi mettre en œuvre des politiques d'aménagement du territoire pour développer la mobilité de tous et proposer des logements décents, des politiques de formation pour faciliter l'insertion sur le marché du travail...

L'État ne bénéficie pas d'une totale liberté pour décider de sa politique budgétaire. En effet, il doit respecter les critères européens des déficits publics car la France fait partie de la zone euro. Ainsi, son déficit public annuel ne doit pas excéder 3 % du PIB et la dette publique (de l'État et des administrations publiques) ne doit pas dépasser 60 % du PIB. C'est donc une contrainte dont il faut tenir compte pour mettre en œuvre la politique sociale du pays et lutter contre les inégalités.

Quelle est l'influence de l'État sur l'évolution de l'emploi et du chômage ?

À partir de vos connaissances et de la documentation fournie dans les annexes 1 à 5:

❶ Retrouvez par le calcul le taux de chômage français en 2018 pour l'ensemble de la population.

Le taux de chômage est le pourcentage de chômeurs dans la population active (actifs occupés + chômeurs), soit : (2 702 / 29 824) × 100 = 9,059 soit environ 9,1 % de la population active.

❷ Décrivez conjointement l'évolution du taux de chômage et de la population active en France.

Après avoir connu une augmentation de 2012 à 2015 pour atteindre 10,4 %, le taux de chômage a amorcé sa décrue en 2016 et ne s'élève plus qu'à 9,1 % en 2018.
La population active, quant à elle, augmente régulièrement de 2008 à 2018. On peut en conclure que le taux de chômage décroît depuis 2016 malgré une constante augmentation de l'offre de travail.

❸ Expliquez pourquoi un recul du taux d'activité et du taux d'emploi fait diminuer mécaniquement le taux de chômage.

Le taux d'activité est le rapport entre le nombre d'actifs (actifs occupés et chômeurs) et l'ensemble de la population correspondante. Le taux d'emploi d'une classe d'individus est calculé en rapportant le nombre d'individus de la classe ayant un emploi au nombre total d'individus dans la classe. Le taux d'emploi exprime donc la capacité des structures productives à mobiliser les ressources en main-d'œuvre. L'élévation du taux d'emploi accroît la production de richesse par habitant et favorise l'inclusion sociale des populations.
Or ces deux taux sont en baisse au second semestre 2019, ce qui signifie que la baisse du taux de chômage est liée, en partie au moins, à la population en âge de travailler qui est totalement sortie du marché du travail et non obligatoirement à des créations d'emplois nouveaux, ce qui est moins positif pour la situation de l'emploi.

❹ Montrez comment les politiques de relance peuvent avoir un impact sur l'emploi.

Face au chômage, un État peut s'engager dans des politiques de relance de la demande en augmentant, par exemple, les dépenses publiques ou en assouplissant la politique monétaire (baisse des taux d'intérêt, développement du crédit). Presque tous les candidats à la présidentielle en France prônent une politique de relance budgétaire, ciblée sur des investissements qui préparent l'avenir, comme la transition énergétique, le numérique, les infrastructures.
Or, d'après le multiplicateur keynésien, toute augmentation de l'investissement, de la consommation ou des dépenses publiques, va entraîner une hausse plus que proportionnelle de la richesse produite dans le pays. En effet, en injectant des dépenses supplémentaires, les investissements de l'État conduisent à l'embauche immédiate de salariés. Cette injection soutient la demande effective qui influe à son tour le niveau de production, et par voie de conséquence l'emploi.

5 Rédigez une argumentation qui vous permette de répondre à la question suivante : Les politiques de relance sont-elles efficaces pour lutter contre le chômage en France ?

Une politique de relance est un ensemble de mesures de politique économique décidé par le gouvernement d'un pays ou d'une zone économique, dans le but de provoquer une « relance économique », c'est-à-dire une augmentation de l'activité économique et une réduction du chômage lors des périodes de faible croissance ou de récession. Ces mesures se traduisent par des dépenses publiques supplémentaires et la réduction de certains impôts, ce qui conduit à une dégradation du solde public,
Le chômage est défini comme l'ensemble des personnes de 15 ans et plus, privées d'emploi et qui en recherchent un.
On peut s'interroger sur l'efficacité des politiques de relance pour lutter contre le chômage en France.

Les politiques de relance sont efficaces pour lutter contre le chômage
Pour lutter contre le chômage, il faut agir sur le niveau de la demande anticipée grâce à des politiques de relance. Les pouvoirs publics peuvent conduire des politiques budgétaires. En diminuant les impôts, ils favorisent la consommation des ménages. En augmentant les dépenses publiques, ils peuvent financer des prestations sociales soutenant la consommation ou réaliser des investissements publics. Presque tous les candidats à la présidentielle en France prônent une politique de relance budgétaire, ciblée sur des investissements qui préparent l'avenir, comme la transition énergétique, le numérique, les infrastructures. Ainsi, il apparaît que la relance de l'activité économique depuis 2015 a permis à la croissance économique de repartir à la hausse et au chômage de diminuer.
En outre, une politique monétaire de baisse des taux d'intérêt peut stimuler la consommation et les investissements. Une baisse des taux, surtout si elle est rapide, accélère les demandes de crédits, et donc les investissements et par conséquent les emplois. La politique monétaire est la principale mission de la BCE ; elle consiste à agir sur le prix de la monnaie, c'est-à-dire le « loyer » de l'argent. Le principal outil de politique monétaire est le pilotage des taux d'intérêt de court terme qui influencent, à leur tour, les taux des crédits que font les banques aux acteurs économiques (entreprises, ménages...). Depuis 2015, le principal taux directeur de la BCE est à 0 % afin de faciliter l'accès aux crédits des ménages et des entreprises.

Les politiques de relance ne sont pas suffisantes pour lutter contre le chômage
Les taux d'activité et d'emploi sont en baisse au second semestre 2019 en France, d'après l'Insee, ce qui signifie que la baisse du taux de chômage est liée également à la population en âge de travailler qui est totalement sortie du marché du travail, et pas nécessairement à des créations d'emplois nouveaux. En conclusion, cette baisse du chômage n'est pas uniquement le fruit d'une amélioration de la situation de l'emploi.
Pour être efficaces sur le chômage, les politiques de relance doivent être accompagnées de politiques actives de lutte contre le chômage telles que des mesures de formation, d'accompagnement, de contrats aidés et d'aides à la création d'entreprises. Ces mesures permettent aux chômeurs d'accroître leur employabilité, d'avoir une aide pour trouver un emploi approprié et d'améliorer les débouchés qui leur sont offerts. Depuis 2015, le chômage a diminué mais plusieurs politiques ont été combinées. François Hollande avait créé des emplois aidés. Emmanuel Macron a initié un vague plan de formation qui pourrait concerner jusqu'à 2 millions de chômeurs.

Comment organiser le commerce international dans un contexte d'ouverture des échanges ?

À partir de vos connaissances et de la documentation fournie dans les annexes 1 à 4 :

❶ Décrivez en quoi consiste l'accord de libre-échange (ALE) entre l'Union européenne et le Vietnam.

Un accord de libre-échange (ALE) est une entente entre deux ou plusieurs pays afin de faciliter les échanges commerciaux. Cet ALE est un accord bilatéral qui a pour objectif de supporter les importations et les exportations en supprimant 99 % des droits de douane entre l'UE et le Vietnam (annexe 2).

❷ Rappelez ce qu'est un IDE et étudiez l'évolution des IDE vers le Vietnam.

Les investissements directs à l'étranger (IDE) sont les mouvements internationaux de capitaux réalisés par une entreprise en direction d'une entreprise étrangère. Les IDE peuvent prendre plusieurs formes : créations de filiales à l'étranger, fusions-acquisitions, prêts intra-groupes... Ces investissements sont motivés par plusieurs raisons :
- faire baisser les coûts de production (bénéficier d'une main-d'œuvre moins chère, d'une fiscalité plus avantageuse...) ;
- s'introduire sur un nouveau marché.

Les flux entrants d'IDE au Vietnam ont connu une forte progression passant de 12 600 millions de dollars à 15 500 millions de 2016 à 2018, soit une augmentation de 23 % en deux ans (annexe 1). Cela démontre l'attractivité du Vietnam qui, grâce aux points forts de son économie et à son potentiel de croissance, devient l'un des leaders de l'Asie en termes d'attrait des IDE. De plus, les investissements greenfield, c'est-à-dire les créations de filiales ex nihilo, ont progressé de 5 % en 2 ans. Enfin, les stocks d'investissements sont également en hausse, passant de 115 391 millions de dollars en 2016 à 144 991 millions en 2018, soit une augmentation d'environ 27 %.

❸ Identifiez les avantages et les limites de la mise en place de cet accord commercial pour l'UE.

Les avantages	Les limites
• L'UE souhaite continuer à s'implanter solidement sur le marché vietnamien (notamment en poursuivant ses exportations de machines, d'avions, de produits de haute technologie...), ce qui serait facilité par la baisse des droits de douane. • L'UE pourrait également bénéficier d'importations exemptes de droits de douane (dans le secteur du textile, sur le riz, les équipements de télécommunication...). • Cet accord devrait permettre l'ouverture des marchés publics et des services, ce qui serait une opportunité pour l'UE. • Les entreprises de l'UE bénéficieront davantage d'incitations lorsqu'elles investiront au Vietnam, ce qui facilitera les IDE à destination de ce partenaire commercial.	• Les textiles, chaussures et produits électroniques vietnamiens pourraient inonder le marché européen. • Les investissements vers le Vietnam peuvent s'avérer dangereux : cadre juridico-légal non transparent, faiblesse des infrastructures et du secteur bancaire, non-respect de la propriété intellectuelle... • Bon nombre d'associations ont dénoncé la situation des droits humains, préoccupante au Vietnam.

4 Rédigez une argumentation qui vous permette de répondre à la question suivante : Le libre-échange peut-il favoriser la croissance économique des pays en développement ?

En 2019, un accord de libre-échange entre l'UE et le Vietnam a été ratifié, cet ALE a pour objectif de supprimer les droits de douane entre ces deux partenaires commerciaux.
Le libre-échange est un système économique qui favorise les échanges commerciaux entre pays en levant les obstacles qui y font barrière (droits de douane, barrières non tarifaires...). On peut définir la croissance économique comme une augmentation soutenue et durable de la production de biens et de services d'un territoire.
On peut s'interroger : le libre-échange est-il un système qui permet d'épauler la croissance économique dans les pays en développement ?

L'ouverture de l'économie permet d'améliorer la croissance des exportations des pays en développement

L'intégration dans l'économie mondiale s'est avérée, notamment pour les pays en développement, un moyen puissant de promouvoir la croissance économique. En effet, l'accroissement de la production dans le secteur des biens d'exportation génère des économies d'échelle qui abaissent les coûts de production et entraînent un taux de croissance plus élevé. L'ouverture de l'économie permet également d'élargir les débouchés, de favoriser l'innovation et de renforcer les gains de productivité du secteur dans lequel le pays s'est spécialisé. Enfin, le libre-échange permet aux pays en développement d'accéder à des marchandises peu coûteuses et plus variées.
Ainsi, l'impressionnante croissance économique du Vietnam (autours de 7 % en 2018) est alimentée par son succès à l'exportation de produits manufacturés. L'ALE entre l'UE et le Vietnam devrait donc venir renforcer les exportations en volume et en valeur en provenance du Vietnam, notamment dans les secteurs du textile, des chaussures ou des produits électroniques.

L'ouverture de l'économie permet de renforcer les IDE vers les pays en développement

Les IDE ont un effet bénéfique sur les pays en développement parce qu'ils apportent un transfert technologique, améliorent la qualification de la main-d'œuvre, créent de l'activité pour les entreprises locales, procurent des emplois mieux payés et améliorent le droit du travail et de l'environnement.
Par exemple, les IDE vers le Vietnam ont connu une forte hausse de 2016 à 2018 (plus de 20 % en deux ans). Ces investissements devraient permettre au Vietnam de gagner en compétitivité mais également de progresser en matière de normes de travail, de sécurité, de protection de l'environnement et d'intérêt des consommateurs.

L'ouverture de l'économie permet aux pays en développement de participer aux chaînes de valeur mondiales

Les économies en développement peuvent tirer profit de leur intégration au sein d'une chaîne de valeur mondiale (CVM). En effet, il est souvent plus facile de recourir à la segmentation des processus de production que de bâtir une chaîne de valeur dans son intégralité. Cette participation aux CVM s'accompagne de créations d'emplois, d'une augmentation de la richesse nationale et de meilleures conditions de vie pour la population des pays en développement. Peu à peu, les fabricants montent dans la chaîne de valeur ce qui leur permet de favoriser la croissance économique du pays.
Ainsi, la participation de Taïwan à des chaînes de valeur mondiales, notamment celle de l'iPhone d'Apple par le biais du sous-traitant Foxconn, lui a permis d'augmenter la profitabilité de ses entreprises (réduction des coûts de production, amélioration de la qualité, acquisition de technologie...).

Achevé d'imprimer en juillet 2020
sur les presses de la Nouvelle Imprimerie Laballery
58500 Clamecy
Dépôt légal : juillet 2020
N° d'impression : 006576
N° d'édition : MAGSI20191271

Imprimé en France

La Nouvelle Imprimerie Laballery est titulaire de la marque Imprim'Vert®